赤色地帶 (上)

이환경대하장편소설

명지사

朴地田夜 (上)

이호철 장편소설

赤色地帶 (上)

차례

1. 전쟁 ——— 9
2. 꿈의 뒤안길 ——— 24
3. 유년의 추억 ——— 40
4. 독종과 사랑의 시발점 ——— 54
5. 재회 ——— 72
6. 불타는 욕망 ——— 90
7. 신기촌의 아침 ——— 108
8. 장강이 떠난 자리 ——— 125
9. 폭풍전야 ——— 141
10. 불타는 밤 ——— 158
11. 살겁의 시간들 ——— 176
12. 사카스키 배(盃) ——— 192
13. 납치 ——— 208
14. 암흑가의 공포 ——— 226
15. 요화의 눈물 ——— 245
16. 전쟁 또 전쟁 ——— 262
17. 육형사 ——— 275

　이환경을 말한다 (작가 이기호) ——— 287

1
전쟁

안개가 몰려든다.

수도 서울, 그 무진 아수라의 땅에 밤이 오면 안개는 한강에서 자리를 털고 일어나 도시의 곳곳을 끌어안는다.

아수라(阿修羅), 선이 죽고 마지막 남은 악의 무리들이 제각기의 자태를 뽐내는 땅 서울의 밤은, 낮은 시골 초가 담장을 넘는 흑질백장(黑質白章)의 움직임처럼 시작된다.

눈이 시리다. 안개를 뚫고 삶에 지친 군상들을 유혹하는 곳곳의 불빛들이 망망대해의 수호신인 등대빛처럼 번쩍거린다.

밤과 안개, 그런 것하고는 아무 관계가 없다는 듯 불야성을 이루며 영업에 전념하고 있는 한 대형 호텔의 나이트 클럽은 자정을 불과 얼마 안 남겨두고 엑스터시로 치닫는 남녀의 격정적 율동이 성유희의 끝물처럼 들떠 있었다.

혼란스런 사운드 호흡이 멎은 듯한 스테이지 위에 뒤엉켜 있는 군상들의 시선을 집중시키는 원형 무대 위에서 솔로 댄싱을 추고 있는 무희의 나신과 눈부신 율동은 장내를 개펄같이 질척하게 했다.

이 밤을 포기하라, 바람난 사모님들이여! 이 밤 가정을 깡그리 잊어버리고 생전 처음 보는 낭군님 얼싸안고 저 어둠의 이불자락 속에서 운우지정(雲雨之情), 만리장성을 쌓고 가시버시의 인연을 만들어 봐——.

무희가 여성 상위의 성묘사를 리드미컬하게 전개하자, 사운드를 연출하며 마스터 뒤쪽에 있던 사회자가 저질스런 멘트를 쏟아내고, 군중 속에서는 비음이 섞인 잡음이 터져나왔다.

"핫!"

무희가 온 몸을 뒤틀고 비수 끝처럼 자신의 육신을 탐하는 조명의 초점에 일합이 섞인 호흡을 토하며, 마지막 걸치고 있던 망사 팬티를 벗어 한 술좌석의 사내들에게 던졌다. 그와 함께 음악이 더욱 고조되며 조명의 움직임이 갓 건져낸 생선마냥 팔딱거렸다.

실오라기 하나 걸치지 않은 무희가 자신의 커다란 두 개의 유방을 양 손으로 만지작거리며 테이블 사이를 돌자, 그녀의 팬티를 주워든 사내가 팬티 속에 만원권 지폐 한 장을 끼어 그녀에게 건네면서 개기름이 번지르르하게 흐르는 웃음을 지었다.

"오! 마이 달링!"

무희가 그 사내에게 다가가 가느다란 양 팔을 뻗어 그의 목을 끌어안고 볼에 키스를 퍼부으며 허리와 엉덩이를 요란스럽게 흔들어댔다. 간간이 섞여 나오는 탄성과 비난의 소리도 아랑곳하지 않은 채.

"시간 됐다. 슬슬 시작해 볼까?"

넓은 홀의 중간쯤에 앉아 있던, 등치가 하마 같은 구레나룻의 사내 말이 떨어지자, 같이 앉아 있던 서너 명의 사내들이 자리를 털고 일어났다. 어느새 그들의 손에는 짧고 굵은 쇠파이프가 하나씩 들려 있었다.

"치워, 새끼들아! 이것도 쇼라고 하고 자빠진 거야!"

사내 하나가 쏜살같이 무대 위로 뛰어올라가 벤드 마스터가 다루고 있는 전자올겐을 쇠파이프로 내리쳤다.

빠——직!

건반이 박살나며 전원에 스파크가 일어나는 소리가 홀 안을 어지럽혔다. 그와 함께 나머지 사내들이 좌충우돌하며 술좌석을 사정없이 망가트렸다.

"꺼져! 이 새끼들아. 할 일 없으면 집구석에 들어가 마누라 응덩짝이나 만져줄 일이지, 새끼들아!"

등치가 탁자들을 가볍게 들어 홀 한쪽 구석으로 내동댕이쳤다. 탁자들이 날아가 부서지는 소리와 함께 술병들이 깨지는 파열음이 홀 안을 아비규환으로 만들었다.

"아악!"

"어머, 아버지!"

"뭐야? 웬 난리야?"

손님들이 혼비백산하여 놀라며 홀의 한쪽 구석으로 몰려들었다. 상의를 찾지 못해 허둥대는 사내와 굽이 높은 구두를 손에 든 채 어쩔 줄 몰라하는 여자들의 모습이 하나같이 겁에 질려 있었다.

사내들은 모두 4명이었다. 그러나 그들이 부리는 행패는 수백명의 손님들을 공포 속으로 밀어넣기에 충분했다. 하지만 소란도 잠시였다. 사내들의 숫자가 노출되고 행패의 강도를 가늠한 클럽의 대응이 뒤따랐다.

"너희들, 어디 새끼들인데 이 따위로 형편없이 놀아먹나?"

한 떼의 건장한 사내들이 홀 입구를 막고 서 있었다. 그 중에 두목격인 자가 핏대를 올리며 난장판을 치는 사내들을 꼬나보았다. 시선이 날카로운 사내였다. 호텔의 빠찡코장과 주변의 유기장 등에 산재해 있던, 호텔을 장악하고 있는 조직원들이었다.

"나는 고릴라라고 한다. 이미 우리 큰형님께서 경고를 했기에 더 이상의 말은 하지 않겠다. 이 호텔은 오늘부터 우리 형님께서 접수한다. 알겠나?"

등치가 자신을 소개하며 상대의 숫자에 관계치 않고 능글맞게 말했다. 그의 부하들도 잠시 손을 놓고 상대편을 주시했다.

"고릴라? 미친 새끼! 생긴 건 고릴라보다는 망구스라고 하는 편이 더 어울리겠다, 새끼야! 사설은 더 늘어놓을 것 없고 뼉다귀나 집으로 부칠 생각이나 해라."

사내가 뒤로 한 발짝 물러나며 한 손을 들었다 내렸다. 사정없이 치라는 신호였다. 10여 명이 넘는 인원들이었다. 그들은 웨이터나 클럽의 종업원들이 아니었다. 몸가짐이나 행동 등에 절도와 기(氣)가 들어 있는 전형적인 전사(戰士)들이었다.

쉬——잉.

칼 바람이 일었다. 사내들이 제각기 품속에서 40센티급 사시미칼을 꺼내 들자, 홀 안은 순식간에 검풍으로 가득했다. 결코 성한 몸으로는 돌려 보내지 않겠다는 결의가 그들에게 있었다. 도전에 대한 차거운 응전이었다.

"태워!"

뒷전에 물러서 있던 사내가 비정한 목소리로 명령했다. 그와 함께 사내들이 원무를 그리듯 고릴라와 그의 동료들을 포위했다. 거리는 순식간에 수 미터 안팎으로 줄어들었다. 고릴라가 앞에 있던 커다란 유리 탁자를 양 손으로 들어 가볍게 원진(圓陣)을 향해 던지며 쇠파이프를 허공에 날렸다.

쫘당!

휘이——잉!

믿을 수 없는 몸놀림이었다. 1백 킬로가 훨씬 넘을 거구인 고릴라의 몸놀림은 포위망의 한 축을 여지없이 무너트렸다.

"어이쿠!"

선두에 섰던 상대 하나가 탁자를 안고 넘어졌다. 동시에 또 한 사내의 이마에서 선혈이 솟아올랐다.

"이 새끼, 안 되겠군! 아주 갈아버려!"

뒤편에 서 있던 사내가 부하의 이마가 터지는 꼴을 보자 복장이 터지는 듯 손도끼를 꼬나들고 공격에 가담했다. 사내의 도끼 바람이 고릴라의 목 밑을 노리며 불었다.

공격과 방어. 칼과 손도끼, 쇠파이프 등으로 무장한 사내들이 서로 밀고 당기며 홀 안을 맴돌 무렵, 클럽의 출입구가 요란해지더니 일단의 또 다른 사내들이 거침없이 밀고 들어왔다.

서울의 한 나이트 클럽에 살풍이 부는 시각, 인천의 한 유곽촌에도 심상치 않은 바람이 불었다.

옐로 하우스.

일제시대 한국 최초의 공창제도를 실시, 일본의 게이샤(기생)들이 집단촌을 이뤄 매춘에 종사하던 곳으로, 미군들의 위안부 기지를 거쳐 아직도 항구 도시 인천의 명물(?)로 남아 있다. 삶과 생활에 시달린 사내들의 마지막 위안처 옐로 하우스의 중심 캠프의 각 방을 차지하고 시간을 기다리는 심상찮은 사내들이 있었다.

"오빠, 뭐하는 분예요? 옆방의 친구들도 다 무섭게 생겼던데……?"

창녀 하나가 사내와의 성유희를 끝내고 뒤처리를 하면서 말했다. 손목과 발목에 비해 가슴과 히프가 실하게 발달한 여자였다.

"왜? 궁금한 게 많나 보지? 야, 이 숙맥아, 너 이거 몇 년째 팔아먹고 사니?"

사내는 바지를 입다가 한 손으로 창녀의 엉덩판을 툭 치며 물었다. 그러나 그의 질문은 대답을 듣고 싶은 마음이 없는 모양이었다.

"구슬 박고 다니는 놈들치고 정상적인 놈 봤니? 그래도 너는 엉덩판이 커서 이만한 줄 알아."

사내는 창녀의 히프를 손으로 철썩 소리가 나도록 때리며 자신의 손목시계를 쳐다보았다.

"이런! 형님들이 들이닥칠 시간이 됐군!"

사내는 옷을 다 입고는 방 한쪽 신발장에 있던 구두를 신고 끈을 단단히 조여맸다. 옆방에서 벽을 두드리는 소리가 들렸다.

"어멋! 오빠, 방에서 신을 신으면 어떡해요?"

창녀가 미지근한 물로 방을 훔치고 있다가 놀라며 말했다. 사내가 들고 왔던 작은 가방 안에서 손도끼를 꺼내 들고 있었다.
"쉿! 조용히. 그거라도 팔아먹고 살고 싶으면 입 닥치고 가만히 있으란 말야."
사내는 창녀의 입을 막아놓고는 창문으로 아래층을 내려다보았다. 유곽촌의 중심지가 되는 중심 캠프 앞에는 엄청난 긴장이 감돌고 있었다. 이 지역을 관리하는 어깨들이 누군가의 습격에 대비, 만반의 준비를 하고 캠프 주변을 감시하고 있었다.
스르르.
소리도 없이 성능 좋은 외제 승용차 2대가 캠프 앞에 멈추었다. 그 뒤를 따라 패밀리 몇 대가 줄지어 서며 안에서 수십명의 사내들이 쏟아져 내리더니 승용차에서 내린 사내를 중심으로 대형을 이루어 섰다.
"나는 큰형님을 모시고 있는 제비다. 쓸데없는 소모전은 하고 싶지 않다. 항복하는 것이 최선의 방법일 텐데……."
검은색 양복을 그야말로 제비가 비상하듯 차려입은, 날렵하게 생긴 사내가 중심 캠프 주변에서 나서며 마주 서 있는 어깨들을 향해 여유 있는 목소리로 말했다. 달빛을 받고 있는 그의 얼굴에 작은 미소가 흘렀다. 지극히 여유스럽고 태평한 모습이었다.
"이건 법도가 아니다. 우리는 사사로운 일로 원한을 만들고 싶진 않아."
중심 캠프의 넓은 공터에는 수십명의 어깨들이 제각기 무장을 한 채 두목격의 사내를 중심으로 맞섰으나, 상대의 여유와 태평함이 내뿜는 자신감 앞에 왠지 기가 꺾여 있는 모습이었다.
"법도는 만들기 위해서 있는 것. 자, 결정하라. 항복인가 아니면 죽음인가?"
제비는 안주머니에서 시거를 꺼내 입에 물고는 건조하기 이를 데 없는 언어를 던졌다. 상대방을 전혀 염두에 두지 않는 화법이었다. 반항 아니면 항복이라는, 선택의 여지가 없는 강요 앞에 어깨들의 두목은 비참함을 맛보아야 했다. 상대는 프로였다. 차거운 눈빛과 냉랭한 말씨를 토해내는 제비라는 사내와 그의 휘하들에게서는 하나같이 칼잡이의 피냄새가 풍겼다. 두목은 그들을 안다. 자신의 청춘 시절을 고스란히 바쳐 걸어온 길이 바로 그 길이었기 때문이다.
"꼭 이 길밖에 없겠소?"
두목은 말꼬리를 내리며 제비에게 협상의 여지를 타진했다. 타조직의 급습을 예상하고 부랴부랴 인원들을 모았으나, 엄밀히 말하면 이들은 전사(戰士)들이 아니었다. 이들은 하우스에서 기생하는 기둥서방이거나, 펨프 아니면 하우스의 경기에 빌붙어 살고 있는 그렇고 그런 건달 나부랭이들이었다. 이들을 이끌고 피와 살겁의 전쟁판에서 단련된 조직과 전쟁을 벌인다는 것은 섶을 죄고 불 속에 뛰어드는 거나 마찬가지였다.
그러나 두목은 31호나 되는 인천 최고의 유곽단지를 책임진 지역 보스며, 자신의 뒤에는 30년 전통을 자랑하는 인천 최고의 조직 심포파가 버티고 있었다. 저항은 엄청난 상대방의 공격을 초래하고, 항복은 지역의 패자 심포와의 보복을 야기하게 되어 있었다.
"음······."

두목은 칼잡이로서 한때는 인천 지역 최고의 전사였다. 그런 자신의 이름을 헛되지 않게 길을 가야 한다는 심기를 세우며 가는 한숨을 토해 냈다. 자신이 결정해야 할 길은 하나뿐이었다. 전쟁 그리고 장렬한 최후. 그러나 상대 조직의 음습한 기운은 자신의 평안한 은퇴를 허락할 것 같지 않았다.

"결정하라! 항복하고 큰형님의 조직에 들어올 것인가 아니면……."

제비가 시거 연기를 깊게 빨아들였다가 내뿜으며 말했다. 하얀 담배 연기가 허공을 맴돌다가 흩어졌다.

"제비, 더 이상 영양가 없는 대화는 필요없을 터. 자, 쳐라!"

두목이 알미늄 야구 방망이를 높이 쳐들며 공격 명령을 내렸다. 그와 함께 수십명의 어깨들이 상대편을 향해 돌진해 들어갔다. 그들의 손에는 쇠파이프와 야전삽, 도끼 등이 들려 있고, 어떤 자는 기다란 철봉대를 꼬나들고 휘두르며 앞으로 전진하는 자도 있었다.

"모조리 담궈 버려!"

제비가 차겁게 말한 후 한쪽으로 비켜섰다. 그와 함께 제비의 옆에 서 있던 두 사내가 숨겨 들고 있던 석궁에 살을 당겨 선두에서 달려오는 어깨들의 다리를 겨냥, 발사했다.

쉬이익——.

소름끼치는 강렬한 파열음이 어깨들의 외마디 비명을 만들면서 연속 투사되었다.

"아——악!"

"어이쿠!"

서너 명의 어깨들이 바닥을 뒹굴며 다리를 감싸앉더니 고통에 겨워

신음을 토해냈다. 그 바람에 제법 기세 좋게 달려들던 어깨들이 주춤거렸다.
"이 새끼들, 오늘 다 제사날인 줄 알어잉!"
누군가 제비의 진영에서 일본도를 빼어들고 휘황한 검기를 뿌리며 공격해 들어왔다.
"와!"
"죽여, 이 새끼들!"
"막아라, 진영을 갖춰!"
삽시간에 장내는 수라장이 되었다. 어깨들은 나름대로 악착 같은 저항을 전개했다. 칼잡이 출신인 두목의 분전과 숫적인 우세가 전투를 지속시키는 요인이었다. 그러나 그것은 잠시뿐이었다.
"아——악!"
"뭐야? 뒤에도 새끼들이 있다."
유곽에 손님들이 가장해 침투해 있던 잠입조들이 어깨들의 후방에서 교란작전을 전개한 것이다.
"아이쿠! 튀는 것이 상책이다."
"토껴!"
뒤편에서 동료들이 나뒹굴자, 어깨들은 36계 줄행랑을 치기에 바빴다. 싸움은 그것으로 끝이었다. 제비는 그들의 도주로를 차단하지 않았다.
"이 새끼들, 이럴 수는 없다. 어깨들의 도가 언제부터 이 따위로 썩었는지 한탄스럽다."
피를 흘리며 쓰러진 대여섯 명의 어깨들 속에서 두목만이 끝까지 항전하다가 어깨와 팔에 칼을 맞고 포로가 되어 분하다는 듯 소리를 질렀다.
 제비는 다친 어깨들을 병원에 보내 치료해 주도록 명령하고는, 두목을 중심 캠프의 한 방으로 끌고 가 상처를 싸매주게 한 후 회유했다. 흘러간 한 시대의 전사로서의 용맹한 모습을 높이 샀던 것이다. 그러나 두목은 끝내 항복을 거부했다.
 "예의를 갖춰 선배를 이 세계에서 은퇴시켜 드려라!"
 제비는 손목시계를 들여다보며 말했다. 그의 손은 시거 하나를 다시 주머니에서 꺼내 만지작거렸다.
 "이보게, 꼭 이래야 하겠나?"
 두목이 제비를 향해 절규하듯 말했다. 두 사내가 그의 양 팔을 거세게 잡고 또 한 사내가 손도끼를 치켜들어 그의 양 발목을 지탱해 주는 뒤축근, 즉 아킬레스건에 일격을 가하려는 순간이었다.
 "이 자식들! 선배에게 최대한 예의를 갖추라지 않더냐?"
 제비가 창문을 조금 열고 밖을 바라보며 말했다. 시거에 불을 붙이려는 라이터 소리가 실내의 정적을 깼다.
 "으흡!"
 두목이 양 손을 허공에 대고 감전이 된 듯 치켜들었다. 그의 입에는 두꺼운 수건의 재갈이 물려 있어 커다란 비명은 새어나오지 않았다. 제비는 시거의 맛이 별로라는 생각이 들었다. 시거의 몸체에 시뻘건 피가 몇 방울 묻어 있었다. 창문의 유리창에도 선을 긋듯 한 줄의 핏줄기가 수놓아져 있었다.
 제비는 창문을 활짝 열고 시원한 바람을 온 몸에 받았다. 전쟁은 지금부터라는 독백을 내뱉으며 그는 다소곳한 자세로 뒷짐을 진 채 유곽의 계단을 내려섰다.
 계단의 한쪽에는 어느 창녀가 자신의 방에 놓으려 했던 듯 장미꽃 한 송이가 꽂힌 작은 화병이 놓여 있었다. 그 꽃이 대전쟁의 서막을 예고하는 부적 같다는 생각이 들어, 제비는 화병에서 꽃을 빼어 자신의 상의 앞주머니에 꽂았다.

 "지난 밤, 서울 강남과 인천에서 펼친 작전은 대단한 성공이라고 할 수 있습니다. 별다른 피해 없이 두 개의 거점을 확보했고, 군소 조직 하나를 흡수했으니 말입니다."
 동화유통이라는 간판이 걸려 있는 강남의 한 오피스텔 안에서 제비가 원형 탁자의 중심에 앉아 있는 젊은 사내에게 예의를 다해 간밤의 일을 보고했다. 그의 옆에는 거인 고릴라와 두 명의 보디가드가 서 있었다.
 "수고했다. 하지만 뒷마무리가 더욱 중요하다. 그들 조직의 반격과 경찰의 추적 등에 대비를 세워야 할 것이다."
 표정 없는 사내였다. 수려한 용모, 청량한 목소리, 거기다 단정한 옷차림. 한 마디로 왕족의 후예 같은 귀공자의 모습이었다. 그러나 눈매만큼은 칼 끝같이 차겁고 매서웠다. 그의 별명은 저승사자, 이름은 나종수였다.
 "그렇습니다. 지금 인천의 심포파와 강남의 OA파가 1급비상령을 내리고 우리 조직을 찾기에 혈안이 되어 있을 겁니다. 그러나 우리가 이곳 동화유통에 근거를 두고 있다는 것을 찾아내기란 쉽지 않을

겁니다. 경찰도 마찬가지일 겁니다. 크고 작은 몇 건의 전쟁이 있었
으나 암흑가의 단순한 전쟁 정도로 여기고 별다른 신경을 쓰지 않을
겁니다. 하지만 그쪽에 박아둔 정보원을 통해 항상 주의를 기울이겠
습니다."
"그렇게 해. 그리고 이봐, 고릴라. 새로 입회한 아이들은 어떻게
됐나?"
나종수가 옆에 서 있던 고릴라에게 질문했다.
"네, 옆방에 대기 중입니다. 들어오라고 할까요?"
"그래."
나종수의 대답이 떨어지기 무섭게 사내 하나가 옆방으로 가더니
일단의 사내들을 이끌고 왔다. 그들은 모두 짧게 깎은 머리와 검은색
양복 차림의 건장한 사내들이었다.
"인사드려라! 큰형님이시다."
고릴라가 말하자, 사내들은 모두 바닥에 엎드려 큰 절로 나종수에게
인사를 했다. 그것은 영원히 그의 조직에 몸담겠다는 표시요, 큰형님으
로 받들겠다는 뜻이었다.
"그래! 너희들의 어젯밤 활약상은 들어서 알고 있다. 그리고 마음가
짐은 다 되어 있겠지?"
나종수가 자리에서 일어나 사내들을 일으켜 세우며 말했다.
"넷, 큰형님! 저희들을 거둬 주십시오. 충성을 다하겠습니다."
사내들이 허리를 90도로 꺾으며 충성을 다짐했다.
"그래! 좋다. 나는 너희들을 형제로 받아들이겠다. 형제는 피를 나
눈, 천륜이 흐르는 관계다. 이 관계가 단절돼서는 안 될 것이다."

"큰형님! 감사합니다."

사내들이 다시 허리를 굽히고 무릎을 바닥에 꿇었다. 제비가 눈짓을 보내자, 고릴라 옆에 서 있던 사내가 사무실 한쪽에 놓여 있는 캐비넷 속에서 작은 상자를 꺼내 제비 앞에 내놓았다.

"이것은 우리 형제들의 족보가 적힌 호적이다. 모두 한 방울의 피로 한 가족임을 맹세한 것이다."

제비가 한 폭의 흰 천을 사내들 앞에 펼쳐 놓았다. 그 천 위에는 수많은 혈료들이 방울방울 맺혀 있었다. 천 위에는 한 자루의 작은 칼이 놓여져 있었다.

사내 하나가 그 칼을 집어 자신의 새끼손가락 끝을 베어 핏방울을 천 위에 떨어트렸다. 빨간 꽃이 화사하게 피는 것 같았다. 사내들은 서로 돌아가며 그 의식을 행했다.

"이제 너희들은 우리 동화회의 자랑스런 조직원이며 가족이다. 지금 이 순간부터 너희들의 모든 것은 조직의 것 아닌 것이 없다. 몸과 마음 그리고 생명까지도……."

제비가 마치 집전예식을 하듯 사내들의 입문식을 거행했다. 결의형제, 한 패밀리라는 연대의식, 조직에 대한 충성심. 참 조직의 도를 거론하는 제비의 모습에서, 나종수는 그 옛날 유년의 한순간을 떠올렸다.

베드로 신부, 그리고 그 꿈결과 같은 신기촌, 아! 생각만 해도 가슴이 저린 천사 홍지연…….

"지금부터 동화유통을 전면에 내세우고 접수해야 할 조직들에 최후통첩을 보낸다. 본부는 제1의 안가로 정하고, 최우선적으로 강남 OA파를 궤멸한다."

나종수가 두 손을 책상 위에 힘있게 놓으며 제비에게 지시했다. 그의 표정 없는 얼굴에 홍조가 띠었다.
　"알겠습니다, 보스. 오늘 밤 강남 OA파의 모든 근거지를 쑥밭으로 만들어 재기를 못하게 만들겠습니다."
　"병신을 만드는 것으로 부족하면 아예 한두 놈 장사를 지내라. 그 방법이 위험하기는 해도 경고의 의미로써 최고일 테니까."
　나종수가 제비를 창가로 불러 귀엣말로 무엇인가를 속삭였다. 공격의 강도를 지시하는 자신의 명령을 말단들이 알 필요가 없었기 때문이다.

2
꿈의 뒤안길

　서울시경 폭력과는 지난 밤 서울 전역과 인근 도시에서 올라온 각종 폭력사건을 분류하고, 그 중에서 조직폭력과 연관된 사건들을 분류하느라 정신이 없었다. 취합과 보고, 처리 방침, 처리 절차, 보고서 작성 등 태부족인 인원으로 수도 서울에서 발생하는 수많은 폭력사건에 대항하기는 역부족이었기 때문이다.
　"어젯밤 우리 지역에서 올라온 사건은 이것밖에 없나?"
　강남권 담당 폭력1계장인 이영호 계장이 계원들에게 물었다.
　"네, 전통 보고와 강남서에도 재차 확인을 했습니다."
　1계의 유일한 여형사인 육형사가 자판기 커피를 이계장 책상 위에 올려놓으며 말했다. 점퍼에 간편한 청바지 차림인데도 그녀의 풍성한 몸매가 드러나 있었다. 운동으로 단련된 건강한 여자로 경찰생활 8년째의 여자였다.
　"고마워. 그래도 여자가 갖다 준 커피라 억지로 먹을 만하군!"

이계장이 반농담조로 육형사의 호의에 고마움을 표했다.
"뭐라고요? 계장님도 보기와는 달리 비신사적이군요."
육형사가 1회용 컵을 계원들에게 하나씩 돌리며 이계장의 농담을 받아넘겼다.
"하하! 말띠 처녀 아니랄까봐. 그런데 이 사건, 보강 자료가 빠진 것 같은데…… 남형사가 올린 이 서류 말야?"
이계장은 서류 한 장을 들어 남형사에게 보여주었다.
"네, 저도 지금 그 건을 알아보고 있습니다. 어제 강남의 코모스 호텔 나이트클럽에서 큰 싸움이 벌어진 모양인대, 별다른 피해 상황이나 다친 피해자들이 없습니다."
"코모스 호텔이라면……."
"네, 압구정동에 있는 A급호텔로 강남OA파가 장악하고 있는 호텔입니다."
"그럼 강남OA를 제3의 조직이 공격했다는 말인가?"
"공격이라기보다는 조직들간에 알력이 있었던 것 같습니다. 강남OA를 섣불리 공격할 정도의 이렇다할 조직이 떠오르지 않거든요."
"그렇지. 지금은 강남뿐만 아니라 전국의 폭력계가 조용한 때니까 대전쟁을 일으킬 이유가 없겠지. 그래도 남형사가 직접 가서 피해 상황은 물론 싸움의 정도와 상대조직 등에 대해서 알아보도록 해. 그리고 또 별다른 것은 없나?"
이계장이 서류 더미를 들추며 말했다. 시간은 10시. 과장이 간부회의에서 나올 시간이었다.
"수도권에서는 별다른 사건이 없고, 어제 인천의 일흥병원에 칼로

난자당한 환자 몇 명이 입원했다는 정보와 백병원에 아킬레스건이 끊긴 환자가 입원했다는 정보 2건이 있습니다. 담당 파출소에서 나가 봤지만 환자들이 한사코 다친 상황을 말하지 않는 모양입니다."

"그곳이 어디야?"

"인천입니다."

"인천의 난자당한 환자와 서울의 아킬레스건이라? 어쩐지 전형적인 조직폭력이 개입한 냄새가 나는데. 좀 잔인한 생각이 들지 않나? 최형사하고 조형사가 그곳에 다녀와. 그 친구들, 어제 코모스 호텔 사건과 관계가 있을지 몰라. 서울에서 당하고 멀리 인천의 병원에 입원했을 가능성 말야. 무슨 말인지 알겠지?"

이계장이 결재서류를 챙겨들고 과장실로 향하려 할 때였다. 육형사가 질문을 던졌다.

"계장님, 저는요?"

"아참! 육형사는 말야, 지난번 우리가 신원보증을 서주고 내보냈던 그 아가씨를 한번 찾아가 어떻게 살고 있는지 확인하고 보고해. 며칠 전부터 지시한다는 것을 깜박 잊고 있었군."

"어휴! 주는 임무라고는 순전히 시시껄렁한 것뿐이니!"

육형사는 이계장의 지시가 마음에 안 든다는 듯 책상 서랍을 신경질적으로 닫으며 투덜거렸다.

"이봐, 육형사, 그런 시절이 좋은 때인 줄이나 알라구. 요즘이 우리 폭력계의 호시절이라구. 별다른 대형 사건이 있나, 갈구는 된 시어머니가 있나? 얼마나 좋으냐 말야!"

조형사가 출장준비를 하며 말했다. 육형사는 일반 대여성 상대 부서에서 폭력계로 전출온 지 몇 개월째인 부서 신참이었다.

"그러니까 더 따분한 것 아네요? 나는 폭력계라고 해서 잔뜩 긴장하고 왔는데, 막상 하는 일은 이런 시시껄렁한 일뿐이니, 오히려 형사반에 있을 때가 더 스릴 있던 것 같아요."

"스릴 같은 소리 하고 있네! 이 여자 도대체 어떻게 된 것 아니야?"

"아니 조형사님, 뭐라고요? 지금 무슨 뜻으로 한 말이죠?"

육형사가 따지듯 조형사에게 달려들었다. 그들은 폭력계의 유일한 미혼자들로 계원들의 시선을 의식, 필요 이상의 예민함이 있었다.

"이 친구들, 아침부터 사랑 싸움인가? 그런 싸움은 이따 집에 가서 해. 알았어? 이봐, 뭐해? 빨리 따라오지 않고."

최형사가 육형사를 곁눈질로 바라보며 조형사를 끌고 나갔다.

"어멋, 최선배님! 어휴, 성질나! 여자만 아니라면 그저······."

육형사가 들고 있던 볼펜을 책상 위에 동댕이치며 성깔을 부렸다. 그런 육형사의 어깨를 툭툭 치는 사람이 있었다.

"뭐예욧? 어멋······!"

"자네, 왜 그래? 직장에 불만이라도 있나?"

육형사의 등뒤에 서 있는 사람은 부국장이었다. 구내를 슬그머니 순시 중이었다. 부국장의 특기였다.

"아닙니다. 저는 그저······."

"그저 뭐야? 여자로 태어난 것에 한이라도 맺혔나?"

육형사는 고개를 떨구고 속으로 부글부글 끓는 것을 꾹 참아냈다. 퇴근하면 두 인간을 가만두지 않겠다는 다짐을 하며.

인천 심포동의 한 번화가에 자리잡은 이 지역 최고의 폭력집단 심포파 사무실 안은 찬 물을 끼얹은 듯 조용했으나, 실내의 분위기는 살벌했다.
"도대체 어떤 새끼들야? 감도 잡을 수 없다니, 이거 기가 차는군. 그건 그렇구, 어제 당직 누구지?"
애꾸인 보스 장강(張江)은 어이가 없다는 표정을 지으며 부하들을 노려보았다. 그들 속에서 한 사내가 고개를 숙이고 한 걸음 앞으로 나왔다.
"너 이 새끼, 어젯밤 뭐했어? 또 기집애 끼고 작숭이 목욕시키고 있었지?"
장강이 한쪽 눈을 씰룩거리며 사내를 잡아먹을 듯 노려보았다.
"저, 술 한잔 하다가 그만……."
"이 새끼!"
"어이쿠! 형님!"
사내는 장강의 주먹 한 방을 안면에 얻어맞고 고목나무 구르듯 바닥을 뒹굴었다.
"이 멍청한 새끼! 너 때문에 하우스촌의 칼침이 어떻게 된 줄 아니? 응, 이 새끼야? 밤새 수없이 도움 요청을 했는데 전화가 안 됐다는 거야. 그 바람에 칼침이 병신이 됐어."
"어이쿠! 형님, 죽을 죄를 졌습니다. 한번만 용서하십시오."
"용서? 이 새끼, 군기가 엉망이군. 이런 걸 중간 보스라고 데리고 있는 내가 병신이지."
"어억!"

장강은 쓰러진 사내의 가슴을 사정없이 발로 짓이겼다. 과오에 대한 벌칙이라기보다는 얼굴 없는 상대에 대한 분풀이가 더 강한 듯했다.

그때 사무실 문을 열고 큰 키에 얼굴에 기다란 칼자국이 나 있는 사내가 들어섰다. 집행인이란 별명의 심포파 최고의 주먹이었다.

"오, 명규, 그래 칼침은 좀 어떻던가?"

장강이 그를 보자 행동을 멈추고 질문을 던졌다.

"상태가 지독히 안 좋습니다. 보통 잔인한 놈들이 아니더군요. 칼침 형은 영원히 앉은뱅이를 면치 못할 거랍니다."

"저런! 정신은 좀 들던가?"

"아뇨, 인사불성입니다. 그러나 생명은 지장 없을 것이란 의사의 말을 듣고 왔습니다."

"그게 죽은 거지 어디 살았다 할 수 있겠나? 그리고 그 새끼들에 대해선 좀 알아본 게 있나?"

"여러 가지로 알아봤는데, 역시 요즘 서울 강남과 영동 쪽에서 바람을 일으키고 있다는 그 놈들 같습니다. 어젯밤엔 제비라는 보스급이 직접 진두지휘를 한 모양입니다. 그리고 또 어젯밤 강남 OA파가 똑같이 당했다는 정보도 있습니다."

"OA파가?"

"네, 생각보다 대단한 놈들인 듯합니다. OA파와 우리 심포파를 동시에 공격할 정도의 세력이라면……."

"음……? 도무지 감을 잡을 수 없군. 혹시 대조직의 장난 아닐까?"

"대조직요?"

"시온이파나 태민파 말야."

"아닐 겁니다. 이미 그들과는 굳건한 협상이 있고, 또 그들 조직에 섭섭치 않게 해오고 있는데 그럴 리가 없죠."

집행인이 성냥개비 한 개를 성냥갑에서 뽑더니 허리를 분질렀다. 소파에 자리를 잡고 앉아 본격적으로 공사(?)를 할 판이었다. 그는 심포파 내에서 장강 앞의 의자에 앉을 수 있는 유일한 자였고, 성냥을 분질러트리는 고상한 취미를 장강이 허락한 자였다.

"제비라? 그 새끼의 출신이 어딜까? 그 정도 인물이라면 족보가 있을 텐데 말야."

장강이 실내를 이리 저리 돌아다니다 쓰러져 있는 사내와 눈이 마주치자 귀찮다는 듯 꺼지라는 시늉을 했다. 사내가 그제서야 살았다는 듯 뒷걸음질쳐 밖으로 나갔다. 금방 죽일 듯하다가도 용서할 줄 아는 융통성을 가진 장강이기도 했다. 집행인은 그 모습을 보고 빙그레 웃었다.

그때 밖에서 여경리가 속달편지 한 통을 들고 들어왔다. 장강 앞으로 친전이라는 먹글씨가 쓰여 있는 우편이었다.

"뭐야, 이건…… 이런 미친 놈들! 명규, 이 새끼들이야. 동화회? 너희들, 이런 조직 들어봤어?"

장강이 편지를 집행인에게 넘기며 부하들에게 소리쳤다. 그러나 그들 중 동화회에 대해서 아는 자는 한 명도 없었다.

(동화회…….)

집행인은 편지 내용을 차근차근 읽어 내려가다 문득 떠오르는 자가 하나 있었다.

내용은 간단한 것이었다. 심포파 구역 내에 있는 모든 유흥업소의 주류와 그 밖의 물품 공급권의 요구는 물론이고 연예인이나 여급의 공급 등에 이르기까지 자신들에게 협조하라는 것이었다.
 "미친 새끼들! 이봐, 애들을 모두 소집해. 오늘 이 새끼들을 박살내 겠어."
 장강이 핏대를 올리며 전 조직원들의 소집령을 내렸다. 사무실 안이 갑자기 소란스러워졌다. 부하들이 바삐 밖으로 몰려나갔다. 사내 하나가 자신의 책상에 앉아 메모지에 기록을 하며 예하 조직에 소집령을 하달했다. 징발 인원, 무장할 무기, 이동할 차량, 집결 장소 등을 부산하게 전달했다.
 "형님! 무슨 살수대첩을 하려고 그럽니까? 사단을 다 소집하게."
 집행인이 장강에게 넌지시 말했다. 그 말에 장강은 좀 그렇다는 듯 어깨를 으쓱하고는 담배를 꺼내 물었다.
 "그것도 그렇군! 난리가 난 것도 아닌데. 그렇지만 보복은 해줘야 할 것 아냐. 빚을 졌으니……. 야, 소집 취소시키고 주안의 꺾쇠만 무장한 채 올라오라고 그래. 보복과 함께 놈들의 실력도 가늠해 봐야겠어."
 장강이 소집령을 전달하던 사내에게 명령을 수정시키고는 집행인의 어깨를 한번 토닥거린 후 밖으로 나가 버렸다. 다음 일은 그가 알아서 하라는 뜻이었다.
 집행인은 편지를 조용히 접어 비행기를 만들더니 5층 창가로 가서 밖으로 날려 보냈다. 종이 비행기가 가는 사선을 그리며 저 아래 도로 위로 날아갔다.
 조금 전 그 편지 속에서 집행인은 잊었던 한 사내를 떠올렸던 까닭이 궁금했다.
 (나종수, 왜 이 친구가 편지를 받는 순간 떠올랐을까?)
 집행인은 창 너머로 저 멀리 보이는 바다 쪽을 바라보았다. 갈매기가 날고 있었다. 커다란 화물선에서 하역을 하는 대형 크레인들이 손에 잡힐 듯 가물거렸다.
 하늘이 높고 푸르렀다. 푸른 하늘 저쪽에 하얀 뭉게구름이 피어올랐다. 그 속에서 아이들이 뛰어 놀았다. 푸른 하늘, 푸른 초원, 끝없이 펼쳐진 갈대밭, 바람이 불면 우수수 우수수 하고 한쪽으로 온 몸을 눕히던 대숲……. 그 속에 단정한 모습의 소년 나종수가 있었다. 독종이었지.
 내가 세상에 태어나 항복을 했던 놈은 그 놈밖에 없었으니까. 집행인은 신기촌을 떠올리며 가는 독백을 내뱉었다.
 권투 시합이었다. 누군가 아동용 글러브 두 짝을 선물한 까닭에 원생들 중 남자 아이들은 한동안 권투에 빠져 시간 가는 줄 몰랐었다. 그때 집행인은 다섯 살 아래의 나종수와 장난삼아 권투를 했다가 큰 낭패를 보았었다.
 때려도 때려도 찰거머리처럼 달려드는 그를 몇 번이고 KO시켰지만, 그날 밤 싸움으로 끝장을 보자는 근성 앞에 집행인은 끝내 사과하고 말았었다.
 (그 친구가 이 세계로 진출했다면…… 아니, 그럴 리 없어. 언젠가 대학에서 공부한다는 소리를 들었는데…….)
 집행인은 자신의 엉뚱한(?) 발상을 떨쳐내려는 듯 머리를 휘젓고는 전화기 있는 쪽으로 가서 버튼을 누르려는데, 그때 사무실 안으로 건장한 사내가 들어와 허리를 90도로 꺾었다.
 "형님! 꺾쇠입니다."
 "오! 어서 와. 다른 게 아니고 강남 일대를 뒤져 동화회라는 단체를 찾아내 인사를 해줘야겠어. 똑같은 방법으로 말야."
 집행인은 장강의 책상을 열고 그 안에 있던 지폐 뭉치를 몇 개 꺼내 그에게 건네주었다.
 "형님! 거행하겠습니다."
 꺾쇠가 돈다발을 챙겨 넣고 사무실을 빠져나갔다. 집행인의 손에 들려 있는 수화기 저쪽에서 아이들의 소리가 들려왔다.
 "아! 아름이구나. 아저씨예요. 하하, 큰누나는 학교에서 왔니? 아, 아직 안 왔다고? 작은누나와 둘이서 라면을 끓이고 있다고……. 라면물 조심해야 한다. 엎으면 큰 일이야. 누나 좀 바꿔 줄래?"
 집행인은 다시 가스불과 끓는 물에 조심하게 한 후 수화기를 내려놓고는 쏜살같이 내려와 자신의 승용차로 연립으로 달렸다. 아름이와 다름이는 17세 되는 소녀 가장 명희의 7세, 5세 되는 동생들이었다.
 (가스불을 아이들 손에 닿지 않는 곳에 놔둬야지 잘못하다간 큰 일 나겠어.)
 집행인은 속도를 최대한으로 내고 연립으로 달렸다. 아이들의 천진스런 웃음이 가슴을 뭉클하게 했다.
 작년 겨울이었다. 하얀 눈이 펑펑 쏟아지는 어느 밤이었다. 그날 집행인이 들른 작은 술집에 조그만 소녀 하나가 언 손을 불면서 들어와서는 술집 종업원으로 써 달라며 주인에게 하소연했다.
 영양실조 탓인지 바람이 불면 넘어질 듯한 가냘픈 소녀였다. 소녀 말했었다. 자신이 취직을 하지 못하면 어린 두 동생들이 굶어 죽을지도 모른다고. 그리고 막내는 아파 누워 있다고……. 그러나 주인은 냉담하게 소녀를 밖으로 떠밀며 길에다 소금을 한 줌 뿌렸다. 집행인은 먹던 술자리를 털고 일어나 힘없이 걸어가는 소녀의 뒤를 따라 집까지 쫓아갔었다.

작은 방. 그것은 집이라고 하기에는 너무도 작고 초라한 달동네의 허름한 셋방이었다. 난방도 안 된 싸늘한 방안에는 강아지 같은 아이들 둘이 이불을 뒤집어쓰고 떨고 있었다. 벽에는 온 가족이 단란하게 모여 찍은 사진이 걸려 있고 그 밑에는 소녀가 쓴 듯한 다짐의 글이 있었다.

「아빠! 엄마! 아름이와 다름이는 제가 잘 키우겠어요. 명희에게 힘을 주세요.」

"아저씨는……?"

"애야! 그게 뭔 상관이니? 아이가 몹시 아픈 것 같구나. 아저씨와 병원에 함께 가자꾸나."

집행인은 아이의 끓는 이마를 만져보고는 작은 이불로 꼭 보듬고 인근 병원으로 달렸었다. 그때가 벌써 1년 전이었다.

"아저씨, 누나가 라면 안 준다."

"아니래요. 자꾸 먹지 말재도 다름이가 달라고 떼쓴데요."

"일러라 일러라, 일본놈, 일본놈 같은 고자질쟁이!"

집행인이 연립의 문을 열자, 아이들 둘이 반갑게 맞이하면서 서로의 잘못(?)을 전가시키며 다퉜다. 라면 하나가 이불 밑에 뜯어져 있고, 가스렌지 위에 물이 담겨 있는 냄비가 올려져 있었다. 밸브가 높은 곳에 있어 불을 켜지는 못한 듯했다.

"불을 만지면 어떻게 된다고 했지? 하늘 나라 도깨비가 내려와 잡아 간다고 했지?"

집행인은 아이들을 번갈아 가며 안아주면서 불에 대한 주의를 주었다. 아이들은 화마로 인해 생긴 슬픈 과거가 있었다. 화마로 인해 부모와, 명희와 아름이 사이의 동생을 한꺼번에 잃은 아픔이.

"자, 아저씨, 일이 있어 가야 되겠다. 그리고 아름아, 이거 언니 오면 전해 줘라. 너희들 유아원비와 생활비야. 서로 싸우지 말고 언니 말 잘 들어야 된다. 그럼 아저씨가 다음에 올 때 장난감 많이 사 갖고 올게."

"네, 아저씨, 고맙습니다."

아름이가 작은 손으로 봉투를 받아 이불 속에 간수고는 인사했다. 명희의 가르침이 아름에게 묻어 있었다.

"그래, 아름이는 똑똑하고 착하지. 참, 아저씨가 짜장면 시켜주고 갈 테니까, 싸우지 말고 사이 좋게 먹어야 한다."

"네!"

아이들이 병아리처럼 입을 모아 대답했다. 집행인은 그런 아이들의 모습이 귀여웠다.

신기촌 시절 어려움과 배고품 속에서도 언제나 웃고 떠들기만 하던 천진한 원생들, 그 해맑은 동심, 사랑을 하면 사랑으로 괴롭고, 돈을 모으면 돈으로 인해 괴롭다던 원생들의 아버지 베드로 신부의 마음이 집행인은 이 가정을 통해 느껴지는 것 같았다.

집행인은 아이들에게 문단속을 강조한 후, 그곳을 나와 차를 수원

쪽으로 몰았다. 신기촌을 찾아가려는 것이었다.

밤이 다시 찾아왔다.

전쟁, 그리고 피를 부르는 혈마의 유혹에 몸부림치는 사내들이 못 견뎌 하는 시간, 신시가지 강남이 들썩거리기 시작했다.

강남의 패자만이 진실로 한국 암흑가의 패자라는 논리가 성립될 정도로 각종 유흥가와 호텔, 유기장들이 밀집된 강남의 전통조직 OA파의 총본부가 있는 영동 유기장의 사무실 안은 공포와 비례하여 악에 받친 보스 황갑수가 전화에 대고 고래고래 소리를 지르고 있었다.

"뭐야? 지하 룸살롱 아방궁과 칠갑 성인 오락실이 차례로 습격을 받고 있다고? 상대는 동화회라는 그 새끼들이란 말이지?"

황갑수는 대머리를 번쩍이며 어찌할 바를 몰랐다. 호남에 족보를 둔 역전의 용사인 그였으나, 이런 식으로 자신의 조직 전체를 공격당하는 사태는 처음인 까닭이었다.

"안 되겠어. 황룡, 너 애들을 반분해서 지원해. 놈들을 만나면 모조리 해치워 버려!"

황갑수가 오른팔로 여기고 있는 행동대장 황룡에게 지시를 내렸다.

"보스, 안 됩니다. 놈들은 양동작전을 벌이고 있는 겁니다. 최종 목표는 여기일 겁니다. 기다리면 이곳으로 오게 돼 있습니다."

황갑수의 옆에 서 있던 중년의 사내가 제지하고 나섰다. 머리가 희끗희끗한 그는 이곳 유기장의 사장인 동시에 OA파의 장로였다.

"그렇다고 마냥 기다릴 수는 없잖소? 그러다 공들여 닦아 놓은 터다 망가지면 어쩌겠소? 뭐 하나, 즉각 떠나지 않고?"

"넷, 보스!"

 황룡이 유기장 안팎에 포진하고 있던 대원들을 반분해서 승용차와 봉고에 나눠 타고 떠났다. 그러자 일단의 사내들이 유기장 안으로 밀어닥쳤다.

"해치워, 이 새끼들!"

"기습이다, 기습."

"박살을 내버려."

 유기장의 출입구는 너무도 손쉽게 돌파되었다. 대형 철봉대를 휘두르는 고릴라의 돌진 앞에 제대로 막아서는 자가 없었다. 더구나 그의 부하들은 사시미칼을 사정없이 휘둘렀다. 마치 지옥에서 온 야차(夜叉)같이 살인도 서슴지 않을 기세였다.

"아악!"

 고릴라의 쇠파이프에 서너 명이 이마가 터져 피를 분수같이 내뿜으며 쓰러졌다. 또 다른 서너 명이 몸에 칼을 맞고 비명을 내지르며 유기장 안쪽으로 뒷걸음질쳤다.

"황갑수, 어떤 놈이냐? 계속 피를 보게 할 텐가?"

 고릴라와 선봉대가 유기장으로 밀고 들어오며 고래고래 소리질렀다. OA파는 이미 전의를 상실하고 있는 듯했다. 주력이 반분된 상태의 여파는 엄청난 것이었다.

"비켜 서라!"

 황갑수가 부하들을 제지하며 앞으로 나섰다. 뒤로 주춤거리던 대원들이 양옆으로 비켜 길을 텄다. 그와 함께 고릴라도 대원들을 제지, 장내는 순식간에 정적이 감돌았다. 무덤 속이 이런 것일까 싶을 정도로 조용했다.

"황갑수, 지는 달은 떠오르는 태양을 막아서지 못하는 법, 어찌 암흑가의 생리에 그리 어둡단 말인가?"

제비였다. 무장한 저승 나찰(羅刹)들을 이끌고 온 야차 같은 매서움과 한편에는 격조도 내포하고 있는 사내였다.

"그대가 보스인가?"

황갑수가 당차게 말했다. 아직은 기가 죽지 않은 모습이었다. 그러나 그는 상대 조직의 강도가 예사롭지 않다는 것을 느끼고 있었다.

"후후, 그게 궁금한가 보군. 그러나 그것은 급한 것이 아니고, 먼저 항복하는 것이 순서일 텐데?"

"항복? 어떻게 명문의 강남 OA가 족보도 모르는 애송이에게 무릎을 꿇는단 말인가? 잔말 말고 1대 1로 승부를 겨뤄 보자. 어떤가?"

황갑수가 사태를 반전시키려고 지연전술을 펼쳤다. 1대 1로 싸우는 동안 황룡이 끌고 나갔던 대원들이 돌아올 시간을 벌자는 수였다.

"시간 없다. 뭣들 하나? 쳐라!"

제비의 뒤에 서 있던 나종수가 황갑수의 얼굴을 뜨겁게 만드는 명령을 내렸다. 동시에 고릴라를 선봉에 세우고 제비까지 합세한 강력한 공세가 퍼부어졌다.

칼과 도끼, 쇠파이프, 그와 함께 석궁까지 동원된 잔인한 공격 앞에 OA파는 속수무책이었다. 그래도 한 조직의 보스답게 분전하던 황갑수의 가슴에 제비가 대검을 꽂아넣자 싸움은 끝나 버렸다.

"보스를 병원으로, 빨리!"

황갑수의 부하들이 보스의 몸을 둘러메고 탈출구를 열려 하자, 제비가 앞을 가로 막고 그의 등에 칼침을 한 방 더 먹였다.
"아——악!"
검붉은 피가 제비의 얼굴에 뿌려졌다. OA파의 대원들은 제비의 무자비함에 경악을 금치 못했다. 항복한 자에게는 자비와 애정을, 적에게는 살인적 공포라는 암흑가의 철학을 갖고 있는 그다웠다.

3

유년의 추억

집행인은 3년만에 찾아오는 신기촌의 원장실에서 베드로 신부에게 애정어린 걱정을 듣고 있었다.
 "요한 성모님께서 3일 동안 눈물을 흘리시더니 요한 너를 보내셨구나. 돌아온 탕자라는 애기가 있단다. 너도 익히 들어 알고 있지? 요한, 더 이상 죄를 짓지 말아라. 죄는 더 큰 죄를 부른다는 것을 모르니?"
 베드로 신부는 눈물까지 흘리며 집행인의 두 손을 잡고 애원했다. 요한은 그가 이곳에 있을 때 받은 세례명이었다.
 "신부님, 그만 가 보겠습니다. 부디 몸 건강하십시오. 그리고 이건 저의 작은 성의입니다. 비품비라도 보태 쓰시면……."
 "이놈! 끝까지 사탄이 영혼을 주재하는구나. 이놈아, 성모님은 이런 피냄새나는 것들을 싫어하신다. 썩 갖고 물러나거라. 요한, 아니 명규, 이놈아!"

"그럼 신부님, 안녕히 계십시오."
 집행인은 붙잡고 늘어지는 신부를 뒤로 하고 원생들이 곤히 잠들어 있을 숙소를 바라보며 승용차에 몸을 실었다. 꿈과 한이 엄청나게 서려 있는 곳, 이곳은 자신의 증오의 발생지이면서 어쩔 수 없는 고향이기도 했다.
 (그래, 종수가 밤의 세계에 발을 들여 놓은 것이 분명해. 휴학과 복학을 거듭하며 다니던 학교를 4학년에서 끝내 포기하고 어디론가 잠적했다면, 그가 설 곳은 암흑가밖에 없어. 나종수 그라면, 그가 진정 이 세계를 통치하려 한다면 한바탕 살겁이 몰아치겠군!)
 집행인은 차의 시동을 걸며 나종수를 생각했다. 강남 일대와 인천까지 세력을 떨치고 있는 신흥 조직의 보스가 나종수일 것이란 자신의 예감이 적중한 듯한 느낌이 왠지 싫지 않았다.
 집행인이 시선을 가리는 어둠을 뚫고 인천으로 향하는 도중, 호출기에서 자신을 찾는 번호가 찍혀 나왔다.
 "호! 천사님들께서 나를 왜 찾으실까?"
 집행인은 비상 시국이라고 보스 장강이 구입해 준 카폰으로 전화를 걸었다. 카폰 번호를 아직 명희에게 알려주기 전이었다.
 "오, 아름양께서 아직 안 주무시고 뭐하시나? 왜, 아저씨 빨리 오라고? 생일축하해야 된다고? 오늘이 누구의 생일이더라……."
 집행인은 카폰을 스톱시키고 잠시 눈시울이 뜨거워지는 것을 느꼈다. 자신의 생일을 기억하고 있는 사람들이 이 세상 위에 살고 있다는 것이 감격스러웠다.
 (요즘 내가 너무 감상적이 된 것 같아. 최명규, 정신차리자. 이 무슨

신파냐? 최명규, 네가 누구냐? 인천 암흑가의 집행인 아니냐? 한국 제일의 조직이라는 태민파의 인천 진출을 두번이나 막아냈던 너 아니냐?)

집행인은 자신에게 질문을 던지며 마음을 가다듬었다. 틀어놓은 라디오에서 음악 프로가 끝나고 뉴스가 시작되고 있었다. 그는 볼륨을 좀 키웠다.

"방금 들어온 소식입니다. 조금 전, 서울 강남 유흥가 일원에서 조직 폭력배들 간에 세력 다툼으로 보이는 싸움이 일어나서 1명이 사망하고 10여 명이 중상을 입었습니다. 사망자는 황갑수, 48세로, 강남 OA파라는 폭력단의 실질적 두목으로 알려졌고, 상해자들은 거의 전부가 그의 부하들로 밝혀졌습니다. 한편 경찰은 상대 조직을 쫓고 있으나, 그들 세계의 특성상 별다른 단서를 찾지 못하고 탐문 중인 것으로 알려졌습니다."

뉴스는 그 사건 보도에 이어 한탄강에서 수학 여행 도중 전복한 버스에 대한 이야기를 진행하고 있었다. 집행인은 라디오를 꺼버렸다.

(살인, OA파의 황갑수를 완전히 재웠다? 이건 좀 무모한 짓이군! 아니, 무모함을 가장한 정곡을 찌르는 경고일 수도 있어. 암흑가 전체에 던지는 경고…….)

집행인은 암흑가에 불고 있는 무서운 태풍의 전주곡을 듣는 것 같은 두려움이 온 몸에 엄습해 오는 것을 느꼈다. 강력한 신흥 세력의 등장 치고는 너무도 파워풀한 세력의 등장 아닌가.

강남의 한 아파트 진입로에 자리잡은 포장마차 안에서 우동으로 요기를 때운 이계장은 계원들과 즉석 미팅을 갖고 있었다.
"동화회란 조직의 내력을 시급히 밝혀야 되겠어. 동화회의 보스와 그 신원, 근거, 조직원들의 규모와 자금줄 등을 철저히 조사해야 돼."
이계장은 허기를 채운 형사들이 입맛을 다시며 소주병에 곁눈질을 자꾸 주자 그들에게 소주 한 잔씩을 배당(?)했다.
"강남 OA는 수도권 지역의 10대 패밀리급에 들어가는 조직입니다. 그런 OA를 하룻밤에 와해시켜 버린 동화회를 신흥 세력이라고 보기는 좀 뭣하지 않을까요?"
남형사가 술잔을 아깝다는 표정으로 바라보며 마셨다.
"신흥 세력이 아니라면, 기존 세력 중 어느 조직이 이름을 숨기고 일을 저질렀다는 말인가?"
"신흥 조직치고는 너무 완벽합니다. 사람이 1명 죽고 수십명이 다친 사건에 용의자 하나 제대로 체포하지 못한 우리의 경우를 봐서도 말입니다."
"제비라는 별명으로 불리는 사내와 동화회의 근거지로 예상되는 동화유통이란 주류도매업체 등의 단서는 우리가 잡고 있으니, 완벽하다고는 할 수 없겠지."
최형사가 거들었다. 그는 계원들 중 가장 연장자였고, 성격이 급하고 거칠어 강남 지역의 어깨들이 치를 떠는 사내였다.
"좋아. 결론은 동화회의 정체를 밝혀내는 것이 급선무야. 피해자들에게 협조를 얻어 제비의 몽타즈를 만들고, 동화유통을 24시간 감시,

전쟁에 가담했던 놈들을 찾아내 수갑을 채워야 돼, 최형사······."
이계장은 최, 남, 조형사 순으로 임무를 주고는 마지막 남은 육형사를 대동하고 한 대형 술집을 찾아 들어갔다. 새벽 동이 훤하게 틀 무렵인데도 여기 저기 손님들이 앉아 있는 것이 보였다.
"이곳이 24시간 영업장이야. 밤에는 술을 팔고 낮에는 간단한 음식을 팔지. 그리고 이곳은 태민파라는 한국 양대 조직의 하나가 운영하고 있는 곳이기도 해. 육형사는 이곳에 잠입해서 태민파의 움직임을 체크, 보고하는 일이야. 이 업소 경영주가 태민파의 행동대장인 만큼 동화회와 연관이 있다면 어떤 단서가 있을 거야."
"계장님은 동화회가 태민파라고 생각하세요?"
"아냐, 그렇지는 않아. 그러나 동화회는 정체불명의 조직이고, 태민파는 오래 전부터 강남 전체를 장악하려는 야망을 갖고 있던 조직인 만큼 어떤 가능성을 점검하자는 거지."
"재미있겠군요."
"재미? 할 수 있겠어? 위험이 항상 도사리고 있을 텐데."
이계장이 걱정된다는 듯 육형사를 바라보았다. 그들 앞에는 맥주 몇 병과 마른 안주가 날라져 왔다.
"잘할 수 있어요. 이제야 일다운 일 한번 맡아 보는군요."
"허허, 이 친구하군!"
이계장은 마른 안주 하나를 입에 집어넣으며 말괄량이 육형사를 바라보고 미소를 지었다.

반포동 APT단지의 한 상가 내 건축자재 사무실이 나종수가 은거,

조직을 총지휘하고 있는 제1안가로 3층에 자리잡고 있었다. 예상되는 적의 습격과 도주로 등을 감안, 계단 비상구를 끼고 있는 방이었다.
 사무실 안에는 나종수와 제비, 그리고 고릴라와 또 하나의 중간 보스가 앉아 무엇인가를 논의하고 있었다.
 "경찰이 유통 사무실을 감시하고 있습니다. 아직 수색을 당하지는 않았습니다."
 밖에서 금방 들어온 중간 보스가 말했다.
 "다른 조직의 반응은 어떠냐? 굉장하지?"
 고릴라가 어깨를 으쓱하며 말했다. 그의 얼굴에는 불안감보다는 자랑스러움이 더 깃들어 있었다.
 "전 암흑가가 충격을 받은 모양입니다. 시온이파나 태민파 등 대조직을 제외하곤 여타 군소 조직들은 신경을 곤두세우고 있는 것이 확실합니다. 유통 사무실로 협조나 보호를 문의해 오는 업소 주인들의 전화가 빗발치고 있습니다."
 "그려! 그거 약효 한번 직방이군 그려!"
 "고릴라!"
 "아, 형님, 죄송합니다. 제가 그만 흥분을······."
 제비가 주의를 주자, 고릴라가 엄청난 덩치에 걸맞지 않게 고개를 조아렸다. 그 모습을 재미있다는 듯 바라보는 나종수에게 제비가 입을 열었다.
 "보스, 애들 두셋을 자수시켜 경찰과 여론을 무마해야 합니다. 시간을 지체하지 말고 OA파의 업소들을 접수하는 것은 물론, 인천·부천·안양 방면의 업소와 군소 조직들에 대대적인 공격을 감행해야 합니다."
"너무 서두는 게 아닐까? 분위기가 좀 가라앉은 다음에 일을 진행시켜도?"
"보스, 아닙니다. 때는 지금이 최적기입니다. 전 암흑가와 업소 주인들이 신흥 세력의 거친 등장에 어리둥절할 때 더 세차게 압박, 협상의 여지가 없는 튼튼한 지분을 확보해야 하는 겁니다. 현재 우리 전력의 3배의 효과를 노리는 거죠."
제비는 모사답게 심리전을 펼쳐내고 있었다.
"허장성세로 적을 유혹하고 만천가해로 인간심리의 맹점을 찌르는 겁니다. 한편으로는 경찰과 여론을 어우르고, 한편으로는 비수를 들이미는 전법, 손자병법의 계책들입니다."
"인간심리의 맹점을 찔러라! 그거 그럴 듯한 말이군. 역시 제비답군. 계책이 섰으면 밀어붙인다. 저항이 있으면 깨부수고!"
나종수가 제비에게 일임하고 밖으로 나갔다. 제비와 고릴라가 문밖까지 나와 배웅하고 3차 공략의 작전계획을 수립했다.
"고릴라는 OA파의 잔당 소탕과 업소 접수를, 칠성이 너는 안양의 외곽 업소들을, 그리고 나는 부천·인천 방향의 업소와 군소 조직을 공략한다. 그리고 한 가지, 시온이파와 태민파가 연계된 곳들은 피하도록 한다. 이유는 없다."
제비의 지침을 들은 고릴라와 사내가 빠져나가자, 제비는 전화로 한 사내를 다정히 불러내 여러 가지 위로와 다짐을 받는다. 그리고 교도소 생활과 변호사, 남아 있는 가족들에 대한 보살핌 등에 대한 따뜻한(?) 관심을 표하고.

나종수는 차를 몰아 한강변에 대게 했다. 보디가드 겸 기사가 차를 세우고 황급히 달려와 뒷문을 열었다.

햇살이 눈부셨다. 멀리 여의도 쪽으로 아시아 최고 높이라는 63빌딩이 한창 신축 작업 중이었다. 바벨탑, 문득 베드로 신부의 말이 떠올랐다. 하늘에 도전하고 싶었던 종족이 있었다. 그들은 오랫동안 숙의한 끝에 하늘 끝까지 올라갈 수 있는 탑을 쌓기로 했다. 부질없는 인간의 욕망을 경계하는 가르침이다.

나종수는 한강 둑을 따라 걸었다. 발 밑에 밟히는 이름 모를 풀꽃들이 아름다웠다.

담배를 피워물었다.

강바람이 서늘하다. 멀리 한강 철교를 달리는 통일호 열차가 한가롭다. 나종수는 강가에 만들어 놓은 나무 벤치에 앉았다. 바로 밑에 낚시꾼 하나가 긴 대낚시를 드리우고 앉아 미동도 하지 않은 채 수면 위를 응시하고 있었다.

"음!"

나종수는 벤치에 가로누워 하늘을 보았다. 눈이 부셨다. 그렇지만 태양의 반대쪽을 바라보면 그런 대로 참을 만했다. 풀꽃을 한 송이 꺾어 입에 물었다. 아이들은 자수를 했겠지. 특별히 교육된 만큼 잘해 낼 거야. 그리고 수도권 전체 암흑계는 비상이 걸렸겠지. 승부는 이제 시작된다.

그는 자신에게 다짐을 하며 벤치에 도로 앉았다. 멀리 서 있는 보디가드가 미소를 짓는 듯했다.

구름 한 점이 드높은 하늘의 한쪽에서 피어나고 있었다. 그것은 도넛 모양에서 둥근 풍선 모양이 되었다가 이내 사람의 형상으로 변했다. 가슴이 아려왔다. 왜 저 구름에서 그녀가 연상되는 것일까? 그 여자는 나에게 있어 어떤 존재인 것일까? 나종수는 고개를 저어 그녀의 환영을 떨쳐내려 했다.

그러나 여자의 환영은 자신에게 손을 내밀었고, 나종수는 힘없이 무너져 그녀의 뒤를 쫓았다.

남한강 풀꽃이 아름다웠다. 안개 물살로 시작되는 새벽에서 시뻘건 노을이 내리던 저녁까지 나종수와 그녀의 고향 신기촌은 아름다웠다.

"오빠, 아프지 않아?"

"아니."

"정말! 그 오빠 나쁘다. 자기보다 어린 동생을 그렇게 패는 수가 어딨어? 내가 신부님께 일러 줘야지."

"아냐, 그건 비겁한 거야. 그리고 나도 형을 많이 팼는데 뭘……. 신부님이 아시면 마음 아파 하실 거야. 형제들이 싸운 것에 대해."

"근데 오빠, 정말 안 아파? 내가 호 해줄까? 상처난 데 수녀님이 호 해주시니까 안 아프던데."

지연은 종수의 얼굴과 눈두덩에 난 멍을 안됐다는 듯 입을 대고 입김을 불어줄 심산이었다.

"아냐, 됐어. 내가 뭐 아기냐?"

종수는 지연의 몸을 피해 뒤로 물러앉았다. 괜스레 얼굴이 뜨거워지는 것 같았다. 그러나 내심으로는 지연의 그런 행동이 싫지 않았다.

어린 지연에게서는 항상 풀꽃 냄새가 나는 듯했다. 그 냄새는 강변에서 부는 바람이었고, 노을이 뿌리는 정취 같은 것이었다.
"오빠, 나 내일부터 학원에 간다."
"학원?"
"응. 신부님이 말씀하셨어. 회장님께서 용인에 있는 한 대학 강사님한테 부탁을 해놓으셨데."
"그럼 학원이 아니지, 바보야. 그건 개인 렛슨이라고 하는 거야, 이 바보야."
"바보? 또 바보라 했지. 그 말은 내가 최고로 싫어하는 말이라는 걸 몰라?"
지연이 종수를 꼬집는 시늉을 하며 달려들었다. 바람이 그녀의 머리칼을 휘날려 한층 예뻐 보였다.
"하하, 잡으면 용치, 잡으면 뽀뽀해 주지."
"뭐? 저런! 도끼비, 나쁜 악마!"
뒤쫓아오는 지연을 뒤돌아보며 달리는 남한강변의 갈대가 우수수 우수수 소리를 냈다. 종수는 그 갈대밭에 숨어 지연을 놀래 주면서, 한편으로 회장이 지연에게 쏟는 관심이 불안스러웠다.
신기촌의 설립자며 후원자인 신기 그룹의 김회장이 지연을 예쁘게 본 것과, 1주일이면 두번씩 내려와 원생들과 어울리고 가곤 하는 그의 아들 명근이 불안스런 존재들이었다.
"보스, 둘째 형님의 전화입니다."
"응? 그래."
나종수는 정신을 차리며 보디가드가 내놓은 수화기를 받았다. 보디가드가 멀찌감치 물러났다.
"자수시킨 애들이 잘하고 있다고? 그래야지. 그리고 뒤처리를 확실히 해서 딴 맘 먹지 않도록 조치해. 변호사도 A급으로 쓰고, 학교에도 선을 대 애들이 마음 편하게…… 그렇지. 그리고 30개 업소가 협조를 하겠다, 물품공급 계약서에 도장을 찍었다, 그 말인가? 됐어. 그럼……."
나종수는 수화기를 보디가드에게 건네주고 승용차로 걸어갔다. 인근에서 몰려온 아이들이 공차기놀이에 열중하고 있었다. 눈으로 봐도 질감이 좋아 보이는 공이었다. 아이들도 하나같이 좋은 옷에 좋은 신발을 신고 있었다.
백구가 나종수의 발 밑까지 굴러왔다. 아이들이 그쪽으로 차 달라는 손짓과 발짓을 했다.
"펑!"
바람이 적당히 든 백구가 나종수의 발 끝에 기분 좋은 촉감을 남기고 아이들 머리 위로 날아갔다. 야, 하는 함성이 들렸다. 그 소리는 공을 차는 아이들이 내는 소리가 아니었다. 손에 잡힐 듯 아스라한 거리에 떨어져 있는 신기촌의 운동장에서 나는 소리였다.

"너는 꼭 이겨야 성미가 차니? 경기에 지면 금방 뭐가 어떻게 되는 거야?"
"그럼, 명근 형은 지고도 밤에 잠이 와, 잠이 오냐고?"
"잠이 왜 안 오니? 종수야, 이것은 축구놀이야, 전쟁이 아니란 말야."

"그래도 난 이겨야 돼. 앞으로 두 골 먼저 넣는 팀이 이기는 거야. 계속해!"

땅거미가 짙게 드리운 운동장에서 종수와 명근은 축구시합의 계속 진행 여부를 놓고 실갱이를 벌였다. 이미 한 골을 지고 있던 팀의 종수가 시간을 계속 연장하자는 억지를 부렸던 것이다.

아이들은 종수의 억지에 짜증을 부리면서 공차기는 계속되었다. 그의 성격을 잘 아는 아이들인지라 눈치만 살피고 숨을 헐떡거리며 운동장을 뛰었다.

"오빠들, 밥 먹어라! 신부님이 어디 가셨다고 수녀님 말도 안 듣고, 이게 뭐야?"

지연이었다. 땅거미가 내려 이제는 서로의 얼굴도 분간하기 힘든 운동장 가로 걸어오며 지영이가 시합을 말리려 했다.

"어멋, 난 몰라!"

그때 누군가가 차낸 공이 지연이의 몸에 맞아 그 충격으로 소리를 지르며 넘어졌다.

"아니, 왜 그래? 지연이가 어디 다친 거야?"

종수가 놀라서 지연 앞에 달려왔을 때, 명근이가 넘어진 그녀를 부축이며 먼지를 털어주고 있었다.

"비켜, 형! 지연아, 어디 다친 곳은 없니?"

종수는 명근을 밀쳐 버리고 지연을 대신 부축하며 말했다. 아이들이 둘을 둘러싸고 바라보았다. 그때 종수는 무엇인가 뒤통수를 얻어맞은 듯 서 있던 명근의 모습을 보고 속이 통쾌한 감정을 느꼈었다.

밤이었다. 식어터진 저녁밥을 늦게 먹고 잠자리에 든 종수는 잠이

오지 않았다. 수녀에게서 들은 꾸중이 걸려서는 아니었다. 지연을 끌어안았을 때 찌그러지던 명근의 얼굴이 마음에 걸렸던 것이다. 명근이 지연을 좋아하고 있다는 증거였다. 그가 무섭거나 겁나는 것은 아니었다. 아니, 명근은 심성이 착하고 순했다. 그래서 종수 자신도 형으로서 따르며 친하게 지냈다.

그러나 명근의 뒤에는 그의 아버지 김회장이 있었다. 무엇이든 안 되는 일이 없는 막대한 금력의 소유자, 그리고 그가 지연에게 관심을 둔다는 것이 두려웠었다.

(안 돼. 지연이는 내 거야. 그 어떤 놈한테도 빼앗길 수 없어.)

종수는 자리를 박차고 밖으로 나와 운동장을 걸었다. 바람이 시원했다. 나뭇잎이 흔들거리는 소리와 풀벌레 소리가 은은한 합창을 이뤄 심란한 마음을 달래 주는 것 같았다.

"오빠!"

"아니, 넌?"

"응, 지연이 왠지 잠이 오지 않아서. 오빠도 그래?"

지연이가 점퍼 차림으로 나와 시멘트로 만들어놓은 벤치 위에 앉아 있다가 종수를 발견한 모양이었다.

"그래도 감기 들면 어쩌려고……."

"감기는 매일 드나 뭐? 그리고 나 그렇게 약하지도 않은걸."

"그래서 얼굴색이 그렇게 창백하니? 체육 시간에도 뒷전에만 앉아 있고."

"그건 그래. 하지만 운동은 오빠가 잘하니까 됐지 뭐."

"……."

행복했었다. 지연의 그 말 한 마디는 명근으로부터 야기되는 불안감을 한꺼번에 씻어주는 것이었다. 운동은 오빠가 잘하니까 그것으로 자신의 부족한 부분을 대신 충족시켜 준다는 뜻 아닌가.

하늘이 아름다웠다. 멀리 떨어지는 별똥별 하나, 종수는 그 많은 별 속에서 가장 빛나고 아름다운 별 하나를 택해 지연이란 이름을 지어 주었다.

"오빠, 하늘의 별자리는 어렵더라. 그런데 저 W자로 되어 있는 별자리는 찾기가 쉬워 좋아. 언더우더 별자리래. 수녀님이 말씀하셨어. 지연은 언제부터인가 저 별자리를 엄마 아빠의 별이라 생각했어. 정말로 나는 엄마 아빠가 보고 싶은데……."

"지연아……."

눈물이 났다. 다섯살 때 이 고아원 신기촌에 들어온 지연이 아빠 엄마가 보고 싶다고 울 때면, 종수 자신의 어린 가슴도 찢어지는 듯 아팠다. 자신의 어깨에 기댄 지연의 긴 머리에서 여전히 풀꽃 냄새가 났다.

종수는 지연의 한 손을 꼭 잡고 성모님과 하느님께 열번이고 백번이고 맹세했었다. 이 천사가 자신에게서 떠나가게 하지 말아 달라고. 자신의 곁에 붙잡아 달라고…….

4
독종과 사랑의 시발점

　시경 폭력계 사무실은 한 떼의 기자들로 북새통을 이루고 있었다. 최형사의 책상 앞에 서 있는 2명의 사내에게 수많은 플래시와 질문 공세를 펼쳐대고 있었다. 차례나 어떤 절차가 필요 없었다. 자기들끼리 취재 경쟁을 벌이다 사소한 일로 서로 다투기도 하면서 열을 올리는 기자들의 소나기를 피해, 최형사는 담당 수사관의 위치에서 좀 떨어져 있을 수밖에 없었다.
　"이름은?"
　"조직 폭력간의 세력 다툼 끝에 일어난 살인이라는데?"
　"황갑수에게 직접 칼을 찌른 자는 둘 중 누군가요?"
　"얼굴 똑바로. 그래야 사진이 잘 나오지, 이 친구야."
　자수자들에게 한 차례 질문 공세를 펼친 기자들이 이번에는 이 사건의 수사 책임자인 과장실로 몰려 들어갔다. 최형사와 남형사는 별놈의 직업을 가진 인간들도 다 있다는 생각을 하며 그들을 각자 취조실로

4. 독종과 사랑의 시발점   55

옮겨 조사를 다시 시작했다.

A실은 최형사, B실은 남형사가 맡았다. 지난 밤 밤새워 한 조사에서 나온 것은 아무것도 없었다. 무조건 자신들이 살인에 가담했다는 것과 그 다음은 모른다는 진술뿐이었다.

"이름은? 나이는? 주소, 성명, 주민등록번호는? 전과는? 그리고 지금 너희들이 소속된 조직은……?"

밤새워 입에 침을 튀기며 전 계원이 달려들어 받아낸 진술은 전과기록까지였다. 회유와 유도성 질문, 간단한 협박(?) 정도로는 씨도 먹히지 않는 인간들이었다.

"계장님, 저놈들 저 정도로 되겠습니까? 오늘 밤 제게 맡겨 주십시오. 작살을 내서 실토를 받아내겠습니다."

조형사가 투시창을 통해 취조실 안을 들여다보며 이계장에게 말했다.

"고문이라도 하겠다는 건가?"

"해야죠. 저런 놈들, 고문 좀 했다고 누가 탓할 사람 있겠습니까?"

"이 친구, 큰 일 내겠군! 저 밖 사무실 한쪽을 봐. 저놈들의 변호사가 아침부터 와서 전 조사과정을 지켜보고 있어. 필요하다면 이곳에서 잠이라도 자고 가겠다는 심산이야."

"이런, 미친 세상! 돈이라면 지옥 나찰도 천사로 둔갑하는 세상이니, 에이!"

"그만큼 저자들이 속해 있는 조직이 질서와 체계가 있다는 증거야."

"한 마디로 대단한 놈들이군요. 위장 자수에다 수사과정에 변호사를 전세내어 따라 붙일 정도니……."

조형사는 허기가 진다는 듯 물주전자를 들어 벌컥벌컥 들이마셨다. 투시창 안에서는 가슴을 두드리는 최형사의 모습이 보였다. 반대로 취조를 받는 자는 빈들거리며 한결 여유가 있어 보였다.
"민주 경찰이 왜 욕을 하십니까? 이거 이런 식으로 하면 죄짓고 자수하는 사람 있겠습니까?"
"아니, 이 새끼가!"
"어허! 이러지 마세요. 밖의 변호사 좀 불러 주십시오. 이런 분위기에서는 진술을 더 이상 못하겠습니다."
"에이, 개 새끼!"
최형사가 주먹을 날리려 했다. 그 순간 이계장은 취조실 안에 설치된 벨을 작동시켜 그의 행동을 제지시켰다.
"계장님, 이런 식으로 조사할 거면 뭐하러 시간을 낭비합니까?"
조형사가 분통이 터진다는 듯 투덜거렸다.
"그럼 죄인이라 해서 마구 강압적이고 폭력적으로 다뤄야 되나? 인내와 끈기를 갖고 놈들이 꼼짝을 못하는 증거를 찾아 들이밀어야지. 조형사는 말야, 지금 저자들의 집을 찾아가 가족들을 대동하고 와."
"가족을요?"
"그래, 가족 중 누가 설득하면 심경의 변화를 일으킬지도 몰라. 가족들 중 저자들과 가장 관계가 좋았던 사람을 찾아 협조를 요청해."
이계장은 몇 가지를 더 지시한 후 밖으로 나갔다. 그리고 강남 경찰서의 수사과와 통화하기 위해 전화를 연결했다. 동화유통의 정보를 강남서에 의뢰했던 것이다. 조사자료는 이과장의 책상 위에 있는 팩스를 통해 금방 전송되어 왔다.

▲ 조사자료

동화유통. 77년 설립, 강남 세무서에 주류도매업태로 신고, 업주 박차량에서 79년 송명길로 명의 이전, 강남 일원의 유흥업소와 점포 등에 주류를 공급, 요근래 매출액이 급증, 부천·안양까지 공급선을 늘리고 있는 것으로 보임.

업주 송명길. 폭력 사기 등 전과 3범인 자로, 최근 행적 뚜렷한 점 없음. 사무실로 사용하는 오피스텔을 내왕하는 자들 중 조직폭력에 연관된 자들 드러난 바 없음.

"매출액이 급증하고 있고 공급선을 경기 일원까지 늘리고 있다. 역시 진원지는 여기야. 놈들은 동화유통을 자금원으로 키우기 위해 전쟁을 치르고 있는 것이 분명해. 그런데 육형사는 왜 연락이 없지?"

이계장은 다른 계원들에게 자수자들의 시간별 심문 계획을 지시하고 청사 밖으로 나왔다. 태민파가 운영하는 업소에 잠입해 있는 육형사가 궁금했던 것이다.

용궁.

육형사는 용궁이라 쓴 가운을 입고 이계장이 들어와 있는 밀실로 들어왔다.

24시간 음식점 영업으로 밤낮으로 밀실 영업을 하는 곳인 만큼 허름

한 홀과는 달리 실내는 지극히 화려했다.
"어때, 할 만한가? 그렇게 차려 입으니 쓸 만한데?"
이계장이 육형사의 쭉 뻗은 다리와 허리선을 바라보며 놀리듯 말했다.
"어머! 제 인기가 이곳에서 최고라는 거 모르셨어요?"
육형사가 간단한 일본식 안주와 정종을 내놓으며 말했다. 그녀는 일당제 고용원으로 당일 채용된 모양이었다.
"이곳 분위기는 어떤가?"
이계장이 정종을 한 잔 마시며 육형사의 대답을 기다렸다.
"아직 별다른 것이 없어요. 그럴 시간이나 있었나요?"
"우리들 정보로는 태민파의 보스급들이 이곳에 주로 모인다는 거야. 보스 오태민도 이곳을 자주 애용하고 있고 말야."
"그래서 그런지 깡패들로 보이는 사내들이 이곳 구석구석에 박혀 있는 것 같아요. 지배인도 그쪽 사람 같고. 잠깐만요."
육형사가 밀실 문을 열고 밖을 내다보고는 말했다.
"지나가는 손님이에요. 그리고 계장님, 저녁때 한 팀 끌고 와서 매상을 좀 올려 주셔야겠어요."
"매상을?"
"네, 제가 이곳에 들어올 때 밀실 마담한테 단골이 많다고 뻥을 쳤거든요. 그래야 채용이 쉬울 것 같아서 그랬는데, 제가 일이 서툴자 이상하게 보는 눈치예요."
육형사가 입장이 곤란하다는 듯 제스처까지 써가며 말했다.
"글쎄…… 상황을 듣고 보니 그렇기도 한데, 데려올 술꾼들이 있어야지."
"계원들 있잖아요? 최형사님이나 남형사님 모두가 술고래들이잖아요?"
"계원들은 안 돼. 얼굴이 알려져 자칫 화근을 만들 수가 있어."
"아, 그렇군요. 그럼 어쩐다……?"
"허허! 이 친구, 아주 새끼마담 다 됐군 그래!"
"어멋! 뭐예요?"
이계장은 잠복 근무의 어려움(?) 속에서도 애정과 애착을 갖고 매달리고 있는 육형사가 자랑스러웠다. 여자는 약하고 남자의 보호가 필요하다고만 배웠던 여러 가르침이 그릇된 점도 있다는 것을 육형사를 통해서 알 수 있었다.
"그럼 조심해!"
이계장은 육형사에게 몇 가지 더 당부를 하고 용궁을 나왔다. 주차장에는 각종 최고급 차들이 줄지어 주차해 있었다. 그 중에 끼어 있는 자신의 중고 포니는 고급 구두방의 진열대에 검은 고무신 한 짝이 놓여 있는 듯한 부조화를 느끼게 했다.

심포파의 사무실 안에 앉아 있는 집행인은 죄없는 성냥골을 계속 부러트리며 강남에 원정 갔다온 꺾쇠의 말을 경청하고 있었다.
"동화유통이 놈들의 아지트가 아닌 듯했습니다. 아무리 감시해도 수상해 보이는 놈들을 찾아낼 수 없었습니다, 형님!"
"그래? 그거 이상하군. 어제 OA파와 대전쟁을 치르느라 그곳에서 인원이 빠져나가 텅빈 건 아닐까?"

"아무리 그렇다고 해도 그렇게 무방비일 수는 없습니다. 경리 2명과 창고에서 일하는 인부 몇 명, 그리고 차량 운전수가 전부였습니다."
"사장은 만나봤나?"
"사장요?"
"그래, 동화유통을 경영하고 있는 사장 말야?"
"아뇨. 그 자는 이틀째 출근을 하지 않고 있었습니다. 송 뭐라던데요. 그리고……"
"그리고 뭐?"
집행인은 성냥골 대신 무릎에 차고 있던 대검을 꺼내 손톱을 청소하면서 표정 없이 말했다.
"그곳을 감시하는 또 다른 놈들이 있었습니다."
"또 다른 놈들?"
"네."
"그게 누구야? 다른 조직인가?"
"아뇨, 눈치를 보니 짭새들 같던데요."
"짭새? 경찰도 그곳을 주시하고 있다는 얘기군. 좋아. 일단 보복을 뒤로 미룬다. 너희들은 돌아가 항시 대기하고 있어."
"네, 형님!"
꺾쇠가 허리를 굽혀 인사하고 밖으로 나갔다. 그는 집행인의 심복으로 그의 명령이라면 폭탄을 들고 불 속에라도 뛰어들 우직하고 저돌적인 사내였다.
"그리고 오늘 변동 있었던 것 없나?"
집행인이 사무실 쪽으로 질문을 던지자, 한 사내가 달려와 말했다.

"별다른 일은 없고, 제비라는 놈이 부하들을 이끌고 나타나 부천의 몇몇 업소를 휘두르고 갔답니다."
"제비? 하우스를 조져 먹은 그놈 말이냐?"
"네, 업소뿐만 아니라 4거리파와 소사파 등 작은 조직들이 자진해서 밑으로 긴 모양입니다."
"호! 상상 외군. OA파를 짓이겨 놓고 그 여세를 몰아 여타 조직의 기를 꺾어놓을 셈이군. 저돌성! 정말 대단한 놈들이군. 이봐! 전역에 비상을 걸어. 관내에 놈들이 나타나면 즉각 나를 찾도록. 그리고 보스는 어디 계신가?"
집행인이 소파에서 일어나며 대검을 날렸다. 면도날같이 날이 선 대검이 바람을 가르며 벽에 걸려 있는 나무 표지판에 꽂혔다.
"알겠습니다. 즉각 지시를 하겠습니다. 그리고 보스는 남명에 계십니다."
"남명?"
"넷!"
"흠, 초해란 년한테 아주 홀딱 빠지셨군. 이 노인네는 다른 것은 다 좋은데, 그 계집 밝히는 것 때문에 뭔 일이 나도 크게 나지."
집행인은 혀 끝을 차며 사무실을 벗어나 남명으로 향했다. 그는 차 안에서 연립에 있는 아이들을 확인하고 작은 미소를 지었다. 요즘 그에게 있어 낙이 있다면 세 남매가 꿋꿋하게 자라는 모습을 바라보는 일이었다.
신기촌을 다녀오던 날 밤, 아이들 집에 도착한 시간은 자정이 다 되어서였다. 집에는 명희 혼자만 거실에 앉아 있고, 아름이와 다름이는 잠이 들어 있었다. 작은 탁자 위에는 케이크가 하나 놓여 있고, 촛불이 38, 속절없이 먹어 버린 자신의 나이를 나타내고 있었다.
　가슴이 뭉클했다. 아이들의 작은 손이 빨갛고 파란 양초에 불을 짚이며 생일 축하 노래를 들었던 기억이 언제였던가. 집행인은 아스라한 그 기억을 더듬었다.
　"아저씨, 생일 축하해요."
　명희가 집행인이 벗어놓은 양복 상의를 벽에 걸며 말했다.
　"고맙다. 천사님들이 나 오길 기다리다 이렇게 잠이 드셨고……. 그런데 명희야, 이런 데까지 신경쓰지 말거라. 동생들과 공부하는 데 좀더 노력하고……."
　"아저씨!"
　명희가 갑자기 눈물을 글썽였다. 울음이 많고 마음이 지극히 여린 소녀였다.
　집행인은 어떻게 저 작은 어깨에 그토록 큰 질곡을 얹어놓고 그 부모들이 세상을 떠날 수 있었을까라는 부질없는 생각을 했다.
　해산(海山) 스님이 갑자기 생각났다. 상해치사죄로 7년을 복역하고 있던 김해 교도소에서 자신에게 잔월(殘月)이라는 법명을 주신 스님이었다.
　"내가 있는 곳에 내가 없고 내가 없는 곳에 내가 있으니 중생구제가 다 부질없는 짓이다. 사람이 그 바탕을 따져 근원을 쫓으면 출발이 다 한 가지인데, 스스로 업을 쌓는 인연을 그리워하고 면면해서야 되겠느냐?"
　고아였던 자신의 과거에 현재의 고통을 호소해 보려던 집행인에게 해산 스님은 인연에 연연하지 말라는 말씀을 주셨었다.
"아저씨, 오늘 여기서 주무시고 가시면 안 돼요?"
"여기서?"
"네, 아저씨는 가실 곳도 없잖아요?"
"아니, 아저씨가 왜 갈 곳이 없니?"
"집과 가족들이…… 아저씨, 아주 여기서 함께 살면 안 될까요? 아름이 다름이 다 좋아할 거예요. 제가 빨래하고 밥하고 다 할게요."
명희가 말했다. 눈가에 또 눈물이 맺혔다. 그 눈물은 집행인을 가엾게 바라보는 눈물이었다. 어느 정도 집행인의 생활을 알고 있다는 무언의 표시이기도 했다.
"명희야, 문단속 잘하고 아이들 감기 안 들게 따뜻하게 하고 자거라."
"아저씨, 약속하세요. 여기서 우리와 함께 살겠다고. 명희가 좀더 크면 아저씨 색시도 될 수 있어요."
명희가 울부짖으며 집행인의 가슴에 안겼다.
"너, 무슨 일 있었구나? 말해 봐라. 무슨 일이니?"
명희는 집행인을 걱정하고 있었다. 그가 교도소에 또 한번 끌려가면 이제 영영 나오지 못할 것이란 말을 어디에선가 들었던 모양이다.
집행인은 명희의 등을 두드려 안정을 시켜 주고 밖으로 나왔다. 13평 연립의 등기를 명희 앞으로 해줘야겠다는 생각이 들었다. 하루 앞을 예측할 수 없는 이 생활에서 자신마저 어떻게 된다면, 그 후의 아이들의 삶을 장담하지 못하는 것이다.

남명에 도착한 집행인은 보스 장강이 여자를 끼고 있는 내실 문을 두드렸다.
"뭐야? 뭐냔 말야?"
안에서는 장강의 가래 섞인 목소리가 새어나왔다.
"보스, 저 명규입니다."
"오! 집행인이군. 잠깐만…… 야, 이년아, 내 꼬쟁이 어딨어?"
"어멋, 내가 벗겨 요 밑에 놨는데."
"이 정신 나간 년 봤나? 바지 이리 내."
내실 안에서 한참 부산을 떨더니 얼굴을 붉히며 20대 초반의 여자가 나와 종종걸음으로 사라졌다.
"보스! 정신 좀 차리십시오. 대낮부터 이게 무슨 짓입니까? 멀쩡한 형수님 놔두고 그렇게 바람을 피우고 싶습니까?"
집행인은 장강의 앞에 앉아 질책하듯 말했다.
"그건 그렇고, 강남에 보냈던 애들을 철수시켰다면서?"
장강이 말을 다른 곳으로 돌렸다. 방안에는 아직도 치우지 못한 수건과 휴지 등이 널려 있었다.
"몸도 좀 생각하십시오. 항상 청춘인 줄 아십니까?"
"이봐, 놈들이 보통 조직이 아니라면서? 황갑수를 보내고서도 경찰엔 바지들을 자수시키고 여봐란 듯이 날뛰고 다닌다던데?"
"그렇다는군요. 언제 우리 구역을 또 침범할지 모릅니다. 놈들, 태민파보다도 한술 더 뜨는 놈들 같습니다."
"태민파?"
"네."

4. 독종과 사랑의 시발점

"음, 그렇게 강하단 말인가?"

장강은 침통한 표정으로 말했다. 역전의 용사 중의 용사인 그도 태민파라면 기가 한 풀 꺾이곤 했다. 2회에 걸쳐 태민파의 엄청난 공격을 받고 자신의 조직이 와해되기 일보 직전의 위기에 처했기 때문이다.

1차 전쟁은 인천 월미도에 있는 한 호텔의 빠찡코 개장을 놓고 서울 주먹과 인천 주먹의 자존심 대결을 펼쳐, 집행인이 태민파의 최고 주먹 프로 레슬러 출신 황개를 제압, 싱겁게 끝났다. 그러나 곧이어 전개된 2차 전쟁은 도저히 상대가 안 되는 게임이었다.

심포파의 중심지인 심포동은 물론 송도·월미도·주안 일대의 대형 업소와 유기장을 엄청난 인원으로 일시에 점거, 각 군소 조직과 업소주들이 줄줄이 항복을 시작했을 때, 집행인이 특공조를 이끌고 태민파의 근거지를 급습, 오태민의 한쪽 다리를 불구로 만들면서 급반전, 서울 조직의 인천 진출을 물거품으로 만들었던 것이다.

"그렇다면 어떤 대책을 세워야 되지 않을까? 마냥 싸울 수도 없고, 그렇다고 지난번 하우스건으로 떨어진 조직의 사기를 방치할 수도 없고."

장강이 물컵을 들어 입에 댔다. 빈 잔이었다. 그때 방문이 열리며 기생들이 술상을 받쳐 들고 들어왔다.

"우선 놈들의 공격을 기다려 강력한 본때를 보여주겠습니다. 놈들이 어느 곳에 나타나든 제가 직접 쫓아가 뜨거운 맛을 안겨줘야죠."

"자네가 직접? 좋은 생각이야. 인천 짠 물의 맛을 톡톡이 보여주라고. 놈들도 당해 보면 그 맛을 알 거야! 자, 한 잔!"

장강은 집행인의 술잔에 정종을 가득 따르며 속이 좀 풀리는 표정을 지었다.

집행인은 보스의 표정 변화를 보며, 옛날의 그 기세 좋던 장강이 아니라는 것을 느꼈다.

요즘 들어 부쩍 감상적이 된 자신이나 약해진 보스의 모습이 조직에 반영된다면…… 집행인은 대전쟁이 엄습해 오리라는 동물적 예감 앞에 몸을 떨었다.

강동의 명소로 자리잡고 한창 호황을 누리는 파라다이스 호텔의 사장실 안에서는 연한색 썬글라스를 낀, 30대 초반으로 보이는 한 세련된 여자가 우락부락한 사내와 마주 앉아 사업 이야기에 몰두하고 있었다.

"이 호텔 사업이나 유흥업소 운영이 뭐 좀 남는 것 같지만, 사실 알고 보면 별거 아니에요. 겉 보기만 요란했지 운영비, 세금, 공과 뇌물 등 빼고 나면 빛 좋은 개살구지요. 이사장, 뭐 좀 좋은 사업 없어요?"

"글쎄요? 저는 그런 것하고는 문외한이라서……. 우여사님께서 새로운 사업이라도 구상하신 게 있는 모양이지요?"

우여사는 필터가 긴 담배 하나를 꺼내 가늘고 긴 손가락 사이에 끼었다. 손톱에 진한 녹색의 매니큐어가 칠해져 있었다.

"이사장, 강동 2단지에 새로 신축하는 APT단지 아시죠?"

"네, 족히 수천 세대는 되지요, 아마. 그런데 그건 왜 물으십니까? APT라도 몇 동 사놓으실 의향이십니까?"

4. 독종과 사랑의 시발점   67

"이사장, 밑에 꼬마들이 몇 명이나 되죠? 총동원하면 말예요?"

이사장이란 자는 청산파라는 한 조직의 보스로 우여사 밑에서 협조 관계를 유지하고 있는 자였다.

"그럭저럭 모으면 한 50명 정도 됩니다만, 그건 왜 그러십니까?"

이사장이 궁금하다는 표정을 지었다. 우여사가 자신의 조직의 총인원을 캐묻는 이유가 심상치 않았기 때문이다.

"내가 이번에 조그마한 건설회사 하나를 차려볼까 해요."

"건설회사요?"

"그래요."

"경험도 전혀 없으시잖습니까? 그리고 그 사업은 험하고 거친 사업이라는데……?"

"그러니까 이사장이 필요한 거예요. 이것 한번 보세요."

우여사는 자리에서 일어나 결재함 속에 묻혀 있던 파일 하나를 꺼내 탁자 위에 펼쳐 놓았다.

그것은 신축 APT 단지의 조감도와 평형 등을 표시한 기본 설계도 등이었다.

"이번에 이곳에 들어서는 APT가 자그만치 2천8백 세대나 돼요. 그 중 40평급 이상이 1천 세대가 넘어요."

"그래서요?"

이사장이 아직 이해가 덜 되었다는 표정을 지었다.

"이번 이 APT 단지의 입주 시기에 맞추어 기본 설계에 들어 있지 않은 알미늄샷시공사 업체를 설립, 이 단지 전체를 고객으로 확보하는 거예요."

"공사를 우리가 직접 하자는 말입니까?"
"아니죠. 우리는 한 업체를 선정, 오더를 주고 리베트를 받는 거죠. 단지 안에서 우리가 밀어주는 업체만이 공사를 하게 하고, 다른 업자들은 발을 못 붙이게 하는 거죠."
"일종의 입찰권 확보군요. 그런데 이익은 어느 정도나……?"
"내가 알아본 바 1동에 1백50 정도가 현시세예요. 우리가 1백60에 일을 만들어 주면 동당 30의 리베트를 주겠다는 업자가 있어요."
"동당 30이면……?"
"2천 세대만 확보하면 순수 리베트만 6억이죠."
"호! 그거 대단하군요. 우린 다른 샤시업자들이 영업만 못 하게 방해만 하면 되는 것 아닙니까?"
"그렇죠! 이제 이해가 가세요?"
우여사가 만면에 미소를 지으며 사내를 바라보았다. 그의 미소 속에는 너도 둔한 머리로 고생 많겠구나 하는 조소가 들어 있었다.
"사장님! 지하의 성인 오락실에 난리가 났습니다. 빨리 내려가 보셔야겠습니다."
그때 사무실 안으로 호텔 지배인이 뛰어 들어오며 숨 넘어가는 소리를 했다.
"뭐예요, 지배인? 차근차근 말해 봐요."
우여사가 자리에서 일어나 지배인의 흥분을 가라앉히고 까닭을 물었다.
"웬 놈들이 한떼거리로 몰려와 성인 오락실은 물론 클럽, 호텔 부대사업에 얽힌 모든 영업권을 내놓으라며 난리입니다."

"뭐야? 어떤 놈들이야, 그 새끼들?"
 이사장이 얼굴을 씰룩거리며 흥분했다. 자신이 관리하는 호텔을 접수하겠다는 거나 마찬가지였기 때문이다.
 "보스가 나종수라 하던데요. 제비라는 자와 성인 오락실에 와 있습니다."
 "뭐야? 그럼 동화회라는 그 새끼들 아냐? 우리 애들은 다 어딨어?"
 "밑에 있습니다. 그런데 지금 형편없이 당하고 있습니다. 도끼가 칼에 찔려 병원에 실려갔고요."
 지배인이 얼굴이 사색이 되어 가슴이 아직도 떨린다는 듯 겁 먹은 목소리를 토해냈다.
 "이 새끼! 그걸 왜 지금에야 보고하는 거야?"
 이사장이 지배인의 얼굴을 주먹으로 올려치며 우여사를 바라보았다. 사태가 심상치 않은 듯했다.
 "내려가 봅시다. 손님이 찾아왔으니 접대는 해야지 않겠어요."
 "⋯⋯!"
 우여사는 눈썹 하나 까닥하지 않고 사무실을 나와 엘리베이터에 올랐다. 그녀의 대단한 배짱에 이사장은 혀를 내두르며 뒤따랐다.
 성인 오락실은 난장판이 되어 있었다. 싸움은 끝나 있었고, 청산파 조직원들은 완전 무장해제되어 한쪽 벽에 붙어서 있다가 자기들의 보스가 들어서자 눈꼬리들을 내리고 있었다.
 "나는 당신들에게 원한이 없는 것으로 아는데, 이게 무슨 짓이오?"
 청산파의 보스답게 이사장은 상대들을 쏘아보며 따졌다.
 "원한을 따져 이곳을 접수한 게 아니오. 우리는 이곳이 필요해서 접수한 것뿐이오. 자, 우리의 보스 앞에 무릎을 꿇고 충성을 맹세한다면, 몇 가지 간단한 절차를 매듭짓고 이곳에서 철수할 것이오."
제비가 이사장에게 정중하면서도 단호하게 말했다.
"빨리 무릎을 꿇어버려! 시간 없으니께!"
고릴라가 사내의 어깨를 짓누르며 항복을 강요했다.
"놔라, 건방진 놈들! 이 따위 완력에 무릎을 꿇을 청산파의 이칠성이가 아니다."
그가 양 손을 뿌리치고 고릴라의 손을 쳐냈다. 그와 함께 고릴라의 해머 같은 주먹이 사내의 등을 내려쳤다.
"으흑!"
"이 새끼야, 우리 형님들께서 대우해 줄 때 잘해야 본전이라도 뽑는 거야!"
고릴라가 무릎으로 사내의 턱을 쳐올림과 동시에 두 손을 깍지껴 그의 목덜미를 내려찍었다. 엄청난 파워였다. 그의 몸이 바람 빠진 풍선처럼 축 늘어졌다.
"그어 버려!"
제비가 냉정하게 말했다. 그는 한번 좋은 말로 경고(?)하면 그 다음은 비정하기 이를 데 없는 자였다. 그의 지시에 고릴라 옆에 서 있던 자가 손도끼를 꺼냈다.
"안 돼요! 싸움은 모두 끝났잖아요. 그리고 청산파는 내가 관리해 왔으니 이사장은 이렇게 당할 이유가 없어요."
우여사가 앞으로 나서면서 대차게 말했다. 조금도 위축되거나 겁먹은 표정이 아니었다.

"이년은 또 뭔 미친 년이가! 뭐 하니, 빨랑 끝내지 않고?"

고릴라가 별 미친 여자 다 봤다는 듯 집행을 재촉했다. 사내가 손도끼를 치켜들고 이사장의 다리 인대를 겨냥했다.

"그만! 제비는 남아 뒤처리를 하고 나머지는 철수한다. 더 이상의 행패나 린치는 용서하지 않는다."

나종수가 대열을 물리며 우여사 쪽으로 걸어 나왔다.

그녀는 나종수를 보고 어디선가 낯이 많이 익은 것 같은 생각을 떠올렸다.

5

재회

　우여사는 제비라는 사내가 내미는 계약서에 도장을 찍어 주고는 자신의 집무실에 처박혀 밖으로 나올 생각을 하지 않았다. 너무도 갑자기 당한 일이었기 때문에 그 충격이 엄청났던 것이다.
　그러나 그녀는 자신이 공들여 관리해 오던 조직의 궤멸보다 더 놀란 것이 있었다.
　(나종수란 그 사내, 어디선가 분명히 보았던 얼굴이야. 그것도 한두 번이 아닌, 아주 많이 접촉했던…… 어디서 그 자를 보았었지?)
　우여사는 기억의 어느 구석엔가 잔상으로 남은 듯한 나종수의 얼굴을 떠올리느라 머리를 짜내고 있었다. 클럽과 오락실 운영 등은 예전대로 청산파가 맡되 호텔에 들어오는 모든 입찰권만을 그들이 가져가는 조건으로 그들과의 협상이 순조로웠던 이유를 역산하면서 드디어 우여사는 무릎을 쳤다.
　(그래! 그놈이야, 종수. 그놈 이름이 종수였어. 아! 그 아르바이트

학생, 바로 그 녀석이었어.)
 우여사는 비로소 자신의 기억 속에서 나종수의 존재를 확연히 끄집어내고 흥분했다.
 12, 3년 전이었다.
 눈이 엄청나게 쏟아진 겨울이었다. 그때 우여사는 서울 미아리에서 방석집을 하고 있었다. 10여 명의 아가씨들을 이끌고 간단한 주류 제공과 성을 판매하는 포주였던 것이다.
 암코양이가 그녀의 별명이었다. 부잣집 도련님과 결혼했다가 1년만에 이혼당하고 그녀가 미아리에 차린 것이 방석집이었다. 그녀는 이곳 출신이었다.
 이곳에서 한 철없는 도련님을 만나 순애보적인 결혼을 했다가, 그 도련님의 작은아버지가 자신의 단골이었던 것이 밝혀져 다시 고향(?)으로 돌아와 재개업하고 1주일만에 만난 것이 나종수였다.
 "학생인 것 같은데, 너 집을 나왔구나?"
 "아뇨! 집이 없어요. 고아 출신이거든요."
 "고아라고? 그런데 너 정말 이 대학에 다니는 학생이란 말이니?"
 우여사는 잡일을 시킬 만한 사람을 구하는 중 벽보를 보고 찾아온 한 잘 생긴 청년을 보고 자신도 모르게 눈물이 나왔다. 떨어진 옷, 발가락이 드러날 정도의 신발, 굶주림에 창백한 얼굴이 부랑아 행색이 뚜렷했으나 그 맑고 형용한 눈빛은 인간의 마음을 끌어들이는 흡인력이 있었다.
 "너 이곳이 뭐하는 곳인지 아니?"
 우여사는 종수라고 자신의 이름을 밝힌 청년에게 여러 가지 질문을 하고 자신의 집에 기거(?)를 허락했다.

그가 할 일은 수십 개나 되는 방청소와 영업시간에 주방일을 돕는 일이었다.

장사는 잘 되었다. 하룻저녁이면 7~80명의 손님들이 몰려 옆집으로 일부 손님을 안내해야 할 정도였다.

종수는 부지런하고 싹싹한 성격으로 방석집의 아가씨들하고도 잘 지냈다. 생활에 금방 적응했던 것이다. 그러나 그 학생은 불 같은 근성과 엄청난 한을 갖고 있는 청년이기도 했다.

겨울이 한창 깊어가는 1월의 어느 날이었다. 그날 영업 중 종수와 나이가 비슷한 관계로 서로를 의지하고 지내던 여자 하나가 한 손님에게 매를 맞는 일이 벌어졌다. 시비는 그곳에서 발단, 끝내 그 지역을 잡고 있는 폭력조직과 유혈 사태가 벌어졌다.

여자를 이유 없이 때린 사내를 종수가 머리로 받아 상해를 입혔고, 그 사내는 공교롭게도 지역조직의 일원이었다.

싸움은 엄청났다. 업소의 골목을 막고 달려드는 십여 명의 폭력배들을 다루는 종수의 주먹 솜씨는 대단했다. 주먹으로 안 되자 그들은 흉기를 집어들었고, 그러자 종수의 몸은 한결 더 가벼워지면서 허공을 차고 땅을 구르며 한 마당 흐드러진 춤사위를 펼쳐냈다. 그 와중에 한 사내가 자신이 휘두르던 칼을 가슴에 맞고 하얀 눈을 피밭으로 물들였다. 그리고 그날로 종수는 그곳을 떠났었다.

우여사는 오랫동안 마치 꿈결의 한 장면 같은 그 순간을 잊지 못하고 있었다.

(나종수, 너를 다시 보게 되다니! 그것도 나를 필요로 하는 사람이

되어 다시 나타나다니…… 반갑다, 정말 반갑구나!)

우여사는 사무실이 떠나가도록 큰 소리를 치며 혼자 웃고 떠들고 했다. 나종수와의 극적인 만남이 어쩌면 자신이 추구하고 있는 사업의 성공을 알리는 전주곡 같은 생각이 들었던 것이다.

"내가 이러고 있을 때가 아냐. 이봐요, 차를 준비하세요."

우여사는 인터폰으로 차를 준비시키고는 전화로 좀전에 다녀간 제비라는 사내가 주고 간 연락처로 나종수를 수배했다.

반포 APT 상가 내 나종수의 안가에서는 제비와 고릴라가 나종수에게 무엇인가를 열심히 설명하고 있었다. 그곳에는 동화유통의 사장도 끼어 있었다.

"깃발을 출범시킨 뒤 1주일만에 OA파를 비롯, 청산파·굴뚝파 등의 강남권 조직과 인천의 심포파, 그리고 안양·부천 등을 완전히 들었다 놨습니다. 그 바람에 우리의 존재는 그야말로 공포의 조직으로 전 암흑가가 전율하고 있을 정도입니다."

차분하고 냉정한 제비도 자신들의 계획이 목표점 이상으로 성공하자 약간은 흥분이 되는 모양이었다.

"세 차례에 걸친 공사가 다 성공했고, 또 필요 이상으로 확대된 소문이 우리 조직의 힘이 확대 해석된 듯하다. 지금부터가 중요하다. 그리고 동화 쪽은 주문 좀 들어오는가?"

나종수가 발을 꼬면서 머리가 반백인 송사장을 바라보았다.

"들어오다마다요. 차량을 3대나 더 늘렸는데도 배달이 부칠 정도입니다. 이것이 이번 주 매상 현황입니다요."

송사장이 매출원장을 내놓고 그 옆에 007가방을 펼쳐 놓았다. 안에는 만원권 지폐가 가득했다.

"좋아! 내가 들여다볼 필요까지는 없고, 송사장이 알아서 잘 처리해요. 주류뿐만 아니라 들어오는 모든 품목을 소화하려면 유통조직을 새롭게 보강해야 할 거요."

"네, 알겠습니다, 보스!"

송사장은 조직원들마냥 허리를 90도로 굽히며 인사하고 물러났다. 누가 시켜서 하는 행동이 아니었다. 불과 1개월 전만 해도 파리만 날리던 자신의 업체를 돈방석(?)으로 만들어준 사내에 대한 예의의 표시였던 것이다.

"보스, 저 친구 계속 놔둬야 됩니까? 배당이 너무 후합니다."

제비가 송사장이 나가자 나종수에게 질문했다.

"2개월 정도만 관계를 유지하다가 저 친구 떼어 버려. 그 정도면 저 친구도 손해는 없을 테니까. 그리고 동화회란 명칭을 버리고 정식으로 좋은 이름을 하나 찾아봐."

동화유통의 송사장을 끌어들여 조직의 근거지로 삼는 와중에 자연스럽게 이름이 불려지던 동화회를 버릴 때가 되지 않았느냐는 것이 나종수의 의견이었다.

"보스, 그렇습니다. 많은 형제들도 조직의 정식 이름을 갖길 원하는 것 같습니다. 그리고 참, 강동에서 우여사라는 여자가 보스를 뵙겠다고 해서 와보라고 했는데요."

"우여사? 그게 누군가?"

"파라다이스 호텔의 여사장 있지 않습니까? 청산파를 접수할 때

대가 제법 셌던 여자 말이죠."
"아! 그 여자가 왜 날……?"
"이유는 잘 모르겠습니다만, 보스를 만나 꼭 드릴 말이 있답니다."
"날 만나서 꼭 할 말이 있다……?"
"도착할 시간이 되었습니다. 새 사무실을 얻은 이상 이곳의 효용가치도 끝난 듯해서 직접 이곳으로 오게 했습니다."
 제비의 말이 끝나기가 무섭게 상가 밑에 고급 외제 승용차가 멎는 소리가 들렸다. 그리고 그녀가 사무실로 들어오는 시간은 불과 얼마 되지 않았다.
"파라다이스 호텔의 우라고 합니다."
 그녀는 사무실 안으로 들어서며 고개를 조금 숙여 인사를 대신했다. 도도하고 자존심이 대단한 여자 같았다. 이미 그녀의 대담성과 배짱을 경험한 나종수와 제비 등은 손짓만으로 자리를 권했다.
"그래, 나를 만나고 싶다고 하셨다는데……?"
 나종수가 시선을 그녀에게 고정시키며 말했다.
"저를 모르겠어요? 저는 아주 잘 아는데. 그리고 오랜 시간 보고 싶기도 했고……."
"……?"
 우여사는 나종수의 궁금점을 북돋은 후 썬글라스를 벗어버렸다. 그녀의 본래 얼굴이 안경으로 가려진 때보다 더 곤혹스러웠다.
"어느 해 겨울 생각나지 않으세요, 우마담이라고? 아이들은 큰언니라고 불렀지요."
"아니, 당신이 그……."

"그래요. 내가 바로 그 우마담이에요."

나종수는 그제서야 그녀의 정체를 알아내고 자리에서 일어나 반갑게 손을 잡았다.

"많이 변하셨군요. 그때는 경황이 없어 도망치듯 떠나고 말았었죠. 오랫동안 그 일 때문에 마음이 편치 못했습니다. 그런데 이런 곳에서 이렇게 만나다니!"

"저도 긴가 민가 했어요. 그러나 금세 알아낼 수 있었어요. 그때의 인상이 너무도 뚜렷했던 탓에."

우여사는 나종수와의 만남이 감격스럽다는 듯 눈물까지 글썽거렸다. 아이섀도우가 범벅이 되어 그녀의 얼굴 화장을 망쳐 놓고 있었다.

"보스, 아시는 분입니까?"

제비가 궁금하다는 듯 호기심을 나타냈다. 고릴라는 눈을 왕방울만하게 치켜뜨고 그들을 주시했다.

"나중에 얘기하지. 오늘 대충 마무리를 하고 인천 진출을 서두르도록 해. 적어도 그곳까지는 진출해야 조직의 권위가 서니까."

나종수는 제비와 고릴라에게 잔무를 맡기고는 우여사를 대동하고 밖으로 나왔다.

육형사는 손님들의 술시중이 그렇게 힘들고 곤혹스럽다는 것을 깨닫고는 이 계통에서 일하는 여자들이 참으로 용하다는 것을 느꼈다.

손님들의 못된 손버릇으로 가슴이며 허벅지 등을 더듬는가 하면, 그 많은 술을 받아먹고 어떻게 견디나 싶었던 것이다.

"억 억!"

육형사는 밀실에서 빠져나와 화장실에서 메시꺼운 것을 다 토해내며 형사 생활 당장 때려치워야겠다는 결심을 하고 있는데, 밖에서 그녀를 찾는 소리가 났다.
"미스 육! 미스 육아!"
마담이었다. 그녀는 물로 양치질하며 바닥에 뱉고는 밖으로 나가며 대답했다.
"왜요, 언니?"
"오, 너 여기 있었구나! 지금 내실 3번으로 가봐. 사장님이 널 보시 잔다."
"사장님이오?"
육형사는 믿기지 않는다는 듯 반문했다. 이곳에 침투해 정보를 얻기 위해서 부단히 노력했지만, 좀처럼 기회가 오지 않던 수뇌부 접근의 길이 열린 것이다.
"그래! 귀한 손님께서 오셨어."
"귀한 손님요?"
"그렇다니까. 캡틴이 와 계시니까 너 행동 조심해. 횡재도 할 수 있지만 자칫 죽는 수도 있으니까."
"……!"
육형사는 갑자기 가슴이 덜컹 내려앉았다. 캡틴이라면 태민파의 보스 오태민을 말하는 것 아닌가. 그가 용궁에 왔고 이곳 사장이 그를 접대하는 자리에 자신을 호출한 것은 좋은 기회라 할 수 있었다.
육형사는 거울 앞에서 머리와 옷매무시를 살펴보며 팬티벤딩에 부착해 놓은 비상 호출기의 작동 상태를 점검해 보았다. 지금 용궁 밖 어딘가에 동료 중 누군가가 잠복하고 있다는 것이 마음 든든했다.
"뭐하나? 사장님이 기다리시는데."
지배인이 급하다는 표정으로 달려오며 부산을 떨었다. 3호실 앞에는 육형사 말고도 먼저 와 있는 여자가 2명이나 있었다.
밀실은 용궁의 몇 개 안 되는 특실답게 호화로우면서도 부드럽게 실내 장식이 되어 있었다. 동양적인 분위기와 서양적인 세련미를 한껏 뽐낸 천장의 바로크와 창살 무늬 등이 아름다웠다.
"오야붕! 애들이 왔군요. 자, 이리 들어와 차례로 인사를 드려라."
용궁의 사장이 손짓을 하며 말했다. 그의 행동이 필요 이상으로 과장된 것 같았다. 보스에 대한 아부근성이 있는 자였다.
"초화예요."
"향목입니다."
용궁의 가운을 입은 두 아가씨가 목례를 하며 사장과 또 한 사내의 옆에 가서 앉았다. 그녀들은 먼저 앉을 자리를 지정받은 모양이었다.
"육입니다."
육형사는 떨리는 목소리를 진정시키려고 작은 숨을 들이마시고 중앙에 앉아 있는 자의 옆자리로 조심스럽게 걸었다.
"앉지!"
오태민은 그 한 마디를 짧게 말하고는 육형사에게 시선도 주지 않고 자기들끼리만 이야기에 몰두했다. 무뚝뚝하면서도 무엇인가 기상이 넘쳐 보이는 사내였다.
"요즘 조직 전체가 뭔가 안 돌아가는 것 같애. 마치 동맥경화에 걸린 것마냥."

오태민이 육형사가 따라 놓은 국화주를 들이마시며 말했다.
"보스, 꼭 그런 것은 아니고, 전체 조직이 조용하다 보니까 그렇게 보이는 것이 아니겠습니까?"
태민파의 장로격인 고전무가 오태민의 불만 사항에 대한 답변을 내놓았다.
"너무 조용하다 보니 그렇다고?"
"평화가 길어지다 보면 병기도 녹슬게 되는 법이니까요."
"호! 그 말 한번 그럴 듯하군! 전쟁이 없으면 자연히 칼을 쓸 일이 없어진다 이 말이군."
육형사는 그들의 대화에 신경을 곤두세웠다. 그녀는 이계장으로부터 동화회란 신흥조직의 발로가 태민파의 조종일 가능성이 있다는 추리를 탐색하라는 지시를 받고 있었다. 그런데 그들의 대화 내용은 그쪽과는 동떨어진 것이었다.
"그런데 요새 시끄럽게 구는 새끼들은 뭐야?"
오태민이 술잔을 육형사에게 내밀며 불쾌한 듯 말했다. 이계장의 추리가 여지없이 빗나가는 순간이었다.
"동화회란 이름을 쓰는 놈들인데 자못 기세등등하더군요. 보스는 나종수라는 서른세살 먹은 애송이랍니다. 그 밑에 제비, 고릴라 등 한 가닥 하는 놈들이 있는 모양입니다."
고전무의 대답이었다. 육형사는 귀를 쫑긋 세우고 그의 말을 경청했다. 그들의 정보가 경찰보다도 한 걸음 빠른 것에 놀라면서.
"나종수? 처음 듣는 이름인데. 족보는 어디야?"
"그건 아직 모르겠습니다. 허나 제 생각으로는 이 세계 출신이 아닌 모양입니다. 다만 그 밑에서 일하는 고릴라라는 놈이 광주의 일송파에서 밥을 먹던 놈이라는 것밖에는…….”
"그런 놈이 어떻게 그런 조직을 단시간에 결성하여 문제를 일으킬 수 있을까?"
"그게 저도 놀랍습니다. 놈들이 제압한 OA는 강남 10대 조직의 하나로 그렇게 쉽게 당할 조직이 아닌데, 힘 한번 써보지 못하고 당했습니다. 그런가 하면 강동의 청산파를 제압하더니, 이제는 인천으로 진출을 서두르는 낌새입니다. 벌써 인천에서도 심포파의 중간 보스 하나를 은퇴까지 시켰습니다."
"그렇게나 세력을 뻗치고 있단 말이지? 그러다 우리까지 잡아먹겠다고 덤비는 것 아닌가 모르겠군."
오태민이 거푸 술잔을 비웠다. 주량이 대단한 자였다. 그는 옆에 앉아 있는 육형사에게는 눈살 한번 주지 않았다. 그것은 여자로서 자존심이 상하는 일이었다.
"그런데 이상한 것은 놈들이나 우리나 시온이파에 연관된 조직과 업소 등엔 철저하게 접근을 꺼리고 있다는 점입니다."
"그건 우리 조직을 겁내서 그러는 것 아닐까요?"
오래간만에 용궁의 사장이 끼어들었다. 그는 오태민과 고전무와는 약간의 거리를 두고 앉아 있었다.
"이봐, 이 자리는 자네가 나설 자리가 아냐!"
고전무가 눈꼬리를 치켜뜨면서 사내를 쏘아보았다.
"아! 죄송합니다. 제가 그만…….”
사내에게서 용궁의 종업원들 앞에서의 거만하고 권위주의적인 모습은 찾아볼 수 없었다. 그는 그들의 말 한 마디에 쥐구멍을 찾는 소인배일 뿐이었다.
 "우리 세력에 피해가 없다면 그리 신경쓸 일은 아니지만, 그래도 경계는 철저히 해야겠지. 고전무가 세심하게 신경을 좀 써야겠어. 자칫 너무 커지다 보면 문제가 심각해지는 수도 있으니까."
 오태민은 더 이상 이야기하고 싶지 않다는 듯 술잔을 단숨에 비우더니 육형사 앞에 내밀었다. 받으라는 뜻이었다.
 "저……."
 육형사는 머뭇거리다가 술잔을 두 손으로 받아들었다. 오태민이 술잔을 들어 술을 따랐다. 하얀 자기잔에서 우러나오는 색감이 실내를 은은하게 했다.
 "자네는 운동선수같이 골격이 뚜렷하군!"
 "오야붕! 이곳에 온 지 며칠 안 된 아이입니다."
 용궁 사장이 두 손을 마주 잡고 아부를 떨었다. 육형사는 그 모습이 마음에 들지 않았다.
 "나가지! 나는 르네상스로 가겠다."
 오태민이 자리를 박차고 일어나더니 검은색 바바리를 한쪽 손으로 들고 밖으로 나갔다.
 "너 경고하는데, 오야붕 소리 한번만 더 했다가는 가는 줄 알아!"
 고전무가 용궁 사장을 못마땅한 눈으로 바라보며 주의를 주고 오태민의 뒤를 따랐다.
 "그리고 너는 따라와!"
 "……?"

"어섯!"

고전무는 육형사에게 뒤따라 오라는 시늉을 하고 앞서 걸었다. 밖에 있던 오태민의 보디가드들이 좌우를 감싸고 나섰다.

육형사는 타이즈 밑에 있는 비상 호출기가 생각났으나 아직은 때가 아니라는 판단을 했다.

동화회가 태민파와 아무 관련이 없는 조직이란 것을 밝혀낸 이상 이곳을 벗어나야겠지만, 그녀는 갑자기 오태민에게 관심이 쏠리는 것을 느꼈다.

그리고 여기서 호출을 해 형사들이 태민파의 조직원들과 맞섰다가는 자칫 낭패를 당할 소지도 있었다.

"이 계집을 보스방에 넣어 드려라!"

고전무가 오태민이 탄 BMW를 호위하는 차량의 뒷자리로 밀어넣으며 말했다.

육형사는 자존심이 상했다. 자신을 물건 다루듯 하는 고전무의 말투나, 눈길 한번 제대로 주지 않는 오태민이란 사내의 생리가 마음에 들지 않았던 것이다.

차는 서울의 외곽 도로 위를 미끄러지듯 달려 경춘 국도로 접어들며 속도를 내기 시작했다.

가을이 깊어 가고 있었다. 스잔한 도로 위로 떨어져 구르는 낙엽이 멀리 가을걷이에 일손이 바쁜 농부들의 모습을 쓸쓸하게 했다.

백미러로 하얀 스텔라가 보였다. 최형사가 타고 다니는 차였다. 미행을 하고 있다는 증거였다. 그 차를 보자 육형사는 마음이 든든한 것을 느꼈다.

앞좌석과 뒷좌석에 앉아 있는 사내들은 한 마디 말이 없었다. 그저 보스가 타고 있는 앞차에만 온통 신경을 쓰고 있었다. 훈련이 그만큼 철저히 되어 있다는 증거였다.

그랜드 호텔은 가평 근교에 있었다. 멀리 청평 호반이 내려다보이는, 산정을 깎아 세워놓은 호텔은 마치 작은 별장처럼 운치가 있었다.

사람들은 별로 눈에 띄지 않았다. 그러나 호텔 안에는 사우나장은 물론 성인 클럽과 유기장까지 설치되어 있었다.

"목욕을 하고 15호실로 들어가라!"

보디가드 하나가 육형사를 사우나실로 안내하며 말했다. 육형사는 안으로 들어가 탈의장에서 옷을 벗으며 서글픈 생각이 들었다. 오태민의 단순한 욕망의 배출구 역할로 자신이 지목되었다는 것이 슬프기 그지없었다.

우선 옷을 벗고 육형사는 뜨거운 탕 속에 몸을 밀어넣었다. 오태민으로부터 운동선수 같다는 말을 들은 자신의 알몸이 밉다는 생각은 들지 않았다. 쭉 뻗은 다리와 볼륨 있는 히프, 그리고 여경 특공대 수십명의 대원들 중 가장 자신(?) 있던 가슴이 사내들의 마음을 심란(?)하게 하기에 충분할 것이기에.

(어떻게 잡음 없이 빠져나가야 될 텐데······.)

육형사는 탕 속에서 머리를 바쁘게 굴리며 빠져나갈 궁리를 했다. 다행히 태민파의 보디가드들은 보스인 오태민에게 신경을 집중하느라 그녀에게는 별다른 주의를 기울이지 않았다.

집행인이 술에 취한 장강을 집에 데려다 주고 돌아오는 사이, 카폰이 울렸다. 석바위에 있는 신설 클럽에서 온 전화였다.
"조금만 시간을 끌어라! 그리고 주안 꺾쇠를 불러내 곧 도착하겠다."
집행인은 카폰을 아웃시키고 차를 쏜살같이 석바위로 몰았다. 그곳은 인천의 신흥 환락가인 주안역에서 지척인 거리였다.
"나종수! 오늘 만난다면 반갑겠지만 피차 곤란하기도 하겠구나."
집행인은 차를 몰면서 그렇게 중얼거렸다. 그러나 나종수가 적이라는 생각은 들지 않았다.
가벼운 흥분이 일었다. 누군가 자신의 조직 깊숙이까지 침입, 칼을 뽑고 있다는 적개심 대신 자신도 모르는 이 흥분과 기대감에 뭔가 그도 잘 구분을 못할 정도였다.
그러나 나종수에 대한 집행인의 정겨운 감정은 클럽에 도착하고 나자 전혀 다른 감정으로 급변했다.
"형님!"
집행인의 모습을 본 심포파의 조직원들이 반가움의 눈물을 흘릴 정도로 클럽 안은 엉망이 되어 있었고, 그들은 처참하게 당해 있었다.
"캡틴이 누군가?"
집행인은 심포파의 조직원들을 일으켜 세우며 상대 조직원들을 쏘아보았다. 그들의 수효는 20명이 족히 넘었다.
"난데! 너는 뭐야? 개새끼인가?"
고릴라가 쇠파이프를 바닥에 꽂고 집행인을 아니꼽다는 듯 쳐다보았다.
"그대가 동화회의 보스인가?"

집행인은 몸을 제대로 가누지 못하는 조직원 한 명을 부축하는 척하면서 발에 차고 있던 대검을 고릴라의 다리를 향해 던졌다.
 휘이익——.
 대검은 직선으로 날아가 고릴라의 허벅지에 박히면서 부르르 떨었다. 그와 함께 집행인의 몸이 거의 수평으로 날아 고릴라의 목을 뒤에서 감고 또 하나의 대검을 목에 겨눴다.
 순식간의 일이었다. 고릴라를 뒤따라 온 조직원들은 상황의 급반전에 놀라 어찌할 바를 모르고 당황했다.
 "이 새끼들아! 바쳐 버려. 나는 죽어도 좋으니께!"
 고릴라가 집행인의 옆구리를 팔굽으로 찍으면서 앞으로 튕겨나갔다. 집행인은 순간적인 고릴라의 임기응변에 놀랐지만 선두에 서 있던 적 하나를 일격에 쓰러트렸다. 그와 함께 또 하나의 대검을 고릴라의 등에 던졌다. 대검은 정확하게 그의 엄청난 등짝에 꽂혔다.
 "이 새끼들, 다 죽여!"
 "아니, 고릴라 형님을 빨리 병원으로 옮겨야겠다. 그렇지 않으면 죽을지도 몰라."
 지휘자를 잃은 무리들은 우왕좌왕하는 것이 병법의 기본인 것처럼, 고릴라가 대검에 맞아 뻗어 버리자 그의 부하들은 어쩔 줄 모르며 질서가 엉망이었다. 그때 출입문으로 꺾쇠가 일단의 조직원들을 몰고 들이닥쳤다.
 상황은 완전히 역전되어 있었다. 상황이 어렵게 변하자, 고릴라의 부하들은 각자의 무기를 꼬나들고 죽기살기로 맞설 기세를 보였다.
 "꺾쇠, 길을 터줘라!"

집행인이 꺾쇠에게 명령했다. 그 말에 클럽 안에 있던 양쪽 조직원들 모두가 귀를 의심하는 듯 서로의 얼굴을 쳐다보았다.
"길을 터줘라! 그리고 너희들 보스에게 전해라. 우리 심포파를 너무 홀대하는 것 같다고."
"형님! 이 새끼들을 그냥 보내자는 겁니까? 아주 갈아버리잖고?"
꺾쇠가 자루가 기다란 낫을 들고 집행인에게 항의조로 말했다.
"오늘 싸움은 우리가 이겼다. 승리자는 승리자로서의 도량이 있어야 한다. 빨리 가라!"
"……!"
고릴라의 부하들이 피떡이 되어 있는 그를 둘러메고 클럽을 슬금슬금 빠져나갔다. 그와 함께 클럽 안의 종업원들이 몰려와 엉망이 된 홀을 치우기 시작했다.
"꺾쇠! 무조건 싸움만이 능사가 아니다. 그리고 생사를 건 싸움은 서로에게 득이 되는 것이 없어. 좀전의 분위기에서 쌍방이 격돌했다면 승기를 우리가 잡은 이상 유리는 했겠지만, 결과는 예측할 수 없다."
"그게 무슨 말입니까? 유리는 한데 결과는 예측할 수 없다니?"
꺾쇠는 아직도 분이 안 풀리는 모양이었다.
"살인이라도 한두 건 났다 생각해 봐. 그 뒷감당을 무슨 수로 하겠니? 너나 나나 사선에 서서 살아가는 몸이기는 하나, 항상 최후의 순간을 염두에 둬야 않겠어……?"
집행인은 꺾쇠의 등을 두드려 주며 마음을 달래 주었다. 꺾쇠는 그래도 분이 덜 풀리는 듯 투덜거리며 탁자에 앉았다. 집행인은 클럽

지배인에게 술을 내놓게 한 후 밖으로 나왔다.

그는 마음이 좋지 않았다. 좀전에 허벅지와 등짝에 칼을 준 것이 너무 심했다는 생각이 들었다.

하지만 한편으로는 잘 되었다는 측면도 있었다. 강한 쇠는 쉽게 부러지는 법, 나종수가 진정한 강자가 되기 위해서는 작은 패배도 당해 봐야 한다는 판단이었다.

6
불타는 욕망

　우여사는 나종수와 극적인 재회의 시간을 가진 후, 자신이 경영하는 X등급 룸살롱인 슈퍼룸으로 가서 밀실을 찾이하고 자작을 했다.
　"멋진 놈이야! 내 그놈이 물건인 것을 진작에 알아봤어. 짜식, 나종수 너는 내가 키울 거야! 암, 내가 밤의 세계의 황제로 키워낼 거야!"
　우여사는 독한 양주를 거푸 마시면서 큰 소리로 주정을 부렸다. 기분이 좋은 날이었다. 자신이 공들여 키워 놓은 조직 하나가 깨졌어도, 그로 인해 우여사 그녀는 그보다 훨씬 큰 나종수란 인간을 만난 것이다.
　나종수는 옛날의 그 숫배기가 아니었다. 간혹 장난기 많은 창녀들이 노골적으로 유혹하면 자리를 피하며 어쩔 줄 몰라 하던 그가 아니었다.
　"멋있어! 나종수 너는 보스의 자격과 자질이 있어, 후훗. 그런데

내가 왜 이러지? 내 마음이 왜 이렇게 설레는 거야?"

우여사는 자신보다 10년 가깝게 어린 그의 나이를 생각하고는 쓴웃음을 지었다. 그러나 이내 그녀는 그깟 나이가 무슨 상관이냐 싶었다. 아직 그녀는 누구보다도 자신의 미모와 몸매에 자신을 갖고 있었다.

그때쯤 밀실의 문이 열리며 한 쌍의 남녀가 들어왔다. 슈퍼룸의 혼성 스트리퍼들이었다.

음악이 흘러나왔다. 흑인들의 재즈였다. 감미로운 음악, 적당히 기분 좋은 술기운, 우여사는 양주를 한 병 더 가져오게 한 후 시선을 그들에게 고정시켰다.

사내는 로마 시대의 전사(戰士) 차림이었고, 여자는 21세기 초감각의 속옷 차림이었다. 여자가 남자의 발을 붙잡고 무엇인가 애원하는 모습을 보였다.

애원…… 그녀의 눈은 남성을 원하는 유혹의 눈이었다. 사내가 여자의 커다란 엉덩이를 들고 있던 가죽끈으로 내려쳤다. 그 소리가 우여사는 싫지 않았다.

남편도 그랬었다. 밤에 얼큰히 술해 취해 들어와 자신의 몸을 탐하는 대신 가학을 가해 그녀가 고통스러워하는 모습을 보며 즐기는 남편이었다. 그녀는 그것이 사랑인 줄 알았었다. 그러나 훗날 남편은 그녀의 과거에 괴로워하며 자신을 학대하고 있다는 것을 깨닫고 그녀는 남편을 떠날 생각을 굳혔었다.

"개새끼! 그 복수를 꼭 하고야 말겠어!"

우여사는 자리에서 벌떡 일어나 사내에게서 가죽끈을 빼앗아 들고 여자의 벌거벗은 몸을 사정 없이 내려쳤다.

"아악! 사장님, 왜 그러세요?"

"쌍년, 나가 버렷!"

우여사가 소리를 지르자 무용수가 가운을 손에 들고 나가 버렸다. 그 바람에 사내가 파트너를 잃고 멍청히 쳐다보고 있었다.

"엎드려! 엎드리란 말야."

사내는 우여사의 지시에 따라 홀에 말처럼 엎드렸다. 그녀가 술에 취한 것은 알았으나 그렇다고 그녀의 지시를 거역할 수 없는 입장이었던 것이다.

"칙쇼! 사내 새끼들은 하나같이 그렇고 그렇다니까. 맛을 보여줘야 돼, 그런 새끼들은!"

우여사가 울분을 토하며 가죽끈을 휘둘렀다. 바람 소리가 났다. 그 소리는 사내의 등짝에 기다란 자국을 내놓았다.

"칙쇼!"

"아악!"

"이 새끼들, 사내놈들은 다 죽일 놈들이야!"

"윽!"

사내는 우여사의 매를 별다른 동요 없이 참아 이겨냈다. 그에게는 이 순간을 넘기고 나면 이 고통보다 훨씬 크고 단 보상이 기다리고 있을 거라는 희망이 있었다.

"에잇! 죽어라, 새끼들!"

우여사는 사내의 입에서 비명이 튀어나올 때마다 자신의 막힌 가슴이 뚫리는 기분을 느꼈다.

"으악, 사장님, 제발!"

사내가 더 이상 못 참겠다는 듯 그녀의 무릎 쪽으로 기어오며 고통을 호소했다. 그러나 중지를 요청하지는 않았다.
"흐흐, 배 고프면 밥을 처먹여 줘야지. 자, 개밥이다. 먹어라!"
우여사는 지갑에서 수표 2장을 꺼내 그에게 던졌다.
"아이고, 고맙습니다. 사장님…… 으악!"
우여사의 가죽끈이 사내의 얼굴을 휘감았다. 그 바람에 사내의 몸이 균형을 잃고 바닥을 나뒹굴었다. 그래도 그는 손에 들고 있던 수표를 놓지 않았다. 그의 넘어진 얼굴 앞에 1백만원권 수표 한 장이 떨어졌다.
"아이고, 사장님……."
사내는 수표를 집어들기 전 먼저 선행해야 할 일이 있다는 것을 알고는 회심의 미소를 지었다.
그의 눈앞에 우여사가 길고 쭉 뻗은 다리 곡선을 드러내 놓고 있었기 때문이다. 사내는 조심스럽게 다가와 그녀의 다리를 잡고 입술을 가져다 댔다.
"음!"
우여사가 신음을 토했다. 사내의 입술과 혀가 다리를 거쳐 허벅지까지 올라오고 있었다. 그녀는 그의 입술을 사람의 것이 아니라 생각했다. 개라고 생각했다. 자신이 기르는 애완견 스피츠가 자신의 손에 묻은 크림을 미친 듯이 빨아대듯, 사내도 자신의 돈을 빠는 개와 똑같다는 생각을 했다.
"너는 개다!"
우여사가 사내의 머리칼을 두 손으로 꽉 잡고 말했다.

"너는 개야!"
"네, 저는 개입니다. 똥개입니다."
사내가 대답했다. 개라고, 자신은 똥을 먹고 사는 똥개라고.
"그래, 너는 똥개, 아……."
사내의 입술이 꽃잎에 닿았다. 향기 없는 꽃은 아름답다던가. 우여사는 밀실의 벽에 걸려 있는 한 미국 여배우의 나체 사진을 보았다. 유방이 엄청나게 큰 여자였다. 그녀는 당장 저 사진을 떼어내고 싶었다.
"윽!"
사내가 우여사의 허리를 꺾어 뒤로 뉘었다. 레슬링의 브릿지 자세였다.
"나쁜 새끼!"
우여사는 다시 그 마마 보이를 못 면하던 남편을 떠올리며 욕을 토해냈다. 남편은 홀어머니인 시어머니의 과보호 속에서 화초처럼 자란 사내였다. 시어머니는 자기 남편의 사업을 떠맡아 성공적으로 키운 장부였으나 아들에 대한 편애는 지나친 것이었다.
언젠가 자고 있는 남편을 불러내, 나온 구녁은 생각 않고 들어가는 구멍만 생각한다는 말로 닥달하며 저런 화냥년 얻으려고 죽는다고 난리를 쳤느냐는 등 나무랬었다. 그날 밤 남편은 끝내 시어머니 방에서 자고 나왔고.
"멍청한 새끼, 끝내 지 어미 품에서 벗어나지 못할 놈……."
우여사는 눈물이 나왔다. 그래도 더럽혀진 꽃잎인 자신을 원하며 자살 소동까지 벌이면서 결혼을 관철시켰던 남편의 사랑은 잊을 수 없기 때문이었다.

"아!"

사내의 공격이 시작되었다. 그것은 강약을 조절한 리드미컬한 것이었다. 사내의 기교의 소치였다. 그만큼 많은 여자들을 작살냈다는 근거이기도 하다. 사내의 공격에 대한 우여사의 반격이 시작되었다.

그가 물이라면 우여사의 몸은 불이었다. 물줄기는 하얀 포말을 뿌리며 활화산을 덮쳤고, 화산은 엄청난 용암을 분출해 물을 덥히고 하늘 높이 수증기를 일어나게 했다.

"이 친구야, 잠복 근무도 정도가 있지. 거기가 어디라고 따라가나, 따라가길?"

"그래야 그들 조직의 실체를 알 것 아니겠어요?"

"이봐! 누가 그들 조직에 대해서 알아보라고 지시 내렸나? 다만 태민파의 최근 동향에 대해서 탐문 정도 해내라 했지, 그렇지 않아?"

이계장은 열불이 나는 듯 육형사를 닥달했다. 그러나 그녀도 한마디 지지 않고 반론을 폈다.

"그럼 제가 뭘 잘못한 거예요?"

"이 친구, 정말 답답하네. 그걸 지금 몰라서 묻나? 오태민이가 누군 줄 알고 그놈이 가자는 대로 호텔까지 따라가나?"

"그래도 아무 일 없었잖아요? 그럼 됐지 뭘 그러세요?"

"허, 이것 참!"

이계장은 더 이상 이야기하고 싶지 않다는 듯 서류철을 들추더니 최형사를 바라보며 말했다.

"호텔 측엔 정중하게 사과했겠지?"
"네, 서로 없었던 일로 합의를 봤습니다."
"그래도 다시 한번 전화를 해 내가 미안해 하더라고 전해."
"네, 그렇게 하겠습니다."
최형사는 호텔 밖으로 사우나 가운 차림으로 나와 두리번거리는 육형사를 차에 태우다, 몰려 나오는 태민파의 조직원들의 위세를 꺾으려고 공포 한 방을 쏜 것이, 마침 그 호텔에 여장을 풀려던 일본인 관광객들을 쫓아버리는 결과를 만들어 버렸고, 차가 급히 빠져나오다 호텔의 조경을 엉망으로 망쳐 피해를 끼쳤던 것이다.
"그리고 인천에 갔다온 것은 어떻게 됐나?"
"인천의 심포파를 급습한 것은 역시 동화회라는 이름을 쓰던 나종수가 이끄는 조직이었습니다. 그런데 재미난 일이 하나 있었습니다."
최형사와 함께 인천을 다녀왔던 조형사가 대답했다.
"재미난 일이라니?"
"고릴라라는 나종수의 행동대장이 심포파에서 최고의 주먹을 가진 집행인에게 당해 중상을 입은 사건이 있었습니다."
"집행인? 그런 이름도 있나?"
이계장이 관심 있다는 듯 고개를 쳐들었다.
"집행인은 별명이고 정식 이름은 최명규라는 자입니다. 인천 최대 조직 심포파의 2인자로 태민파의 인천 진출을 저지하는 싸움에서 오태민의 다리 한쪽을 절단하게 만든 장본인입니다."
"아닌데. 오태민의 다리는 멀쩡허단데……?"
육형사가 고개를 갸웃거리며 참견했다.

"그 친구 벗은 것도 본 모양이지?"
"뭐예요? 보자 하니까 정말!"
육형사가 발끈해서 달려들 기세였다.
"됐어. 오태민이 의족을 하고 있다는 것을 육형사는 모르는 모양이지? 그래 가지고 어떻게 폭력계 형사라 할 수 있어?"
"흐이구! 일진 사나운 날이군!"
육형사는 얼굴을 책상에 묻으며 일진 타령을 했다.
"인천에서 일단 제동이 걸린 거군. 한번 당했다면 곧 재차 보복성 공격이 있을 텐데…… 그리고 남형사, 나종수 이 친구에 대해서 알아낸 것 좀 있나?"
"별다른 것 없었습니다. 신기촌이란 고아원 출신에 S대학을 중퇴한 학력이 전부였습니다. 전과나 그 밖의 복역 경력도 없고……."
"그거 확실한 조사야?"
"네, 육형사가 용궁에서 얻어온 나종수란 이름을 동화유통 주변에서 확인, 신원조회를 한 것이니 틀림없을 겁니다."
"호! S대 출신에 전과나 복역 경력이 전혀 없다? 그런데 그런 자가 어떻게 그 세계에서 힘을 쓸 수 있다는 말인가?"
"저도 믿기지 않습니다만 사실입니다. 그래서 신기촌에 확인도 해보았는데, 6년 전 고아원을 떠난 이후는 행방을 모른답니다. 그런데 하나 특기할 것은 그의 무도 실력이 대표급이었다는 증언이 있었습니다."
"무도 실력?"
"고아원 시절 태권도에 심취, 4단의 면장을 받고 대학에 들어가

킥복싱을 연마, 대표급 선수들과의 스파링에서 KO로 끝내는 등 무도에 특별히 재능이 있었던 모양입니다."

"그래! 조형사, 그 친구가 다니던 대학에 가서 학적부를 열람해 보고, 남형사는 신기촌에 내려가 나종수의 지난 시절을 더 자세히 조사해 봐. 그리고 최형사는 인천 쪽을 계속 감시하면서 그들의 충돌 현장을 확인, 모조리 검거할 계책을 하나 마련해."

이계장이 자리를 털고 일어섰다. 그와 함께 다른 형사들도 우르르 밖으로 나갔다.

"그리고 육형사는 별명 있을 때까지 전화 대기해. 날 찾는 윗사람들의 전화가 있으면 황갑수 사건의 자수자들 공소유지 관계 여부 때문에 검찰에 나갔다고 해!"

육형사는 이계장이 밖으로 나가자, 그 뒤에 대고 주먹을 쥐어 흔들어 보이며 작은 소리로 투덜댔다.

"치! 잘났다 정말! 니들 고추들끼리 잘 먹고 잘 살아라."

좀이 쑤셨다. 천하의 여걸(?) 육형사 자신이 전화당번이나 하고 있어야 한다니 공연히 부화가 났다.

"언니?"

"응, 영임이 아냐?"

"네, 언니."

그때 육형사 옆에 대학 2학년에 다니는 이계장의 딸 영임이 작은 가방을 들고 나타나 반갑게 말했다.

"아빠 속옷 갖고 왔구나?"

"네, 4일이나 집에 안 들어오시지 뭐예요?"

"뭐 4일씩이나? 이 인간 어디서 그렇게 외박을 했지?"
"넷?"
"아, 아냐. 그냥 해본 소리야. 영임아, 여기 잠깐 앉아!"
육형사가 의자를 하나 내주며 영임을 앉게 했다. 눈썹과 아랫입술이 이계장을 꼭 닮은 것 같았다.
"요즘 굉장히 바쁜가 보죠? 무슨 큰 사건 났어요?"
"사건이야 항상 있는 거니까. 그리고 요즘은 좀 그래."
"그런데 언니는 왜 남아 계세요?"
영임이 옷가방을 이계장의 책상 한 곳에 올려놓고 작은 메모지에 뭔가를 몇 자 적어 가방 틈에 꽂아 넣으며 말했다.
"응! 아빠가 영임이 오거든 뭣 좀 맛있는 거 사주라고 했거든. 그래서 너 오길 기다리고 있었던 거야."
육형사는 자신도 모르게 거짓말을 해버리고는 잘 되었다 싶어 내친 김에 영임을 밖으로 데리고 나왔다.
"정말 아빠께서 그러셨어요?"
영임이 육형사의 뒤를 따라오며 질문했다.
"그래! 정말 그러셨어. 함께 다니면서 영임이 네가 좋아하는 것이 있으면 사주라고 돈도 주셨는데."
육형사는 이왕 거짓말을 한 거 확실하게 해야겠다고 생각했다. 그리고 평소부터 그녀는 영임에게 관심이 많았다.
"그럼 그렇지! 아빠가 잊고 있을 리가 없지!"
영임의 얼굴이 환하게 밝아졌다. 청순한 가을의 코스모스와 같은 순박함이 그녀의 얼굴에 깃들어 있었다. 육형사는 영임의 표정 변화에

서 여자만이 느끼는 육감을 받았다.
"너 오늘 생일이구나!"
"네, 오늘이 제가 21번째 맞는 생일이에요."
"영임이, 축하해! 아빠도 생일을 축하한다고 그러셨어."
육형사는 무심한 이계장을 속으로 나무라면서 겉으로는 영임의 기분을 맞춰 주었다.
"영임아! 우리, 백화점에 쇼핑갈까?"
"백화점에요?"
"응, 얼마 전에 예쁜 옷 하나 봐놓은 곳이 있거든."
육형사는 영임의 손을 잡고 지나가는 택시를 잡았다. 영임의 손을 잡은 육형사는 그녀의 손목이 너무도 가는 데 놀랐다. 마치 어린아이의 손목 같았다.
(이 인간, 사무실에서나 챙기느라 난리지 집안 건사는 영 엉망인가 봐!)
육형사는 속으로 그렇게 생각하며 영임의 손을 놓지 않았다. 이계장은 3년 전에 상처한 뒤 영임이 하나를 데리고 홀아비로 살고 있었다. 그는 원칙과 순리에 충실한 상관으로 고지식하기가 이를 데 없었다. 육형사는 그런 이계장의 강직함이 좋았다. 더구나 그의 가정이 결손가정이라는 것을 알았을 때, 그녀는 이계장을 상관보다는 하나의 개별적인 남성으로 바라보기 시작했다.

　강남 성심병원 중환자실을 나오며 나종수는 침통하기 그지없었다. 역발산기개세(力拔山氣蓋世)를 뽐내던 천하의 고릴라가 한순간에 병원의 중환자실에 누워 사경을 헤매고 있는 모습이 믿어지지 않았기 때문이다.

"방심했던 탓입니다. 그렇지 않고서야 고릴라 형이 저렇게 당할 수는 없습니다."

병실을 지키던 조직원 하나가 분하다는 듯 주먹을 불끈 쥐며 말했다.

"의사는 다녀갔나?"

"네, 방금 전에도 다녀갔습니다. 워낙 체력이 좋아 저만이나 했지 보통 사람 같아서는 생명을 유지하기가 힘들었을 거랍니다."

"의사와 간호원에게 특별히 부탁해서 특실을 하나 잡아. 간병인을 구해라. 그리고 너희들은 24시간 병실을 지키고. 알겠나?"

나종수가 손목시계를 바라보며 병원 로비 쪽으로 나섰다. 로비에는 수많은 사람들이 몰려 입원과 퇴원 수속 등을 하느라고 정신이 없었다.

"보스, 여깁니다."

"아, 언제?"

"방금 전입니다. 고릴라는 여전하죠?"

제비였다. 그의 표정이 침통했다.

"아이들은?"

나종수는 제비의 질문을 무시해 버리고 준비 상태를 물었다.

"총출동시켰습니다."

"좋아! 나가면서 말하지. 공격 계획은?"

나종수가 병원을 나서며 자신의 승용차 쪽으로 향했다.

"3방향에서 놈들을 급습합니다. 제1 방향은 제가 이끄는 부대로 어제 고릴라가 당했던 클럽을 공격하고, 제2방향은 보스가 이끄는 부대로 심포파의 중심이 집결돼 있는 심포동의 대형업소인 월드컵을, 그리고 망치가 이끄는 저격조가 심포파의 보스를 급습하는 3각 공격입니다."
"장강이 위치하고 있는 곳은?"
"남명이란 요정에 자주 나타난다는 정보가 있습니다."
"좋아! 그리고 집행인이란 놈이 주로 있는 곳은 알아냈나?"
나종수는 승용차에 발을 들이밀면서 집행인의 위치를 물었다.
"놈은 월드컵의 상무 직함을 갖고 있는 만큼 주위치는 그곳인 것 같습니다. 그리고 보스, 집행인이란 친구 조심하셔야겠습니다. 보통 놈이 아니더군요. 태민파 오태민의 다리를 하나 못 쓰게 만든 놈이 그놈이랍니다. 특히 대검 던지기의 명수랍니다."
"공격 시간은 정각 9시. 고릴라가 당한 3배의 보복을 가한다!"
나종수는 굳은 표정으로 공격 시간을 지시하고 기사에게 차를 이동시켰다. 현재 시간은 저녁 8시, 도시는 어느새 밤이 되어 있었다.
나종수의 승용차가 병원을 빠져나가자, 주차장에 대기하고 있던 3대의 패밀리와 봉고차 하나가 음산하게 뒤따랐다.
비가 축축이 내리고 있다. 차가운 가을비였다. 나종수는 차창을 바라보며 고릴라의 방심이 불러온 대보복전의 허실에 대해 생각했다. 보복전은 전력을 기울여 심포파의 중심을 강타하도록 짜여져 있었다. 2개 부대로 나뉜 주력이 심포파의 중심을 공격할 때 특공조가 적의 보스를 제거하게 되어 있는 정규전과 비정규전의 전술은 심포파를 단숨에 제거해 버릴 것이다. 그러나 자칫 많은 사상자의 발생은 사회적 문제를 야기할 수도 있을 것이다.
 그러나 그것은 차후 문제였다. 자신의 조직이 출범해 승승장구하던 기세에 1차 제동을 걸고 나온 걸림돌을 치우지 않고서는 보복과 보복이라는 암흑가의 규칙을 준수(?)한다는 차원에서도 이번 전쟁은 피해갈 수 없는 것이었다.
 "인천입니다. 1차 집결지를 어디로 할까요?"
 기사가 나종수에게 물었다. 시간은 8시 30분, 공격 작전 30분 전이었다.
 "집결지 없이 시내를 돌다 그대로 공격한다."
 나종수가 자신이 앉아 있는 시트 밑에서 50센티급 일본도를 꺼내며 말했다. 기사는 즉각 카폰으로 뒤따르는 차량들에게 전달했다.
 비는 갑자기 기세가 거세졌다. 마치 여름 장대비가 쏟아지듯 내렸다. 차창에 흥건하게 빗물이 흘렀다.
 (아! 지연…….)
 나종수는 느닷없이 독백을 내뱉었다. 지연의 얼굴 모습이 차창에 어른거렸기 때문이다. 드레스를 입고 있었다. 하얀 백설보다도 더 하얗고 아름다운 드레스였다. 음악이 아름다웠다. 하늘은 높고 푸르며, 바람은 감미로운 음악처럼 불었다.
 신랑 신부가 입장했다. 꽃가루가 뿌려지고 이름 모를 산새들의 지저귐이 장내를 더욱 밝고 축복되게 해주는 것 같았다. 홍지연, 너는 영원히 내 거야. 아니, 영원히 나의 것일 수 없어. 너는 나의 분신이고, 나는 너의 영혼이니까. 그러나 나종수 자신이 서 있을 자리에는 김명근이 행복에 겨운 모습으로 서 있었다.
"보스, 저기 보이는 곳이 월드컵입니다. 시간은 정각입니다."
기사가 운전대를 굳게 잡고 길 건너 네온사인 간판이 엄청나게 큰 클럽을 가리켰다.
"카폰!"
나종수의 손에 카폰이 들렸다. 개방된 상태로 잡음이 조금씩 들렸다.
"선두 패밀리는 입구를 봉쇄하고 밀어붙인다. 하나 주의할 것은 일반인들을 다치게 해서는 안 된다. 공격 시간은 15분, 번개같이 해치우고 이곳을 떠난다. 자, 공격!"
나종수의 명령이 떨어지자 뒤를 바짝 따르던 패밀리가 거리를 가로질러 클럽 출입구를 막고 멈췄다. 그와 함께 대원들이 뛰어내려 물밀듯 안으로 쏟아져 들어갔다.
순식간에 클럽 안은 난장판이 되었다. 그러나 안에서 나오는 일반 손님은 몇 되지 않았다. 아직 밤이 깊지 않은 탓과 비가 오는 날씨 탓인 듯했다.
나종수도 차에서 내려 일본도를 바바리 소매 속에 감추고 클럽 안으로 걸어 들어갔다.
"부숴!"
"박살내 버려, 이 새끼들!"
홀은 난장판으로 변해 있었다. 엎어진 탁자, 깨진 술병, 천장에서 떨어져 박살이 나 버린 샹델리아 등이 어지럽게 널려 있었다.
"뭐야? 너희들, 저번 그 새끼들 맞지?"

"뭘 알면서 물어보나? 멍청한 새끼 아냐, 이거?"
"뭐야! 이새꺄, 죽어!"
홀 안에서는 양편의 조직원들이 뒤엉켜 어지럽게 돌아가고 있었다. 피아를 식별하기 곤란할 정도였다.
"아악! 이 새끼들, 진짜 쑤시네!"
"쑤시는 데도 진짜가 있고 가짜가 있냐, 새끼야!"
피차 상대방을 알아보기 힘든 육박전 속에서 나종수는 자신에게 달려드는 사내 하나를 꺾어세워 일본도의 칼등으로 목을 내려쳐 혼절시키며 무리 중에 집행인이란 자를 살폈다.
고릴라의 복수를 위해서 반드시 그가 제압해야 할 상대였다. 그러나 심포파의 대원들 중 그 자는 없는 것 같았다. 자신의 조직원들과 제대로 일합(一合)을 펼쳐내는 자가 눈에 띄지 않았다.
"……?"
나종수는 순간 불길한 생각이 뇌리를 스쳤다. 홀 안에서 속수무책으로 당하고 있는 심포파의 위력이 너무도 허약했기 때문이다.
그 순간 흐릿하던 홀 안이 번쩍하더니 실내가 대낮같이 밝아지며 출입구 쪽에서 헤아릴 수 없을 정도로 중무장한 사내들이 밀어닥쳤다.
"보스, 배후를 차단당했습니다. 뒤로 물러서십시오."
나종수의 조직원들이 그를 에워싸며 홀의 한쪽을 장악했다. 상대는 50명이 족히 되었다. 언뜻 2대 1의 숫자였다.
"징하네 이, 이 새끼들! 인천은 뭣 빨러 들랑거린다냐!"
상대 중 입이 걸쭉한 자가 사설을 늘어놓으며 기다란 쇠갈고리를 겨누고 섰다. 홀 안은 피냄새가 물씬 나는 사내들로 가득 찼다.
"어제 내 수하를 그은 자가 있으면 앞으로 나서라!"
나종수가 인의 장막을 열고 앞으로 나오며 말했다. 그의 목소리는 짧고 무거웠다. 밖은 여전히 비가 내리는 모양이었다.
"미친 놈, 이거나 먹어라!"
쇠갈고리를 겨누고 있던 자가 나종수의 목을 향해 그것을 던졌다. 그러나 먼저 비명을 지르며 넘어진 자는 그 사내였다.
"아이쿠! 이게 뭔다냐?"
그 자는 진한 남도 사투리로 자신의 다리에 박힌 것을 붙잡고 바닥을 뒹굴었다. 석궁이었다. 나종수의 뒤에 서 있던 조직원이 또 하나의 화살을 장전하자 상대의 진영이 흐트러졌다.
"아무리 법도가 없는 주먹의 세계라지만, 그 방법이 너무 비열하고 잔인하다고 생각치 않나?"
집행인이 앞으로 나서며 말했다. 석궁을 다리에 맞은 사내는 뒤로 옮겨졌다.
"그대가 집행인인가?"
나종수는 한 발을 더 내디디며 그를 쏘아보았다. 그의 눈빛에 인광이 넘쳤다.
"그렇다, 나종수. 나의 이름은 최명규라고 하지!"
집행인이 쓰고 있던 모자를 벗어 홀에 던졌다. 그 모자가 팽그르르 돌며 나종수의 발 밑에 멈췄다.
"최명규……?"
"그렇다. 고향은 신기촌……."

나종수는 갑자기 뒤통수를 둔기에 얻어맞은 듯 엄청난 충격을 받았다. 아찔한 느낌이었다. 그와 함께 온 몸에 담고 있던 기(氣)가 일순간에 빠져나가는 듯했다.

"명규 형!"

나종수는 집행인의 턱 앞에까지 다가섰다. 두 사내의 시선이 마주쳤다가 이내 허공을 바라보았다. 그들은 서로 눈물을 보일 수가 없었다.

만감이 교차하는 순간이었다. 나종수는 달려가 집행인을 부둥켜안고 싶은 심정이었다. 그것은 그 사내도 마찬가지였을 것이다. 그러나 그들 둘은 서로가 피해 갈 길 없는 철길을 달리는 기관차 아닌가. 더구나 지금쯤 심포파의 또 다른 두 곳이 작살나고 있을 터인데.

"음!"

나종수는 천장을 바라보며 가는 한숨을 내쉬고 있었다. 그 모습을 양 조직원들은 이해할 수 없다는 표정으로 바라보았다.

7
신기촌의 아침

신기 그룹.

조그만 가내 직조공장에서 18개 계열 기업을 거느린 대기업군으로 성장한 신기 그룹의 창사 28주년을 기념하는 성대한 체육대회가 동대문 운동장에서 펼쳐지고 있었다.

「사회에서 이뤄낸 자본 사회에 환원」이란 그룹훈이 대형 애드벌룬을 타고 휘날리고 갖가지 플래카드와 만국기가 휘날리는 가운데, 7천여 임직원 앞에서 훈시를 끝내고 단상을 내려오는 오너 김동호 회장은 감회가 새로운 듯 연신 손수건으로 땀을 닦아냈다.

"다음은 차세대 본 그룹의 지도자 김명근 신기물산 사장님의 격려사가 있겠습니다."

사회자의 멘트가 끝나자, 귀빈석에 앉아 있던 김명근이 아내 홍지연을 바라보며 작은 미소를 보인 뒤 단상으로 나갔다. 자신감이 넘치고 무엇인가 여유가 있는 모습이었다.

"사랑하는 신기 가족 여러분!"

남편 김명근의 격려사를 들으며 홍지연은 무엇인가 형용할 수 없는 행복감에 두 손이 떨리는 듯했다. 상류사회의 그 멋과 격조를 한껏 누리는 자신의 모습이 믿어지지 않을 정도였다.

전도양양한 대신기 그룹의 차세대 지도자를 남편으로 둔 여인, 그리고 남편 김명근으로부터 끔찍하게 사랑을 받는 여인, 무엇이든 세상에서 필요한 것이 있으면 무한정 가질 수 있는 재력을 아낌 없이 밀어주는 시아버지, 홍지연은 너무도 완벽한 그것들이 혹시 꿈이 아닌가 하고 자신의 손가락을 살며시 꼬집어 보았다.

"다음은 김명근 사장님의 사모님 되시며 한국 최고의 첼리스트로 전 음악계가 주목하고 있는 홍지연 여사!"

사장의 격려사가 끝나고 오너 가족 소개에, 홍지연은 자리에서 일어나 우아한 모습으로 7천여 신기 가족들에게 목례를 했다. 우! 하고 찬탄의 함성이 그녀에게 들렸다. 그녀는 사원들이 자신의 미모에 아낌 없는 박수를 보낸다는 것을 본능적으로 알 수 있었다. 수많은 첼로 독주회를 통해 체험적으로 습득한 대중성을.

"여보! 대단하지 않소?"

남편 김명근이 고개를 돌리며 말했다. 그의 금테 안경이 햇빛을 반사했다.

"네, 대단하군요. 한 자리에 전 직원이 모이니 7천 임직원이란 말이 실감이 나네요."

"그렇소. 우리 신기는 결코 작은 규모가 아니오. 그룹에서는 이번 단합대회를 아버님의 창업기를 마치고 제2의 도약을 꿈꾸는 발판으로 마련한 거요. 머지 않아 신기 그룹은 한국 10대 기업군에 진입할 것이오. 나는 그것을 꼭 이루겠소!"
 명근은 거듭 자신감을 표했다. 무엇인가 벅찬 감정에 취해 있는 듯했다.
 "그래야죠. 아버님은 해내실 거예요. 아니, 당신이 해내셔야죠."
 "그럼! 내가 해내야지. 당신이 옆에서 많은 힘을 보테고."
 "제가 무슨 힘을……?"
 "아니오! 나는 당신이 없으면 시체 아니오? 그러니 당신이 나를 적극 도와야지."
 명근은 운동장에서 막 시작된 사원간 달리기 경주에 박수를 보내며 말했다.
 "신부님께서 어디를……?"
 홍지연은 앞좌석 한쪽의 내빈석에 앉아 있던 베드로 신부가 자리에 보이지 않자 좌우를 둘러보았다.
 "아, 베드로 신부님은 좀전에 신기촌에 중요한 일이 있다고 가셨소. 그래, 내가 기사한테 모셔다 드리라 했더니, 한사코 만류하시지 뭐요."
 "……?"
 홍지연은 자신이 인사할 시간도 주지 않고 총총히 떠난 베드로 신부가 문득 야속했다. 아무리 바쁘시다 하더라도 눈길 한번은 주셨을 법도 한데. 그러나 그녀는 자신의 경망함과 뻔뻔함을 스스로 탓했다.
 운동장에 함성이 일었다. 엄청나게 큰 장대에 매어달린 바구니가 청팀이 던진 작은 공에 맞아 터지면서 그 속에서「신기 그룹 영원하라」는 글자가 나타났고, 그 순간 전 사원들이 어깨동무를 하며 그룹의 노래를 합창했다.
 (종수 오빠…….)
 홍지연은 사원들의 합창을 들으며 문득 잊었던 종수를 기억해 냈다.
 영원하라, 너 신기. 남한강에 떠오르는 태양같이 영원하라, 너 신기 ……지연, 신기 그룹은 내 손에 박살날 것이다. 너의 행복이 깨져도 그건 내 책임이 아냐. 나는 신기 그룹의 김회장과 명근형에게 꼭 복수를 하고 말 테다.
 나종수의 비수 같던 저주가 사원들의 합창 속에서 들리는 듯했다.
 머리가 아팠다. 홍지연은 단상의 안내에게 물 한 컵을 요구해 마셨다. 어느새 남편 명근은 운동장으로 뛰어내려가 사원들과 함께 어울리고 있었다.
 "홍여사! 이쪽을 좀 봐 주세요. 네, 좋습니다."
 "한번만 더요."
 기업 홍보부의 사진 기자들이 홍지연의 주위를 돌며 몇 장의 사진을 찍고 사라졌다. 그녀는 능숙하게 포즈를 취해 주고는 물컵을 다시 들었다.
 "엄마, 나 배고파!"
 "오 준영아, 이리 오너라."
 그녀는 단상에서 한 자리를 찾이하고 있던 6세된 아들 준영이 칭얼거리며 다가오자 자신의 앞에 앉히고 물컵을 입에 대주었다.
 "엄마, 언제 끝나?"

"왜? 일찍 집에 가고 싶니?"

"응, 그런데 아빠는 어디 가셨어?"

"아빠?"

"응, 좀전에 여기 계신 것 같았는데."

홍지연은 아들 준영을 으스러지게 끌어안았다. 문득 가슴이 텅빈 듯한 공허감이 엄습해 왔다.

(그는 어디 있을까, 어디서 무엇을 하고 살고 있을까? 잘 살고 있을 거야. 고집이 있고 또 현명했으니까. 혹시 잘못된 길을 가고 있으면 ……아냐, 그는 그렇게 되어서는 안 돼. 아, 그가 안됐어. 나도 그리고 준영이도…….)

홍지연은 가슴이 복받쳤다. 그것은 서러움과 합치된 슬픔이었다.

"엄마, 울어?"

아들 준영이 그녀의 눈을 바라보며 말했다.

"아냐, 울긴. 엄마가 아기인가 뭐, 울게?"

홍지연은 손수건을 꺼내 눈물을 닦고 준영에게 말했다. 운동장에서는 남편 명근이 사원들과 달리기를 하고 있었다.

"엄마, 아빠다. 그치, 아빠지?"

준영이 자리를 털고 일어나 손을 흔들며 응원을 했다. 어디선가 날아온 고추잠자리 한 마리가 준영의 머리 위를 맴돌았다.

"날 보내 줘, 오빠. 이렇게 하는 것이 날 위하는 길이 아니잖아."

"널 위하는 길?"

"그래, 오빠."

그때도 그랬다. 명근과의 결혼을 앞두고 나종수는 홍지연을 납치,

먼 바닷가 해안을 거닐며 설득을 했었다.
 노을이 바다 위에 드리웠고 어느새 저녁 으스름, 하루의 일과를 끝마친 어부들이 작은 통통배를 몰고 귀항하는 포구의 하늘을 수많은 고추잠자리들이 날고 있었다.
 "너를 위하는 것이 어떤 것이니? 좋은 집, 좋은 옷, 그리고 좋은 차, 그런 화려한 것들이니?"
 "오빠는 나에게 당장 필요한 첼로 렛슨비를 대줄 수 있어? 학비는? 그리고 우리가 함께 살 작은 방이라도 마련할 대책이 있어? 그리고, 그리고 말이야, 신기촌의 많은 원생들은 어떡하지? 오빠는 잘 알잖아. 후원자인 김회장님이 얼마나 나를 며느리로 삼길 원하는지. 그게 잘못되면 수많은 아이들의 장래를 걱정하시며 노심초사하시는 불쌍한 베드로 신부님도 생각해 봐야 할 게 아니겠어? 오빠, 나 하나 보내 모든 것이 원만히 풀린다면 날 보내 줘야 하잖아."
 지연의 절규 섞인 말에 종수는 더 이상 반문하지 못하고 주먹으로 포구를 감싸고 있는 방파제를 내려쳤었다.
 종수의 주먹이 금방 붉은 피로 물들자, 지연은 손수건을 꺼내 그 상처를 감싸주었다. 노을이 손수건에 묻어 있었다. 초경빛이었다. 그 위로 작은 잠자리 한 마리가 철없이 내려와 앉으려다 화들짝 놀라며 날아 올랐었다. 벌써 7년 전의 일이었다.

 인천을 철수하면서 나종수는 참담한 아픔을 경험했다. 전쟁은 그들 조직의 승리였다. 석바위 클럽을 박살냈고, 남명이란 술집을 기습한 특공조가 심포파의 보스 장강을 공격, 병원으로 후송 도중 사망하여 심포파는 와해된 것이나 다름없었다.

그러나 전쟁의 결과는 전혀 엉뚱한 곳으로 번져 비정의 화신을 자처하던 나종수를 괴롭혔다.

장강의 죽음을 목 놓아 슬퍼하며 울던 집행인 최명규의 모습 때문이었다. 전쟁은 일시 휴전 상태를 맞았다. 나종수는 전쟁의 결말을 짓지 않고 자신의 부대를 철수시켰다. 집행인 최명규와는 긴 이야기를 할 시간도 없었다.

그러나 나종수는 집행인의 눈빛에서 자신에 대한 뜨거운 적개심이 내포되어 있지 않다는 것을 알 수 있었다. 보복에는 더 큰 보복으로란 이 세계의 철칙도, 형제간에 싸워서는 안 된다며 귀에 못이 박힌 베드로 신부의 말이 신기촌 형제들에게는 살아 있었기 때문이다.

"모두 철수한다. 앞으로 나종수 조직은 이곳 인천 쪽을 더 이상 공격하지 않을 것이다."

석바위 쪽에서 유턴해 온 제비 부대로 인해 월드컵 안의 대치가 쌍방간 힘의 균형을 찾았을 때 장강의 저격 소식이 들렸고, 나종수는 입술을 깨물며 철수 명령을 내렸다. 집행인은 자신의 부대를 움직이지 않았다.

"보스, 그 자와는 아는 사이입니까?"

제비가 나종수의 방으로 들어오며 어젯밤의 궁금함을 질문했다.

"장강의 장례식은 언제야?"

"3일장이면 내일이겠죠. 그런데 그건 왜?"

"아이들을 은밀하게 보내 장지를 알아내."

"보스, 장지에 문상이라도 가시겠다는 겁니까?"

제비가 더욱 몸이 달아 나종수의 얼굴을 주시하며 대답을 기다렸다.

"제비, 집행인과 나는 형제다. 어떻게 보면 피를 나눈 형제보다도 더욱 가까운 사이라 할 수 있지!"

"신기촌이란 고아원 말입니까?"

"그는 나보다 다섯 살 위의 장자격인 형이었지. 그를 어제 전쟁터에서 만날 줄은 꿈에도 생각치 못했다."

나종수가 책장 속에 놓여져 있던 작은 양주병을 내려 한 잔 가득 따라 마셨다. 독한 술내가 실내에 퍼졌다.

"그러셨군요. 생사의 쟁투를 벌이던 전쟁터에서 적장이 오랫동안 소식을 모르던 형제였었다. 드라마틱한 얘기군요. 이제 어떻게 할까요?"

제비는 갑자기 감정에 젖은 나종수를 염려하며 그의 주의를 환기하는 질문을 던졌다.

"어떡했으면 좋게나?"

나종수가 다시 자기 의자에 앉으며 양 손을 깍지껴 배 위에 올려놓았다.

"어제의 공격은 일단 성공이라고 할 수 있습니다. 심포파의 중심 거점을 공격했고 보스를 저격했으니…… 그런데 뒷마무리를 제대로 못하고 온 것이 꺼림칙합니다."

"집행인의 항복을 받아오지 못한 것이 그렇다는 말이지?"

"그렇습니다. 그 자는 전국적으로 알려진 전사, 반드시 자기들 보스의 보복에 나설 것이 뻔합니다. 보스나 제가 편히 발 뺄 수 있게는 힘들게 됐습니다. 전쟁에선 이겼으나 접수한 영토가 없고 후환만 남겨놓은 꼴입니다."
"전쟁에서 하책 중의 하책을 쓴 셈이군. 경찰 쪽은 어떻게 됐나?"
나종수는 장강의 살인사건을 추적해 올 경찰 쪽이 염려되었다.
"저격조로 참여했던 망치와 조직원들은 일단 대전의 오뚜기파에 피신시켰습니다. 경찰은 당시 현장에 있던 남명의 종업원들을 상대로 몽타즈 작성에 들어간 모양입니다. 혐의를 우리 조직에 두겠죠."
"망치가 잠적해 있는 동안 사고치지 못하도록 단속을 철저히 해야 될 텐데?"
나종수는 성격이 거칠고 포악한 망치가 도피 생활의 답답함을 견디지 못하고 말썽을 일으킬 것을 염려했다.
"여러번 주의를 주었으니 조심할 겁니다. 더구나 살인혐의로 쫓기는 이상 긴장하지 않을 수 없을 테고."
"오뚜기파에도 특별히 부탁해서 망치와 애들이 마음 편히 있도록 조치하고, 제비가 알아서 처리해."
나종수는 제비에게 일임하고 차를 대기하도록 지시했다.
"보스, 어디로 움직이십니까?"
제비가 낌새가 이상하다는 듯 나종수를 바라보며 말했다.
"인천에 좀 다녀오겠다."
"인천에요? 거길 단신으로 간다는 말입니까?"
"조용히 움직일 테니 혼자만 알고 있어. 별일 없을 거야."
"보스?"

나종수가 제비의 만류를 뿌리치고 사무실을 나가 승용차에 올랐다. 그때 석간신문을 돌리는 아이가 자전거에 신문을 가득 싣고 차 옆을 지나갔다. 중학교 정도에 다니는 학생이었다.
"얘야, 신문 한 장 주련!"
소년이 자전거를 세우고 신문 한 장을 쑥 빼어 주었다.
"자, 동정하는 것은 아니란다. 그냥 아저씨가 너에게 주고 싶어서 그러는 거니까 받아!"
나종수는 지갑에서 지폐를 서너 장 꺼내 소년에게 주었다.
"저……."
뜻밖의 상황에 소년은 당황하며 머뭇거렸다.
"받아라! 그리고 공부 열심히 해야 한다."
나종수는 소년의 손에 지폐를 쥐어 주고 인천으로 향하라는 지시를 했다.
　승용차가 앞으로 한참을 전진했는데도 소년이 그 자리에 서 있는 것이 백미러로 보였다. 그 거울 속에 나종수 자신의 어린 시절이 서 있는 듯했다.
"인천 어디로 모실까요?"
기사가 정확한 행선지를 물었다.
"장강의 시신이 놓여 있는 병원의 영안실로 가자!"
"넷?"
"두번 얘기해야 되나?"
"넷, 알겠습니다, 보스!"
그는 장지보다 영안실을 직접 찾아가는 것이 도리라는 판단을 내렸다.
 신문을 펼쳤다. 사회면에 인천발로 장강의 살해 소식이 실려 있었다. 조직간의 세력 다툼으로 보고 현지 경찰이 수사에 나섰다는 작은 기사였다.
 "음?"
 나종수는 신문을 내려놓으려다 한 광고란을 보고 눈을 크게 떴다.
 신기 그룹 창사기념 체육대회 겸 축하연을 알리는 5단통 광고가 경제면 하단을 요란스럽게 장식하고 있었다.
 "축하연이라! 저녁 7시 라마다 호텔. 흠……."
 나종수는 신문을 구겨 바닥에 내려놓았다. 담배를 태워 물었다. 신기 그룹의 승승장구가 마음에 걸렸다.
 "보스, 저기를 좀 보십시오."
 기사가 차를 멈추며 말했다. 대학병원의 영안실이었다. 주차장과 진입로까지 고급차들로 꽉 차 있다.
 "굉장한데요. 모두 장강을 조문하러 온 차들인 모양입니다."
 "차를 적당한 곳에 세워. 그리고 기다리고 있어라."
 "보스, 혼자서 조문을 하시겠다는 겁니까?"
 기사가 온몸으로 막아섰다. 자신은 나종수의 분신이라는 듯.
 "별일 없을 거다. 조문만 끝내고 곧 돌아오겠다."
 "안 됩니다. 죽어도 저는 따라가야겠습니다. 영안실 앞까지만이라도."
 "못 말리겠군."
 나종수가 비탈길을 걸어 올라갔다. 보디가드 겸 기사가 그의 뒤를 바짝 따랐다. 그는 3년 전부터 나종수를 그림자처럼 따라다녔다. 한 클럽에서 종업원 노릇을 하다 어느 날 찾아온 나종수의 싸움 솜씨에 반해 그의 절대적 추종자가 되었던 것이다.
「심포 대부 장강 장례식장」
곳곳에 그의 빈소임을 알리는 표지가 붙어 있었다. 입구에서 30미터까지 수많은 조화가 도열하듯 서 있었다.
조화에 써 있는 인사들의 면면이 호화롭기 그지없었다. 크고 작은 업소의 사장들로부터 지역 정계의 거물급들까지 수백 개의 조화가 놓여 있었다.
십여 명의 검은 양복을 입은 사내들이 출입구 양쪽에 도열하고 있다가 나종수를 보고 정중하게 허리를 꺾었다. 침통한 표정들이었다. 다행히 그들은 나종수의 얼굴을 못 알아보는 것 같았다.
8폭 병풍을 앞에 펼쳐 놓고 장강이 암흑 세계를 떠돌던 육신을 누이고 편히 잠들어 있었다. 그 앞 작은 평상에는 생전의 그의 사진이 선량한 웃음을 지으며 놓여 있었다.
사진 옆에는 하얀 소복을 입은 미망인과 대학생인 듯한 그의 자녀들이 말없이 앉아 있었다.
(종수…….)
집행인이 먼저 온 두 사내를 맞이하다 나종수와 눈이 마주쳤다. 나종수는 가볍게 목례를 한 후 장강의 사진에 두번 절을 하고 향을 피웠다.
"심려가 크시겠습니다."
미망인이 몸을 굽혀 나종수의 조문을 받았다. 그는 방명록을 놓고

조의금을 받고 있는 옆방으로 들어가 하얀 봉투를 꺼내 놓았다. 겉봉에 이름이 적혀 있지 않았다.
"나종수다!"
조의금을 받고 있던 사내가 그를 알아보고 소리쳤다. 그와 함께 주변에 있던 심포파의 조직원들이 몰려들었다.
"간도 큰 놈이구나! 여기가 감히 어디라고 기어와, 이 새끼? 내가 죽여 버린다."
사내 하나가 윗양복을 벗으며 나종수 앞으로 다가섰다. 사내의 눈에 독기가 서려 있었다.
"웬 소란이냐? 보스의 마지막 가시는 길이나마 편하게 보내 드리자!"
집행인이 부하들을 제지시켰다. 금방 살인이라도 낼 듯하던 사내들이 속을 벌름거리며 서로의 얼굴을 쳐다보았다.
"어서! 손님들을 모셔라."
집행인은 의연하게 장내를 정리했다. 나종수는 그에게 경의를 표하고 자리를 빠져나오려 했다.
"잠깐, 이쪽으로 자리를 함께 하시죠."
"……?"
나종수를 불러 세우는 자가 있었다. 그리 크지 않은 몸집에 책사 타입의 중년 사내였다. 그는 영안실 옆 마당에 작은 상을 사이에 두고 또 다른 사내와 앉아 있었다.
"초면입니다. 영덕이라고, 시온이파에서 밥을 먹고 있죠. 이쪽은 태민파의 고전무입니다."

나종수는 그들의 인사에 손을 내밀지 않고 목례만을 했다. 영덕이라면 시온이파의 사무총장격으로 그도 익히 듣고 있던 자였다.
"나종수입니다. 그런데 제게 볼일이라도……?"
나종수는 함께 앉고 싶지 않다는 듯 그들에게 질문을 던졌다.
"아니올씨다. 하도 강호에 그 이름이 높으신 분이라 얼굴이라도 뵙자는 뜻에서."
태민파의 장로인 고전무가 교묘한 어투로 나종수의 속을 긁었다.
"만나서 반가웠습니다. 그럼……!"
나종수는 더 이상 있고 싶지 않다는 듯 자리를 떴다. 그 순간 그의 등을 향해 손도끼가 내려찍혔다.
"아앗! 보스!"
순식간의 일이었다. 나종수는 누군가 강하게 밀치는 충격에 바닥을 뒹굴었고 그와 함께 기사의 어깨에서 선혈이 쏟아졌다.
"이봐?"
나종수는 기사에게로 몸을 날리며 제2의 공격을 준비하는 사내의 가슴에 두발 모아차기를 날렸다. 지면과 거의 수평이 되는 그의 강력한 양 발에 가슴이 채인 사내가 도끼를 땅에 떨어트리고 비명을 토하며 뒤로 나가자빠졌다.
"이봐, 정신 차렷!"
그는 손수건을 꺼내 기사의 상처를 눌러 지압을 하며 좌우를 돌아다보았다. 사방에는 10여 명의 심포파 조직원들이 눈을 치켜뜨고 서 있었다. 그러나 그들 손에는 이렇다할 무기가 들려 있지 않았다.
"풀어라! 보스께서 더 이상의 피를 원하시지 않는가 보다."

집행인이 다가와 부하들을 제지시켰다. 그의 말투로 보아 도끼 공격을 사전에 알고 있었던 것 같았다.

잠시 소란하던 영안실은 금세 아무 일도 없었던 듯 평온을 되찾았다. 유가족들의 비통함과 통분스러움 섞인 울음이 간간이 새어나오고, 여기저기서 문상객들이 화투판을 벌여 놓고 시끄럽게 떠드는 소리도 들렸다.
"자, 밥 한술 뜨슈! 술도 좀 들고."
"아 네, 고맙습니다."
조형사는 문상객을 가장하고 사람들 속에 끼어 사람들을 감시하고 있었다. 장강 사건은 인천 관할서에서 수사를 하고 있었지만, 자신의 부서에서도 특별히 관심을 갖고 있는 사건인 만큼 한시도 소홀히 할 수 없었다.
인천 수사반은 피해자들의 비협조로 수사에 애로를 겪고 있는 듯했다. 자신들의 모든 것을 비밀에 붙이려는 암흑가의 불문율 때문에 겪는 고충이었다.
(나종수의 부하들이 틀림없는 모양인데 전혀 추적할 단서가 없으니 죽을 맛이군! 그런데 여기는 단신으로 왜 왔었을까? 자칫 사지가 될 수도 있는 곳을……?)
조형사는 나종수의 출현을 여러 가지로 생각하며 조문객들을 계속 관찰했다.
"이제 그만 가지!"
"아니 선배님, 그쪽은 어떡하시고?"

조형사가 뒤를 돌아다보며 말했다. 뒤에는 최형사가 서 있었다.
"철수 명령이야."
"철수요? 그럼 범인들이 잡혔습니까?"
"쉬——누가 듣겠어. 나가면서 얘기하지."
둘은 영안실을 빠져나와 병원 진입로를 걸어 내려왔다. 길 양옆에 조경이 아름답게 되어 있었다.
"어제 나종수 조직이 심포파를 전면 공격했던 것 같아. 석바위 클럽과 월드컵이 난장판이 된 모양이야."
최형사가 자신이 조사한 내용을 이야기했다.
"3각 공격을 가했군요?"
"3각 공격?"
"네, 장강 살해조까지 말입니다."
"그것도 듣고 보니 그렇군. 나종수라는 놈, 보통 영악한 놈이 아닌 것 같아."
"영악한 것이 아니라 대단한 인간이더군요. 상대의 의표를 찌르는 전술 전략까지 훤하게 아는 자 같았습니다."
"그건 또 무슨 소리야?"
"방금 나종수가 운전기사 한 명만을 대동하고 영안실에 조문을 하고 갔습니다."
"뭐야? 그 말 정말인가? 도저히 믿을 수가 없군. 호랑이 굴을 혼자서 뛰어들다니……?"
조형사는 그간의 상황을 설명해 주었다. 나종수에 대한 심포파의 도끼 공격까지.

"무서운 놈이군! 그런데도 집행인은 보고만 있던가?"

"그 자가 제지해 별다른 사태는 없었습니다. 그런데 나종수와 집행인 간에 무엇인가 관계가 있는 듯 서로의 관계가 불편하게 보였습니다."

"철천지 원수지간이 아니고? 집행인이 나종수 밑에 들어가지 않는 한 그들의 관계는 영원히 견원지간일 수밖에 없을 텐데."

최형사가 자신의 차로 가서 뒤트렁크를 열더니 차 안에서 털이개를 꺼내 먼지를 털어냈다.

"그들의 눈빛이 왠지 그랬습니다. 증오나 살의 같은 것이 배제된 눈빛이랄까, 뭐 그런 것이었습니다."

"이 친구, 무슨 소설을 쓰나? 우선 계장님께 보고부터 하고 어디 가서 저녁을 때운 후 올라가자구."

"술 한잔도 있는 겁니까?"

"그럼 이 친구야, 술이 없으면 되겠어? 그런데 돈은 자네가 내는 거야."

"선배님, 그거 말 되네요. 아무려면 어떻습니까? 선배님 것이 제 거고 제 것이 제 것인데요."

"뭐야, 하하하!"

그들은 모처럼 환하게 웃으며 차를 병원에서 빼내어 도심의 에너지 원인 주신(酒神)으로 향했다.

8
장강이 떠난 자리

　라마다 호텔 연회석 봉황실은 수많은 사람이 몰려 신기 그룹의 창사 기념일을 축하해 주고 있었다.
　10인조 실내악단이 감미로운 선율을 펼쳐내는 속에 인기 연예인이 사회를 보며 분위기를 돋구고 있는 가운데, 메인 테이블에 앉아 있는 김회장이 옆자리에 정계의 거물을 모셔 놓고 건배를 제의하며 마음껏 잔을 비우고 있었다.
　중앙 테이블에서는 신기 그룹의 차세대 오너인 김명근이 아내 홍지연을 대동하고 재계의 인사들을 맞아 담소를 나누고 있었다.
　"김사장 부부가 함께 서 있으니 눈이 다 부십니다 그려! 축하드립니다."
　"아, 태성 회장님께서 먼 길을 직접 와 주셨군요. 고맙습니다."
　명근은 자신의 그룹과 하청 관계에 있는 중소 기업들의 사주들로부터 인사를 받으며 덕담을 주고 받았다. 그 옆에는 홍지연이 다소곳이 서서 눈인사를 연신 보내고 있었다.
 (흐흐…… 홍지연, 네가 그토록 꿈꾸던 상류사회가 이것이란 말이지!)
 나종수는 한 테이블을 차지하고 앉아 스카치를 거푸 몇 잔 마시고는 중앙 테이블로 걸어 나가 김명근 앞에 다가섰다.
 "아니, 자네는 종수……? 종수 아닌가?"
 명근은 손을 내밀어 나종수의 한 손을 잡고 반가움을 표했다.
 "그래, 자네 그 동안 어디 있었나? 도통 소식을 알 수가 있었야지. 여보, 종수 동생이 왔소!"
 명근은 홍지연을 바라보며 나종수의 출현을 반갑게 맞이했다.
 "안녕하……"
 그녀가 말끝을 맺지 못하고 고개를 숙였다. 나종수는 그녀의 모습을 보자 숨이 막히는 듯했다.
 순간 자신의 경솔한 행동을 깨닫고 그는 괴로움을 어금니를 깨물며 달랬다.
 "동생! 그 동안 뭘 하고 지냈어? 신수는 좋아 보이는데?"
 명근이 아내의 불편함을 느끼고 나종수에게 말을 걸었다. 여전히 그는 선량하고 착했다.
 "그럭저럭 지냈습니다. 형은 여전하군요."
 "여전하지. 하는 일은 많고 실속은 없고, 뭐 그런 일이야."
 명근은 나종수에게 말을 하면서도 연신 밀어닥치는 손님들을 접대하기에 정신이 없었다.
 "형, 일 보십시오. 저는 저쪽에 가 있겠습니다."

"동생, 어디 가지 말고 꼭 기다리고 있어. 내 금방 그쪽으로 갈게."
 명근이 한 중년 사내의 인사를 받으며 나종수에게 말했다. 그는 중앙 테이블을 벗어나 메인 테이블 쪽으로 향했다. 언뜻 무엇인가 몹시도 불안해 하는 홍지연의 모습이 보였다.
 "내외빈 여러분, 이 뜻깊은 자리를 빛내 주시기 위해 참석하신 집권당의 부대표위원 김덕팔 의원께서 건배를 제의하셨습니다."
 사회자의 멘트에 장내의 전원이 잔을 높이 들었다.
 "신기 그룹의 무궁한 발전과 온 나라의 발전을 위해 건배!"
 번들거리는 대머리를 조명에 온통 노출시킨 채 김덕팔 부대표의 건배에 장내는 일순 떠나갈 듯 합창했다.
 "건배!"
 나종수는 테이블을 옮겨 다니는 바텐더에게 잔을 들어 술을 채우게 하고는 메인 테이블에 앉아 있는 김회장 쪽으로 향했다.
 "손님!"
 그러나 그쪽은 성역, 불가침 구역이었다. 장내 곳곳에 잠복하고 있던 경호원들이 조심스럽게 그러나 단호하게 제지했다.
 "손님, 취하신 듯한데, 원하시면 저희들이 댁까지 모셔다 드리겠습니다."
 "흐흐, 내가 미친 놈이지……!"
 나종수는 경호원의 호의를 사양하며 연회장을 떠나려 했다. 그 순간 김회장이 자신을 쏘아보고 있는 걸 발견하고 그도 그의 눈을 마주쳐다보았다.
 일순, 김회장의 얼굴이 일그러졌다. 그러나 김회장은 이내 평상으로 돌아가 좌우의 정객들과 담소를 계속했다.
 나종수는 홀을 빠져나왔다. 밖에 기다리고 있던 부하들이 그를 보자 달려와 부축했다. 그리고 차에 태워졌다.
 거푸 마셔댄 양주가 올라오기 시작했다. 오늘 하루는 일진이 사나운 날인 듯했다.
 (김회장! 조금만 더 기다려라. 내 손에 끝장날 순간이 멀지 않았으니까.)
 나종수는 김회장의 기름끼가 번지르르하게 흐르는 얼굴을 떠올리며 분노심에 두 주먹을 굳게 쥐었다.
 대학교 2학년 때였다. 나종수는 지연과 명근을 끈질기게 맺어 주려는 김회장에게 직접 단판을 지러 달려갔었다.
 그는 회사에 찾아간 자신을 회장실 문밖에서 일언지하에 쫓아냈었다. 그러나 나종수는 무릎을 꿇고 그에게 사정을 했었다. 홍지연은 안 된다. 명근은 얼마든지 좋은 여자들이 있지 않느냐. 그녀가 떠나면 나는 살 수 없다고.
 그러나 김회장은 경비원들을 동원해 쫓아낼 것을 지시하며 독설을 내뱉었었다.
 (별 거지 같은 놈이 속을 썩이는군. 출신은 역시 속이지 못한다니까.)
 나종수는 그의 말에 커다란 충격을 받았던 것이다. 사회사업가로 명망을 얻고 있는 김회장의 위선을 여실히 엿보았던 것이다.
 나종수는 그 사건 이후 신기촌을 쫓겨나고 말았다. 끝내 홍지연을 끌어내어 얼마 동안 도피의 길을 걸을 때는 김회장이 풀어놓은 주먹들에게 몇 번인가 생명의 위협을 받기까지 했었다.
"보스, 태민파의 움직임이 심상치 않습니다. 이런 때 이처럼 몸을 가누지 못할 정도가 되시다니?"
숙소로 쓰는 APT로 돌아오자, 기다리고 있던 제비가 걱정스럽다는 듯 말했다.
"태민파가 심상치 않다고? 그게 무슨 소린가?"
나종수는 정신이 번쩍 들었다. 장강의 영안실에서 무시해 버렸던 태민파 고전무의 음흉한 미소가 떠올랐다.
"태민파의 중간 보스들이 총집결하고 있습니다."
"집결? 그거야 조직 운영상 상례적인 일 아닌가?"
"아닙니다. 지금 강남 쪽에 근거를 둔 전 암흑가가 긴장하고 있는 때입니다. 우리 조직의 출현에 군소 조직들은 공포를, 대조직은 개의치 않는 듯하면서도 내심으로는 신경을 바짝 곤두세우고 있다고 봐야 합니다. 이런 때 태민파가 갑자기 기민하게 움직인다는 것은 보통 일이 아닙니다."
"음!"
나종수는 부하들이 가져온 냉수 한 대접을 들이켰다. 속이 조금은 풀리는 듯했다.
"인천을 염두에 두는 것이 아닐까?"
나종수는 뇌리를 스쳐가는 것이 있었다.
"바로 그겁니다. 우리가 심포파의 예봉을 꺾어놓기는 했지만, 아직 항복을 받아낸 것은 아니지 않습니까? 태민파는 그 점을 노려 심포파를 접수하고 자신들 보스의 구원도 풀어 보려는 생각을 충분히 할 수 있습니다."
"그렇군! 인천은 무주공산이나 마찬가지일 테니…… 이러다가 죽 쑤어 개 좋은 일 시키는 것 아닌가 모르겠군."
"대책을 세워야 합니다. 심포파를 한번 더 선제 공격해서 항복을 받아내든지, 아니면 태민파의 양해를 구하든지 방법은 그 두 가지뿐입니다."
"양해를 구한다?"
"저들은 경고로 받아들일 겁니다. 심포파는 우리 세력이니 딴 생각을 말아 달라는 요구를 하는 거니까."
"태민파와 전쟁을 벌인다. 승산이 있을까?"
"어짜피 기세 싸움입니다. 그렇다고 앉아서 차려 놓은 밥상을 저들에게 넘겨줄 수는 없지 않습니까?"
나종수는 새삼스럽게 암흑가의 비정함을 다시 실감했다. 조직 보스의 상을 당해 침통해 하고 있는 심포파를 이때다 싶어 체면 불구하고 삼키려 하는 대조직의 잠식성 식욕에 비애를 느꼈다.
"그렇지만 아직 태민파와 일전을 치른다는 것은 위험천만이야. 전면전을 피하면서 심포파를 현재에 머물러 있게 하는 방법을 찾아야 해."
"아, 보스, 그 말을 듣고 보니 계책이 하나 있습니다. 그러나 이 계책엔 사전 정지 작업이 필요합니다."
제비가 나종수의 고민을 듣고 무릎을 치며 말했다.
"계책, 그리고 사전 작업은 무슨 말인가?"
"보스, 그전에……."

제비가 나종수의 귀에 대고 무엇인가를 한동안 설명했다. 나종수는 그의 말을 조용히 들으며 얼굴을 찡그렸다. 그러나 제비가 제시하는 방법이 최선의 방책임을 알고 고개를 끄덕이며 수긍했다.

장강은 그의 고향 영종도에 묻혔다. 그가 평소에 자주 다녔던 작은 절에다 마지막 혼백을 모셔 놓은 다음, 집행인은 그의 유족들을 대동하고 산사(山寺)를 내려왔다.

장강은 비록 암흑가의 대부로 평생을 살아왔지만 타고난 순수한 성품과 단순함으로 많은 벗과 선후배를 사귀었고, 의리와 남아의 혼으로 점철된 족적을 많은 사람들에게 심어주고 떠난 것이다.

발길들이 채 떨어지지 않아 유가족들과 집행인은 산사를 오르는 초입에 세워진 작은 정자 주변에 앉아 제각기 먼 산을 바라보았다.

고해정(苦海亭).

현판 밑에 누군가 옛 시인의 인생무상을 노래한 시가 눈에 띄었다. 한자 옆에 한글 해석을 붙여 놓은 것이 면사무소에서 손을 보아 놓은 듯했다.

천지는 조물주가 만든 주막과 같은 것
말을 달리며 엿보는 현상
낮과 밤이 두 개의 세계로 엇갈려
찰나의 사이를 오고 가고 하노라.
돌아보면 우주의 시간 억만겁
의기 있는 삶이 간밤을 지샌 자리일라.

만물은 끝이 있어도 천지는 끝이 없어
백년쯤 살고 가는 나의 객주집
시선은 쓰잘 데 없는 잡설을 뇌까렸고
석가도 저자에서 말 많았지만
그럴 듯한 그들의 백년 세월도
연꽃에 고인 한 잔 술처럼 허망하도다.
춘삼월 잠시 피는 갖가지 꽃은
하늘 땅이 내뿜는 숨결이랄지
광음이 화살 같은 이 세상에서
어지러운 것은 죽고 사는 길.

산사(山寺)를 찾으며 무엇인가 마음이 허전한 자들이 마음을 달래며 써 놓은 고시(古詩)인 듯했다.
누구의 시인지 모르지만 집행인은 현재의 자신의 마음을 대변한 듯한 그 싯귀가 마음에 와 닿았다.
죽고 나면 아무것도 아닌 인생을 보스 장강은 왜 그렇게 살다 갔을까? 그의 죽음이 집행인 자신에게 던져주는 질문은 무엇일까? 집행인은 정자의 난간을 붙잡고 멀리 바다를 건너다보이는 인천 시가지를 내려다보았다.
(보스, 이제 어떻게 해야 합니까? 당신의 미망인과 유족들 그리고 지주를 잃고 흔들리는 조직을 어떻게 해야 합니까? 그 텁텁한 웃음으로 무엇인가 답을 달란 말입니다!)
집행인은 난간에 머리를 기대고 깊은 생각에 잠겼다. 보스 장강의 혼백을 안치하고 나자 시급히 처리해야 할 사안이 2건이나 돌출, 진종일 그를 괴롭혔다.

하나는 태민파의 연합 제의건이었다. 평소에 심포파를 수중에 넣기 위해 호시탐탐 기회만을 노리던 그들이 심포파의 약화를 틈타 아예 접수를 하겠다는 치욕적인 통고장이었다.

절대절명의 순간이었다. 나종수와의 연이은 격돌로 전력에 큰 타격을 입은 마당에 보스까지 당해 사기마저 땅에 떨어진 조직을 이끌고 한국 양대 조직의 하나인 태민파와 맞선다는 것은 자살행위나 마찬가지였다.

(그런데 나종수가 보낸 사신은 어떤 뜻일까?)

집행인은 아침에 사무실로 인편에 온 편지를 보고 고개를 갸우뚱거렸다. 내용으로 보아 나종수가 보낸 것이 분명한데 그 뜻이 아리송했다.

▲ 명규형

기업납니까? 신기촌에 여름이 오면 우리 형제들은 남한강에서 수구를 하곤 했습니다. 두 개의 편으로 나누어서 점심 먹은 배가 꺼져 뱃속에서 꼬르륵 소리가 나도록 우리의 놀이는 끝이 없었습니다.

시합에 승패가 나지 않았기 때문이죠. 그때 심판을 항상 봐 주시던 집사 아저씨 생각나시죠? 그 아저씨는 시합이 어느 한편으로 기울어지면 교묘한 법칙을 만들어내 두 팀의 균형을 잡아주곤 하셨습니다.

시간이 많이 지난 지금 집사 아저씨의 그 장난이 어려운 난사를 헤쳐가는 어떤 교훈이 아닌가 생각합니다.

집행인은 밑도 끝도 없는 나종수의 편지를 받고 저의를 헤아릴 길이 없어 한참을 고민했다.
(인천으로 진출하기 위해 무진 애를 쓰던 그가 부대를 철수시킨 후 일단 칼날을 우리 쪽에서 거둔 듯하지만, 그런데 갑자기 이 편지를 보낸 이유는……?)
집행인은 나종수의 사람됨을 잘 알고 있었다. 독하고 강하기 이를 데 없는 성격였으나, 또 한편으로 형제들의 아픔에 곧잘 눈물을 보이곤 하던 심성의 소유자였던 것을.
같은 원생들의 고통이 자신의 것인양 함께 아파하고 함께 슬퍼하던 나종수를 떠올린 집행인은 그때서야 편지의 뜻을 알아내고 작은 미소를 지었다.
(그렇구나. 그는 태민파의 인천 진출을 벌써 눈치채고 심포파의 힘의 공백을 메워 주겠다는 제안을 이런 우회적인 방법으로 한 것이다.)
집행인은 허탈하게 늘어져 있는 유가족들을 독려하며 산을 내려왔다. 아래쪽 포구에서 작은 여객선이 출항을 예고하며 뱃고동을 울리고 있었다.
(나종수에 대한 심포파의 원한은 영안실의 공격으로 족하다. 그가 쉽게 죽을 운명이 아니라는 것이 증명되었잖은가. 그리고 그는 지금 심포파의 자존심을 최대한 건드리지 않는 배려를 하고 있다.)

일행이 포구에 도착하자, 꺾쇠가 서너 명의 조직원을 대동하고 마중을 나와 있었다.
배가 돛을 거두려는 순간이어서 그들은 인사도 제대로 할 사이 없이 배에 올랐다. 인천까지는 지척이었다.
"꺾쇠, 어쩐 일이냐?"
"형님! 큰일났습니다. 태민파의 고전무가 다녀갔습니다."
"고전무가 왜?"
"결과를 내일 12시까지 알려 달라고 일방적인 말만 하고는 돌아갔습니다."
꺾쇠는 심포파의 돌격 대장이었다. 그런 그도 현재의 움직임이 심상치 않은 듯 불안해 하고 있었다.
"자기들 밑에 들어오면 현재의 지분을 보장해 주겠다더냐?"
"심포동과 주안 지역 외 부평, 송도, 연안부두, 월미도 등 모든 지역을 지놈들이 관리하겠답니다."
"미친 놈들이구나. 꺾쇠, 너라면 이 위급한 상황을 어떻게 대처하겠느냐?"
집행인은 꺾쇠에게 질문을 던졌다. 그러나 그는 명쾌한 대답을 하지 못하고 머뭇거렸다.
"꺾쇠, 돌아가자마자 전 조직원을 월드컵으로 소집시켜라. 1명도 열외자 없이."
"형님! 전쟁입니까?"
"심포파 3년 역사 중 오늘과 같은 어처구니없는 협박은 처음이다. 도저히 용납할 수 없다."

"네, 알겠습니다, 형님!"
꺾쇠가 집행인의 결연한 각오를 듣고 힘이 솟는지 얼굴에 홍조를 띠며 대답했다.
배가 월미도 선착장에 도착했다. 사람들과 차량들이 서둘러 배에서 내렸다.
집행인은 꺾쇠에게 몇 가지를 더 지시한 후 미망인과 유가족들을 집까지 바래다 주었다.

용궁의 밀실.
태민파의 보스 오태민은 다섯 명의 중간 보스들을 모아놓고 하나의 작전 계획을 하달하고 있었다. 작전의 취지와 의도를 먼저 오태민이 설명했다.
"인천 진출은 우리 태민파의 오랜 숙원이었다. 광주를 근거지로 서울에 진출한 우리 태민파가 수원, 대전, 대구 등에 지부를 두고 한국 양대 조직의 하나로 성장하면서도 선두권으로 나서지 못한 것은 코 밑에 두고도 번번이 접수에 실패한 인천의 심포파 때문이었다. 그런데 이번에 물실호기(勿失好機), 다시 없는 기회가 우리에게 주어진 것이다. 접수, 잔말이 필요없는 접수가 있을 뿐이다."
오태민이 자못 흥에 겨운지 앞에 놓여 있는 술잔을 들이켰다.
"방금 보스께서 말씀하셨다시피 이처럼 좋은 기회는 다시 없을 것입니다. 지금 심포파는 와해 일보 직전에 있습니다. 우리 태민파의 진군만으로도 무너질 위기에 있다는 말입니다. 더구나 심포파의 예하 조직인 항도파가 자진 투항, 우리가 공격시 안에서 내응하기로 약속했습니다."

고전무의 말에 중간 보스들은 자신이 넘치는 표정으로 보였다. 상대의 약화와 내응 세력이 반란을 도모해 준다면 전쟁의 승패는 이미 결정난 것 아닌가.

"심포파는 집행인과 꺾쇠라는 두 명의 전사가 있습니다. 공격시 이 두 명의 발을 묶어놓기만 하면 싸움은 끝나는 겁니다. 이번 작전은 여기에 주안점을 두고 짜여졌습니다."

고전무가 인천 시가도를 펼쳤다. 그 위에는 심포파가 관리하는 각종 업소들과 유기장 그리고 예하 군소 조직들이 표시되어 있었다. 군사 작전도를 방불케 했다.

"작전은 내일 밤 10시, 보스와 친위부대가 집행인이 상주하고 있는 월드컵을 공격하는 것으로 시작됩니다. 심포파의 주력이 그곳인 만큼 오사장 부대가 엄호를 해야 합니다."

"네, 그러죠!"

오사장은 오태민의 친동생으로 형보다 한술 더 뜨는 난폭자 오태봉이었다.

"다음, 황사장 부대는 석바위 클럽의 꺾쇠를 공격, 그의 발목을 그곳에 붙잡아 놓아야 합니다."

"알겠습니다."

그는 중간 보스들 중 가장 연장자로 오태민보다 다섯 살이나 더 많았지만, 아직도 현역에서 뛰는 백전노장인 황호였다. 그는 이번 전쟁을 위해 광주에서 급거 올라와 있었다.

"그리고 잔백이 부대는 연안부두로부터 송도 일대의 심포파 업소들을 싹쓸이하고, 킬러는 부평을, 황새 부대는 심포동과 동인천 일대를 일거에 쑥밭으로 만든다. 전쟁의 최종 승패는 너희들 3명의 행동대장들 손에 달렸다. 빠른 시간에 하나라도 많은 업소들을 박살내느냐에 따라서 놈들의 항복 시간이 달려 있으니까."

"네, 잘 알겠습니다, 형님!"

잔백이, 킬러, 황새, 그들 3명은 오태민이 자랑하는 3인의 행동대장들이었다. 그들은 각자 10여 명의 정예 인원들을 밑에 두고 합숙을 하며 조직의 명령이 있으면 물불을 안 가리는 특공 부대들이었다.

"그런데 형님들! 우리가 심포파를 집어먹어 버리면, 나종수 그 새끼가 가만히 있을까요?"

작전 설명을 다 들은 오태봉이 나섰다. 그도 나종수의 활약(?)을 잘 알고 있었다.

"가만히 있지 않으면 지놈이 어쩔 거야?"

오태민이 술잔을 입에 털어넣으며 의미 있는 미소를 지었다.

"그렇군요! 가만 자빠져 있지 않으면 지깟 놈이 어쩔 거여! 허허 허!"

오태봉은 그제서야 뭔가 감이 잡히는 듯 미련스럽게 웃었다.

"그래서 그 점에 대해서도 주의를 기울였습니다. 강남 OA를 단숨에 박살내고 심포파를 뿌리째 흔든 그들의 힘도 무시할 수 없는 만큼, 강동 쪽에 그들이 진출할 수 있는 여지를 좀 주는 선에서 협상을 볼 것입니다. 물론 우리측 제의를 거절한다면…… 뭐 할 수 없지만."

고전무는 두 손을 들어 묘한 제스처를 써서 실내의 사람들을 웃기게 만들었다. 긴장하고 있는 참석자들의 마음을 풀어주려는 의도적인 행동이었다.

"형님들, 무슨 일입니까?"

그때 방문이 열리며 황소같이 생긴 사내가 들어오며 말했다. 목소리가 유난히 컸다.

"아이고, 보스께서도……."

사내는 천둥치는 소리로 인사를 하며 넓죽 큰 절을 했다. 그는 수원에서 올라온 씨름선수 출신의 박덕룡으로 태민파의 수원 지역 보스였다.

"왜 이리 늦었나?"

보스 오태민의 질책이었다. 그의 목소리의 톤이 높지 않을수록 더 열받았다는 것을 잘 아는 조직원들인지라 잠시 실내는 정적이 감돌았다.

"아무리 빨리 오려 해도 길이 먹통인지라, 터미널 부근부터는 아예 모두 차에서 내려 10킬로를 구보로 뛰어왔습니다."

"구보?"

"네, 보스. 제 꼬락서니를 한번 보십시오. 물에 빠진 생쥐꼴 아닙니까?"

박덕룡이 상의를 반쯤 벗자, 그의 와이셔츠가 땀에 흠뻑 젖어 짜면 물이 쏟아질 정도였다.

"하하하! 그래, 수고했다. 차는 어떻게 했나?"

오태민이 호탕하게 웃었다. 그러자 좌중이 한껏 배를 잡고 웃어제꼈다. 박덕룡이 승용차 5대가 견인되어 갔을 테니 벌칙금은 어디서 청구

하느냐고 너스레를 떨자, 그들은 아예 포복절도할 듯 웃음 바다가 되었다.

때를 맞추어 커다란 술상이 들어왔다. 사람 수에 맞추어 아가씨들이 꼬리를 살랑거리며 들어올 때쯤, 고전무는 박덕룡을 잠시 옆방으로 불러냈다.

9
폭풍전야

 이계장은 폭력계 사무실에 늦게까지 남아 형사들이 수집해 온 각종 정보들을 정리하고 있었다. 계원들은 모처럼 일찍 퇴근시킨 상태였다.
 (이 친구, 볼수록 흥미가 있는 친구란 말야.)
 이계장은 신기촌을 다녀온 형사가 구해 온 나종수의 신상 자료와 사진을 살펴보며 흥미롭다는 표정을 지었다. 이목구비가 뚜렷하고 선이 굵은 듯하면서 어딘가 지적인 모습이 묘한 매력을 풍기는 자였다.
 자료는 나종수의 성장 과정과 고등학교, 대학 재학 중의 생활기록부 사본, 교우관계까지 적나라하게 조사되어 있었다.
 (28세에서 지금까지 5년여 동안이 공백 기간이군. 신기촌에 연락이 끊긴 때부터가 이 친구가 암흑가에 발을 들여놓은 순간이야. 그렇다면 웬만한 폭력배들이라도 이름 정도는 경찰 자료에 나와 있어야

하는데, 이 친구만 빠져 있단 말야.)
 이계장은 나종수의 신상 명세서상에서 베드로 신부와 홍지연이라는 여자 이름을 수첩에 적어넣었다.
 나종수와 동기였던 자들을 추적, 당시 그에게 영향력을 끼친 자와 교우관계를 탐문하여 중요하다 싶은 것은 모두 적어놓은 듯했다.
 (베드로 신부는 신기촌의 원장인 모양이고, 홍지연과 나종수는 첫사랑 정도는 되는 사이인가?)
 이계장은 최형사조가 수집해 놓은 자료에서 나종수와 집행인이라 불리는 최명규 사이에 뭔가 있는 듯하다는 수사감을 적어놓은 대목을 보고, 수화기를 들어 최형사집에 전화를 걸려다 그만두었다. 모처럼의 휴식을 방해하고 싶지 않았기 때문이다.
 (그렇지. 최명규 이 친구의 자료를 살펴보면 뭔가 나오겠군.)
 이계장은 캐비넷을 열고「수도권 조직폭력 계보와 계보원 명부」를 찾아 인천 심포파의 최명규 카드를 찾아냈다.
 카드에는 이름과 주민등록번호 등 극히 초보적인 사항만 나와 있었다. 그러나 그의 자세한 명세서는 범죄인 번호를 컴퓨터에 주입시키자 화면 가득히 쏟아져 나왔다.

 ▲ 최명규(崔明圭)
 나이 38세(금년), 본적 경기도 ××군 신기촌, 폭력 전과 및 상해치사 등 8범, 안양·순천 교도소 등에서 3회에 걸쳐 도합 9년 8개월 복역, 인천 심포파의 조직원, 행동대장 등을 거쳐 현재 업소 월드컵의 상무로 심포파의 실질적 지배자……

이계장은 컴퓨터 자료를 보고는 최명규가 나종수의 신기촌 동기라는 것을 알아내고 놀랐다.

(나종수와 최명규가 같은 신기촌 출신이라. 이거 재미있군! 그런데 어쩌다 한 동문간이 원수지간이 되었지?)

이계장은 그들의 운명적 관계에 호기심을 느끼며 다른 자료를 더 살펴보았다. 인천 경찰서 수사반도 장강의 살해범을 나종수의 조직원들로 보고 수사력을 기울이고 있었다. 그러나 몇 컷의 엉성한 몽타즈만을 만들어 전국에 수배하는 것 외에는 이렇다할 진전을 보지 못하고 있었다.

(나종수 이 친구, 볼수록 대담하고 무서운 구석이 있어. 의표를 찌른다 할까. 도저히 나타나지 못할 장소에 단신으로 진입하는 행동하며, 보통 인간으로는 생각할 수 없는 담력의 소유자야. 그러나 이 친구는 사회적으로 용납할 수 없는 살인마이기도 하지. 나종수, 너는 내 손으로 꼭 단두대에 서게 해 주겠다.)

이계장은 방금 전 딸 영임의 전화 내용을 떠올리고 시계를 보았다. 퇴근길의 러시아워를 조금은 비킬 시간이었다. 모처럼 한 가족(?)이 모여 저녁을 함께 하자는 영임을 생각하니 가슴이 뭉클했다.

착하고 사랑스럽던 이계장의 아내는 오랜 시간 병상에 누워 있다가 급성뇌막염으로 3년 전 딸 영임과 남편을 남겨놓고 눈을 감았다.

아내의 고향은 강원도의 어느 바닷가였다. 이계장은 전방군 중대장 시절 그녀를 만나 결혼했고, 오랫동안 전방 군부대를 전전하다 경찰에 편입했다.

그러나 어느 하루도 제대로 함께 하지 못하는 남편의 생활을 불평

한 마디 없이 늘상 웃음으로 지켜보기만 했었다.
　이계장은 차를 부지런히 몰아 집에 도착했다. 오랜 아내의 병치레로 그는 아직도 전세집을 면치 못하고 있었다. 그는 집에 도착하기 전 영임이 좋아하는 만두와 양념 통닭 한 마리를 샀다.
　"아빠!"
　"오, 우리 공주님! 아빠 오길 기다리느라 아직 식사 전이구나. 배 고프면 먼저 먹지 않고."
　이계장은 과년한 딸을 품속에 꼭 껴안았다. 꼭 제 어미처럼 한 줌밖에 안 되는 딸의 몸을 느끼며, 그는 보약을 한 첩 지어 먹여야겠다는 생각을 했다.
　"어머, 계장님! 따님만 사람으로 보이고 저는 뭐 장승으로 보이세요?"
　"아니, 육형사가 어떻게……?"
　"저는 뭐 계장님댁에 오면 안 되는 법이라도 있나요?"
　육형사가 주방에서 무엇인가를 열심히 만들며 이계장에게 보란 듯이 말했다.
　"아니, 그런 뜻은 아니지만 좀 뜻밖이군!"
　"아빠! 언니는 제가 집에 같이 오자고 했어요. 언니가 만두를 잘 빚는다고 해서."
　"저 아가씨가 만두를 빚어? 남자들을 때려주는 거라면 몰라도."
　"뭐예요? 이계장님, 정말 영임 앞에서 망신 주기예요?"
　"하하, 사실이 안 그런가? 언젠가 3계의 곽형사가 한번 혼났다고 하던데!"

"어멋! 몰라요, 정말!"

육형사는 얼굴이 빨개졌다. 그녀가 폭력과에 처음 전입왔을 때, 장난기가 유독 강한 곽형사가 그녀의 히프를 손바닥으로 한번 쳤다가 팔꺾이에 걸려 혼쭐이 났던 적이 있었다.

"유도 3단의 육형사가 만두를 잘 빚는다니 못 믿어워서 그래."

"그럼 아빠, 어서 드셔 보세요. 얼마나 언니의 솜씨가 좋은지 맛을 보시면 되잖아요?"

영임이 이계장을 식탁으로 안내했다. 식탁 위에는 초간장과 식기 등이 가지런하게 놓여 있었다.

"영임의 얼굴색을 보니까 보약이라도 한 제 지어 먹여야 될 것 같아요."

육형사가 찜통 속에서 만두를 꺼내 놓으며 말했다. 허리에 두른 앞치마와 머리를 뒤로 넘겨 머리핀을 꽂은 모습이 이계장에게 죽은 아내 같다는 생각이 들었다.

"가끔 빈혈 현상도 있는 것 같고."

"빈혈? 영임아, 너 가끔 어지럽고 그러니?"

이계장은 영임에게 빈혈증상이 있다는 소리를 듣고 놀라며 물었다.

"아뇨, 간혹 현기증이 나긴 하지만, 그건 아마 잠을 제대로 못 자서 그럴 거예요. 너무 걱정 마세요."

"그러니까 공부도 좋지만 좀 쉬어 가면서 하라고 아빠가 항상 그러잖던?"

육형사는 유럽으로 유학을 간다고 국비 장학생 시험에 매달려 있는 영임을 보며 항상 안타깝게 생각하고 있었다.

"부녀지간의 정다운 대화도 우선 먹으면서 하시는 게 좋겠습니다. 자, 그럼……."

육형사가 이계장 앞에 찐만두를 몇 개 내놓은 다음 영임과 자기 앞의 접시에도 몇 개씩 담았다. 만두 속 냄새가 입맛을 돋궜다.

"오! 맛은 일품이군! 이거 정말 육형사 솜씨라면 알아줘야겠는데."

이계장은 만두 하나를 초간장에 찍어 먹으며 말했다. 만두 맛이 적당히 간이 배어 먹을 만했기 때문이다. 영임도 그에 못지않게 식욕이 돋는 모양이었다.

육형사가 자신이 만든 요리를 열심히 먹어 주고 있는 그들을 흐뭇한 표정으로 바라보고 있었다.

"육형사도 같이 먹지……."

이계장은 육형사에게 말하다가 문득 그녀에게서 아내의 모습을 또 발견하고 고개를 저었다.

노란색 앞치마를 곱게 두른 아내가 주방에서 부지런히 손을 움직여 사랑하는 가족을 위해 식탁을 풍성하게 하던 모습이 환상처럼 남아 있었던 것이다.

도시의 밤이 계엄군의 구둣발처럼 덮쳐 태양을 깔보기라도 하는 듯 온통 밤하늘을 밝히는 네온사인의 반항을 애처롭게 하고 있었다. 어두운 밤하늘에는 작은 별들만이 총총히 박혀 있는 그믐밤이었다.

조용한 밤거리였다. TV에서 월드컵 최종 진출을 다투는 한·이라크 간의 경기가 있는 탓에 거리는 썰렁하게 비어 있었다.

정중동(鄭中動), 조용함 가운데 움직임이 있다는 말처럼 그 고요한 도시의 정적 속에 숨막히는 긴장감이 인천의 중심지 심포동의 대형업소인 월드컵 안에 가득했다.
"형님, 다 모였습니다. 더 이상 올 인원은 없는 듯합니다."
꺾쇠가 넓은 홀 안에 양쪽으로 도열한 사내들 앞에서 집행인에게 총집합을 보고했다.
"조도는 왜 안 보이나?"
집행인이 사내들을 찬찬히 살펴보며 말했다. 그들 모두는 60명 정도였다.
"항도파는 빠진 듯합니다."
꺾쇠가 불쾌한 표정으로 말했다.
"빠진다? 역시 조도답군!"
집행인은 더 이상 기다릴 것 없다는 듯 사내들을 향해 조용한 음성으로 본론을 꺼냈다.
"보스 장강 큰형님의 장례를 치른 지 하루만에 전 조직원을 이곳에 소집한 이유는, 조직이 현재 처한 위기 상황을 설명해 주기 위해서다."
집행인이 그 부분까지 말하고 장내를 돌아다보았다. 장내는 찬물을 끼얹은 듯 가라앉아 있었다. 숨소리 하나 들려오지 않았다.
"우리 조직은 30년이 넘는 연륜과 전통을 가진, 인천에서 자생해 자리를 굳힌 토착 세력으로 이제껏 우리들 세계의 도와 의리를 지키며 성장해 왔다고 자부한다. 우리의 몫이 소중한 만큼 타조직의 몫도 소중하게 생각하는 정신으로 오늘날까지 버텨온 것이다. 그런데 작금에 와서 우리 지역을 노리고 끊임없이 도전해 오는 세력들이 생겼다. 태민파의 두번에 걸친 공격을 견뎌냈더니 끝내는 큰형님을 잃는 불상사까지 당하게 되었다."
 집행인의 말에 사내들이 모두 머리를 숙였다. 보스의 죽음이 자신들의 무능력함 때문이라는 듯.
 "큰형님의 장례식이 끝나기도 무섭게 우리 조직 전체를 내놓으라는, 방자하기 이를 데 없는 요구를 받을 정도로 우리 조직의 위상이 땅에 떨어진 것이다. 먼저 그 책임은 나에게 있다. 내가 명색이 조직의 2인자로서 제대로 챙기고 통솔하지 못했기 때문이다."
 집행인이 괴롭다는 듯 자신의 책임론을 펼쳤다.
 "형님! 끝까지 나종수 그 새끼가 핍박을 해오는 겁니까?"
 중간 보스급 하나가 얼굴에 분노를 띠며 앞으로 한 발자국 걸어나왔다.
 "이번 기회에 총공격을 가해 놈들을 쓸어 버립시다, 형님!"
 "그렇습니다. 이렇게 앉아서 수모를 당할 수만은 없습니다. 우리도 본때를 한번 보여줘야 합니다."
 "그렇습니다, 형님!"
 조직원들이 너도 나도 이구동성으로 한 마디씩 했다.
 "조용해라. 아직 형님의 말씀이 끝나지 않았는데 웬 말들이 그리 많나?"
 꺾쇠가 장내를 진정시켰다. 그의 말에 장내는 다시 조용함을 되찾았다.
 "여러 형제들의 마음을 내가 왜 모르겠나? 백번 알고도 남는다. 그러나 이번 상대는 나종수가 아니다. 그는 지난번 사건 이후로 우리에 대한 별다른 움직임을 보이지 않고 있다."
"그렇다면 어떤 놈들이 또 우리 조직을 넘본다는 말입니까?"
"이봐, 너 자꾸 형님 말씀에 끼어들 거야!"
꺾쇠가 질문을 던지는 중간 보스를 제지했다. 집행인은 손을 들어 그들의 입을 막고 계속 말했다.
"태민파다."
"태민파요?"
집행인의 입이 떨어지기가 무섭게 장내의 전 인원이 한 입을 모았다. 그만큼 그들이 받는 충격이 컸던 것이다.
"그렇다. 우리가 나종수와의 싸움에서 힘을 소진한 듯하자, 태민파가 또 다시 마수를 뻗쳐 온 것이다. 그들의 요구는 우리 구역의 외곽 거점을 모두 내놓고 자기들의 보호 아래 들어오라는 것이다."
"미친 놈들, 그것은 말도 안 됩니다. 지깟 놈들이 뭔데 우리를 지놈들 밑에 들어오라는 겁니까?"
"그렇습니다, 형님! 때리는 시어미보다 말리는 시누이가 밉다더니, 그놈들이 그 짝이군요?"
조직원들이 일시에 흥분했다. 그들은 그만큼 단순했다. 태민파라는 거대 조직의 끈질기고 줄기찬 노림수에 놀라면서도 한편으로는 적개심이 더 불타오르는 모양이었다.
"그 요구를 받고 나는 며칠을 고민하다 오늘 전 형제들을 소집한 것이다. 전쟁이냐 항복이냐를 결정하기 위해서 말이다."
"형님, 그게 무슨 말씀입니까? 모든 결정을 형님이 내리시면 저희들은 따를 뿐입니다."

처음부터 의견이 많던 중간 보스가 배에 힘을 주며 말했다. 그 모습을 바라보던 꺾쇠가 빙그레 웃으며 거들었다.

"명령만 내리십시오, 형님! 형님은 우리 조직의 장자로 이제는 장강 큰형님의 역할을 하셔야 합니다."

꺾쇠가 말하자, 전 조직원들이 긴장감을 갖고 집행인을 바라보았다. 그들의 눈은 이제부터 집행인을 위해 모든 것을 바칠 준비가 되어 있다는 표시를 하는 것 같았다.

"여러 형제들이 그렇게 믿고 따라 주겠다니, 이번 태민파의 요구에 대한 답을 하겠다."

집행인이 홀을 느린 걸음으로 왔다갔다 하며 작은 목소리로 말했다. 그러나 그의 입에서 나온 언어는 단전(丹田)에서 나온 뜨거운 불덩이가 섞여 있었다.

"인천에 들어오기 위해서는 나 집행인과 60여 명의 심포파 전사들의 시체를 밟고 넘어가야 한다."

"......!?"

집행인의 말은 태민파와의 피할 수 없는 일전을 예고하는 것이었다. 비록 태민파의 2차에 걸친 진주를 저지한 경험이 있는 심포파였지만, 태민파는 그들의 능력 저 밖에 있는 엄청난 세력이었다.

시온이파와 더불어 한국 암흑가의 양대 세력을 구축하려는 태민파와 전면전을 전개한다면, 그 결과는 너무도 자명하다는 것을 그들은 잘 알고 있었다.

그러나 대세는 이미 흘러가고 있다는 것도 그들은 안다. 피할 수 없는 타협이 있을 수 없는 죽음에 대한 선택만이 그들 앞에 놓여 있다는 것을.
 "태민파는 앞으로 하루 이틀 새 오태민이 직접 진두지휘하여 2백여 명의 조직원을 이끌고 진입할 것이란 정보가 있다. 과거의 구원도 있는 만큼 오태민 자신이 필사적일 것이기 때문에 자칫 커다란 불상사가 초래될 소지가 많다. 놈들은 많은 인원인 탓에 가급적이면 많은 우리의 거점과 업소들을 짓밟으려 할 것이다. 그러나 우리는 그들의 공격을 전 구역에서 방어할 수는 없는 형편이다. 그래서 조직을 2개 부대로 나눠 우리 심포파의 상징성을 갖는 월드컵과 석바위 클럽에 상주, 놈들의 주력과 일전을 벌인다."
 "두 곳에 전 조직원이 모인다면, 다른 곳은 그야말로 무주공산으로 업소들이 크게 피해를 당할 것입니다. 그렇게 되면 요행히 주력전에서 승리를 거둔다 해도 업소들의 신망을 잃어버려 향후 그들을 관리하는 데도 애로사항이 많을 겁니다."
 중간 보스가 집행인의 작전에 우려를 나타냈다. 그 점에 대해서 꺾쇠도 공감이 가는 듯 고개를 끄덕였다.
 "어느 정도의 희생은 불가피하다. 그 점은 업주들도 이해해야 할 것이다."
 "하지만 형님! 업주들은 장사꾼입니다. 의리 이전에 이익이 더 앞서는…… 그렇지만 대안이 없는 이상 주력전에 승부를 거는 수밖에 없겠군요."
 중간 보스는 집행인의 작전 구도밖에 다른 대안이 없다는 것을 금방 알아차리고 동조했다.
 그는 월미도와 그 일대를 잡고 있는 자였다. 주먹보다는 지략에

밝은 자로, 평소 조직관리와 업소관리가 치밀하여 장강으로부터 총애를 받았었다.

"제1부대는 꺾쇠를 중심으로 한 주안, 간석, 십정, 그리고 부평조직이 합류하여 석바위 클럽을 사수하고, 나머지는 이곳 월드컵을 나와 함께 무덤으로 삼고 태민파의 방문을 맞이할 것이다."

집행인의 지시는 한동안 더 계속되었다. 사용할 무기와 준비해야 할 여러 가지 것들에 대한 주의와 후속 조치 등에 대한 것들이었다.

홀 안은 성희 끝의 나가떨어진 사내와 아무 말 없이 천장만을 응시하고 있는 여자처럼 가느다란 숨소리만이 들렸다. 바람 한 점 없었다. 조명의 뜨거움과 사내들의 열기는 대폭풍을 앞에 둔 망망대해의 긴장감 그것이었다.

홍지연은 자신의 침실에 누워 보름 앞으로 다가온 자신의 첼로 독주회 계획안을 머리 속에 그리며 누워 있었다.

연주 장소나 초대 손님, 찬조 출연자들까지 하나같이 1급으로 준비된 이번 독주회는 그녀의 연주 인생을 빛낼 하나의 이벤트가 아닐 수 없었다.

매니저는 홍지연의 연주회를 위한 만반의 준비를 갖춰 놓고 있어 그녀를 든든하게 했다.

이미 각 언론의 연예 담당 기자들에게 손을 써 놓았는지 인터뷰 요청이 쇄도하고 있었다.

"엄마, 나 잠이 안 와!"

아들 준영이 방문을 열고 들어와 그녀의 더블 침대 앞으로 다가왔다.
"오, 준영아, 왜 잠이 안 오지?"
그녀는 아들을 안아 자신의 침대 위로 올려놓았다.
"꿈에 귀신이 나오려 해서 막 이리로 왔어."
"귀신이 어떻게 생겼는데?"
"막 무서워! 도깨비처럼 생겼거든."
홍지연은 아들의 볼을 부비며 품속에 안고 잠을 재웠다. 아이는 그녀의 자장가 속에 금방 잠이 들었다.
소록소록, 아이의 잠든 모습이 천사를 연상시켰다. 아이들에게 있어 부모라는 것이 얼마나 큰 그늘인지를 그녀는 새삼스럽게 느끼는 순간이었다.
그녀는 부모에 대한 사무치는 그리움을 항상 마음에 간직하고 있었으나 사랑에는 항상 목말랐었다.
아, 얼마나 그리웠던가! 그녀는 세 살 위인 같은 방 언니와 잠을 잘 때면, 그 언니의 내음에서 아스라한 부모의 느낌을 찾으려고 노력했었다.
"엄마, 나 내 방에 안 갈래······."
준영이 잠꼬대를 하며 그녀의 목을 끌어안았다.
"사모님, 도련님을 어떡할까요?"
유모가 방안에 들어와 홍지연을 바라보며 물었다.
"됐어요. 오늘은 이 방에서 재우겠어요. 사장님 들어오시면 문단속 잘하세요."
"네, 사모님!"

유모가 밖으로 나가며 방문을 닫았다. 자명종의 초침이 11시를 조금 넘고 있었다.

홍지연은 잠들어 있는 준영의 얼굴을 정면으로 바라보다 얼굴을 돌렸다.

언제부터인가 그녀는 아들의 얼굴을 정면으로 주시하지 못하는 버릇이 있었다. 준영의 얼굴에 어떤 사내의 그림자가 짙게 묻어 있었기 때문이다.

그녀는 자리에서 일어나 창문으로 가서 커튼을 걷어제쳤다. 마음이 답답했다. 멀리 바라다보이는 고층 APT의 불빛들이 하나씩 꺼져 밤의 풍경을 더욱 아름답게 만들고 있었다.

별이 총총한 밤이었다. 달이 없는 관계로 밤하늘을 수놓는 별들이 더욱 아름답게 보였다.

그 속에 한 사내의 별이 있었다. 그것은 서쪽 하늘을 길게 가르는 별똥별이었다.

(나는 항상 고정되어 떠 있는 별보다는 밤하늘을 가르는 유성이 더 좋더라. 자신의 몸을 태워 찬란한 순간을 만들고 사라져 가는 저 유성 말야.)

홍지연은 코발트색 미니 진열장 위에 놓여 있는 작은 포도주병을 꺼내 작은 잔에 따라 입가로 가져갔다.

그때 남편 김명근이 2층 계단을 쿵쿵거리며 올라오는 소리가 들렸다.

"오, 나의 사랑, 나의 마미, 오늘도 조금 늦었소. 어쩔 수 없었어. 신기 그룹의 사활이 걸린 공사입찰이 있었거든. 왜 있지, 우리를 적극 밀어 주고 있는 집권당의 부대표께서 힘써 주시는 바람에 이번 프로젝트가 우리에게 떨어졌어."

김명근이 상의를 벗어 침대 위에 던져 놓으며 아직도 흥분이 가라앉지 않은 듯 흥겨워했다.

"아! 끝까지 입찰이 자기들한테 떨어지는 줄 굳게 믿고 있던 대룡 그룹 양익수의 얼굴이 사색이 된 모습이 얼마나 통쾌하던지 말야. 그 맛을 그 자리에 없었던 당신은 정말 모를 거야."

양익수는 대룡 그룹의 후계자로 김명근하고는 여러 모로 비교되는 사이였다. 그들은 라이벌 관계를 유지하며 사업 곳곳에서 충돌하고 있었다.

"소돌곶 간척 공사 말이에요, 여보? 그 공사가 우리에게 떨어졌단 말예요?"

"그렇다니까. 당신도 믿어지지 않지. 방조제 길이만도 10킬로가 넘는 어마어마한 공사지. 신기건설의 향후 10년간 공사 수주액과 맞먹는 대역사가 우리에게 떨어졌다니까."

김명근은 넥타이를 아무렇게나 벗어던지고 침대 위에 벌렁 누웠다.

"오, 여기 왕자님께서 무례하게 자리를 차지하고 계셨군. 이놈, 왕비를 나에게서 빼앗을 생각은 절대 하지 말아라."

김명근은 자신의 양말을 벗기는 홍지연을 침대 위에 쓰러트리고 잠옷을 끌어올렸다.

"여보! 준영이 깨요. 그리고 씻지도 않고······."

그녀가 잠옷을 밑으로 끌어내리며 말했다.

"너무 그런 것 따지지 말자, 우리. 그깟 한번 안 씻으면 큰 일이라도 나는가?"

다시 그녀의 잠옷이 끌어올려졌고, 사내의 손이 우악스럽게 팬티를 잡아내렸다. 전혀 김명근다운 행동이 아니었다.

"여보! 왜 이래요? 이러면 저 싫어요. 야만인처럼 이게 뭐예요?"

홍지연이 그의 품을 빠져나오려고 애를 쓰며 말했다. 그러나 그녀가 애를 쓰면 쓸수록 사내는 더욱 거칠어졌다.

"이리 와, 야 홍지연. 난 너를 한번 이렇게 다루고 싶었어."

김명근은 그녀의 다리 사이에 얼굴을 묻고 양 허벅지를 애무하기 시작했다. 술냄새가 코를 찔렀다.

그녀는 남편의 머리를 두 손으로 꽉 잡았다. 묘한 쾌감과 부끄러움이 교차하는 순간이었다.

그의 입술이 점점 위로 올라와 아랫배를 애무하다가 한 웅큼 살을 깨물었다.

"아! 여보, 샤워하고 오세요."

"샤워?"

"네, 술도 좀 깨실 거예요."

김명근은 한 손으로 그녀의 유방을 거칠게 주물렀다. 유방 끝이 파르르 떨렸다. 그 끝에 키스하려던 그가 힘없이 스르르 무너졌다. 술이 너무 과했던 모양이다.

"여보?"

"나는 홍지연의 껍데기하고 사는 놈이야. 알맹이는 나종수가 다 빼앗아 가고, 나는 껍데기만 붙잡고 사는 놈이라니까."

"……!"

김명근은 인사불성으로 잠에 곯아떨어졌다. 그녀는 그의 말에 충격을 받았다. 그녀는 흐트러진 옷을 수습할 생각도 못하고 자리에서 일어나 멍하니 앉았다.

이제껏 김명근은 오로지 그녀만을 위해 사는 사람 같았었다. 자기 것이 없었다. 심지어 사업까지도 시시콜콜 그녀에게 알려주며 그녀의 이해를 구해 온 자상하고 정 많은 사내였었다. 그러나 그 마음의 한편에 하나의 그늘을 갖고 있다는 것에 홍지연은 가슴 아팠다.

준영이 잠에서 깨어 일어나며 울음을 터트렸다. 홍지연은 잠옷을 고쳐 입고 아이를 안아 등을 토닥거렸다.

그러나 아이는 울음을 그치지 않고 계속 울어댔다. 아이의 이마에 열이 있었다.

그녀는 아이를 안은 채 거실로 나가며 유모를 찾아 별실에 있는 운전기사를 깨우게 했다.

10

불타는 밤

　도로 위는 낮에 잠깐 내렸던 비 탓으로 얇은 수막이 형성되어 있었다. 그 위를 전조등을 켜고 달리는 차량들이 속도를 조금씩 늦춘 까닭인지 안정감이 있어 보였다.
　먼지가 빗물에 씻겨 밤공기가 한결 맑았다. 가로수들이 열병하는 병정들처럼 옆을 스치고 지나갔다.
　인천은 지척이었다. 태민파의 행동대장 잼뱅이가 이끄는 특공조들은 인천 외곽 도로를 타고 한창 영업에 열중인 업소에 도착, 승용차들을 소리 없이 세우고 예고 없이 행동을 개시했다.
　말이 필요 없었다. 그들은 위에서 떨어진 오더만 충실하게 실천하면 되는 인간 로보트들이었다. 그 이유를 상대에게 설명하거나 납득시킬 아무런 이유가 없는.
　업소는 삽시간에 아수라장이 되었다. 그들은 큰 소란 없이 업소를 박살내는 방법을 알고 있는 듯했다. 탁자, 무대, 그리고 악기, 주방에 있는 각종 시설물들을 나무꾼이 땔 나무를 쟁이듯 차곡차곡 부숴 버렸다.

"이러시면 안 됩니다. 말로 하셔도 충분히 알아들을 텐데요."

종업원들이 두려움에 떨며 감히 접근을 못 하는데도 업소의 사장인 듯한 배불뚝이 사내가 부서지는 기물이 아까운 듯 두 손을 비비며 그들을 만류했다.

"비켜, 새꺄. 심포파에 붙어 그 동안 재미 많이 봤잖아."

잼뱅이가 가죽 장갑을 벗어 사내의 머리를 내려치며 말했다. 다분히 비꼬는 말투였다.

"자, 다음 업소로 자리를 옮긴다."

잼뱅이가 대원들을 독려하여 업소를 떠나려 했다. 이미 실내는 변변한 것 하나 없이 완전히 부서져 있었다. 정상을 되찾으려면 내부 시설을 처음부터 다시 시작해야 할 정도로.

"실내 장식을 새롭게 좀 바꿔봐. 기분 전환이라는 것도 있잖아. 너무 호화롭게는 하지 말고."

잼뱅이가 업소 사장을 약올리는 싱거운 소리를 하고는 자신이 웃긴다는 듯 껄껄거렸다.

그때였다.

"실내 장식까지 걱정할 필요는 없어. 너희들 몸이나 간수할 생각이나 해."

"뭐야, 이것들은?"

"뭐긴 뭐야, 자식들아. 구역 터줏대감들이지."

업소의 출입구를 메우며 들어오는 일단의 사내들이 흉기를 마구 휘두르며 잼뱅이의 대원들을 사정없이 덮쳐왔다.
"너희들, 우리가 누군지 아나?"
잼뱅이가 예상 밖의 상황에 놀라며 소리를 쳤다. 중심부가 공격당하고 있을 심포파의 여력이 여기까지 미칠 줄은 몰랐기 때문이다.
"아가리 닥치고 모가지나 길게 늘어트려, 새끼야!"
상대의 파괴력은 상상 밖이었다. 몸놀림과 흉기를 사용하는 동작 등이 어중간 건달들의 그것이 아니었다. 싸움에서 잔뼈가 굵은 잼뱅이는 그것을 한눈에 알아볼 수 있었다. 더구나 상대는 수효면에 있어서도 압도적이었다.
"물러서지 말고 활로를 뚫어라!"
잼뱅이는 대원들 앞에서 허리춤에 차고 있던 소형 일본도를 꺼내 방어 자세를 취했다.
그의 얼굴에는 식은땀이 흘렀다. 절대절명의 순간이었다. 퇴로를 차단당한 채 1급 전사들의 공격을 받고 있다는 것 하나만으로 충분히 공포스러운 것이었다.
"빨리 끝내 버렷!"
차거운 명령이었다. 잼뱅이는 순간적으로 상대의 두목인 듯한 자를 향해 칼을 날렸다. 지리산 지옥훈련에서 개와 돼지들을 상대로 수없이 반복했던 칼쓰기였다.
그 순간, 또 다른 곳에서는 킬러가 이끄는 태민파의 특공조들이 업소 하나를 엉망으로 만들고는 승용차편으로 다른 업소로 이동하다 급습을 받고 있었다.
상대는 선두에 서 있던 킬러의 승용차 허리를 들이받아 멈춰 세우고 다짜고짜 차에서 뛰어내린 사내들이 쇠파이프로 공격을 해댔다.
"뭐야, 이 새끼들? 너희들 뭐야?"
킬러가 당황하며 문을 열고 차 안에서 내리자, 그의 등에 칼 한 자루가 날아와 꽂혔다.
"아악!"
킬러는 순간적으로 몸을 숙이며 들고 있던 손도끼를 허공에 날렸다. 그 바람에 그의 등에 칼을 꽂고 있던 자가 중심을 잃고 뒤로 나자빠졌다.
"킬러 형이 위험하다."
킬러의 뒤에 있던 차들에서 특공조들이 뛰어나와 위험에 처해 있던 조장을 도우러 달려들었다.
"이 새끼들, 너희들 상대는 여기 따로 있어."
조장에게 접근하는 특공조들을 막아서는 사내들이 좌우에서 그들을 공격했다.
일순, 도로 위에는 한 떼의 군상들이 뒤엉켜 치열한 싸움이 전개되었다. 검풍과 살풍이 휘몰아쳤다. 그러나 싸움은 오래 가지 않았다. 밤하늘을 가르는 비명 소리가 치열한 백병전을 끝내는 신호음이 되었던 것이다.
"아악!"
처절했다. 귀를 막지 않고는 차마 들을 수 없는 소리였다. 그 소리는 태민파가 차세대의 기수로 키우던 행동대장 킬러가 암흑가에 조종을 고하는 신고음이었다.
"형!"

"킬러 형! 이 새끼들, 다 죽여 버린다, 아."

일순간의 정적을 깨고 다시 재개된 싸움은 그리 오래 가지 못했다. 조장을 잃은 특곡조들은 전열을 잃어버리고 우왕좌왕하며 놀랍도록 침착하게 대항해 오는 상대들에게 하나하나 당하고, 마지막 남은 몇몇만이 꼬리를 사리고 줄행랑쳤다.

"빨리 장소를 옮긴다, 항도 쪽으로. 그쪽 업소들의 피해가 클 것이다."

사내들은 킬러의 몸을 사람의 눈에 잘 띄는 길가에 놓아두고 제각기 승용차를 타고는 그곳을 빠져나갔다. 멀리 신고를 받고 달려오는 경찰차의 경보음이 밤공기를 가르며 들려왔다.

같은 시각, 태민파의 직영 업소이며 안정된 자금원 역할을 톡톡이 하는 용궁도 정체불명의 사내들에게 공격을 받고 난장판이 되어 있었다.

보스 오태민의 지시로 서울로 올라와 태민파의 근거지를 지키던 박덕룡은 여급 하나를 끼고 한참 재미를 보다 바지 단추도 제대로 끼지 못하고 나오며 쩌렁거리는 목소리로 소리를 질렀다.

"어떤 놈들인데 감히 이곳을 친다냐? 간덩어리 분 놈들이구나!"

그는 씨름 선수답게 엄청난 힘을 발휘해 난장판을 만드는 자 가운데 한 명을 번쩍 머리 위로 들어 저만큼 던져 버렸다. 엄청난 괴력이었다.

"뭔놈들이여? 족보가 어디냐 말여?"

박덕룡이 바닥에 날아가 떨어진 사내의 가슴을 발로 짓누르며 입에 침을 튀겼다.

"바지나 제대로 꿰고 말하시지? 애들 보기 남사스럽지도 않나?"
 상대의 보스격인 사내의 말에, 박덕룡은 자신의 아래를 내려다보며 실색을 금치 못했다.
 "어메! 쪽팔린 거……."
 그는 팬티도 입지 않은 알몸으로 아직도 성이 덜 찬 듯한 남성을 바지를 끌어올려 가리며 주변을 두리번거렸다.
 "우린 인천에서 온 심포파의 행동대원들이다. 네놈들의 이유 없는 공격에 대한 응징이다. 자, 됐나?"
 사내는 더 이상 말이 필요 없다는 듯 박덕룡에게 칼을 던졌다. 짙고 커다란 썬글라스를 끼고 있는 사내였다.
 "어메, 저 새끼! 무지하게 무식한 거. 어찌 칼을 함부로 던졌쌌는다나?"
 커다란 탁자를 들어 날아오는 칼을 막은 박덕룡은 비대한 몸집을 이리 저리 옮기며 용궁의 미로 속을 헤매고 다녔으나, 이미 대세는 기울어 있었다. 자신이 수원에서 끌고 온 인원보다 3배는 더 많은 병력들이 용궁 안을 차지하고 소리 없이 부숴 나가고 있었다.
 "어쩐다냐, 이 새끼들 사람 죽이네?"
 박덕룡은 아예 웃통을 벗어 버리고 젖가슴을 털럭거리며 홀 안에서 두 명의 사내를 바닥에 메다꽂고, 한 사내의 허리를 감아 씨름의 필살기인 허리꺾기를 시도하여 으드득 하고 등뼈가 부러지는 소리를 듣고 서야 손을 풀었다.
 "크윽!"
 그러나 그의 역발산 같은 힘도 중과부적(衆寡不敵) 앞에서는 별다른 위협이 되지 못했다. 그의 등과 다리 등에 칼과 각종 흉기로 벌떼같이 달려드는데는.
"으악! 이 새끼들!"
박덕룡은 마지막 힘을 내어 자신의 몸에 가깝게 접근한 사내 하나를 머리 위로 번쩍 들어 공중에서 몇 바퀴 회전시키더니 내동댕이쳤다. 엄청난 힘, 놀라운 투혼이었다.
그러나 박덕룡 그 자신도 짚단이 쓰러지듯 바닥에 나뒹굴었다. 그의 몸 위에 무수한 발과 몽둥이가 춤을 추웠다.

5곳의 공격 지점을 통타할 계획을 세우고 인천 출정에 나선 태민파의 3개 특공조가 당하고, 주력이 빠져나간 후방 본거지가 정체불명의 사내들의 공격을 받는 동안에도, 심포파의 중심 본거지인 월드컵과 석바위 클럽에 대한 태민파의 파상적인 공격은 계속되고 있었다.
그 중에서도 월드컵 안의 전쟁은 그야말로 백병전을 방불케 했다. 선봉은 집행인과 태민파의 폭군 오태봉이었다.
태민파의 보스 오태민은 10여 명의 호위군에 둘러싸여 전쟁을 관전하고 있었다. 지독하게 한가롭고 여유 있는 표정이었다.
전쟁의 균형은 6대 4에서 시간이 흐를수록 태민파 쪽으로 더욱 기울고 있었다.
(쥐새끼 같은 놈! 도무지 접근할 틈을 주지 않는군!)
집행인은 굵고 기다란 쇠파이프를 들고 분전하면서 오태민에게 그의 특기인 대검 던지기를 시도할 찬스를 노렸으나 좀처럼 기회가 나지 않았다.

10. 불타는 밤 165

"형님, 점점 균형이 깨지고 있습니다. 시간이 갈수록 놈들의 세력이 더욱 커지겠어요. 우리측 피해가 너무 큽니다."

집행인 옆에 바짝 다가온 중간 보스가 염려스럽다는 듯 말했다. 그가 아니더라도 심포파의 원진이 조금씩 축소되고 있는 것이 눈에 보였다.

"자, 집행인, 더 이상의 전쟁은 무의미하지 않을까? 이만큼이라도 태민파의 공격을 막아냈다면 너희들의 체면도 크게는 다치지 않을 터, 그만 항복하는 것이 어떨까?"

무자비한 공격을 가하던 오태봉이 손을 들어 부하들의 공격을 멈추게 한 후 집행인에게 항복을 권유했다. 벌써 쌍방에는 20여 명씩의 부상자가 발생해 있었다.

"나는 두번 말하지 않는다. 우리 모두를 시체로 만들어 밟고 넘어가라!"

"미친 놈! 앞뒤가 정말로 꽉 막힌 놈이구나. 하지만 쥐도 독 안에 갇히면 고양이를 무는 법, 죽기 싫은 놈들은 퇴로를 열어줄 테니 빠져나가라!"

"……?"

오태봉이 턱짓으로 신호를 하자, 태민파의 대원들이 포위망의 한쪽을 열어 클럽의 후문으로 길을 터놓았다. 간교한 교란전술이었다.

"오태봉, 그대가 진정한 태민파의 전사라면 아까운 시간과 인명손실 더 이상 할 것 없이 1대1로 승부를 겨뤄 보는 것이 어떤가?"

집행인은 퇴로를 열어주는 상대의 교란에 잠시 동요를 보이는 부대원들을 의식, 오태봉에게 사나이로서의 결투를 신청했다. 교활한 오태민보다는 단순하고 우직해 보이는 그의 동생 오태봉을 지목해서.
"뭐야? 하룻강아지 범 무서운 줄 모른다더니……."
오태봉의 얼굴이 금방 달아오르더니 상의를 벗어 던지며 나서려 했다.
"뭐하나? 계속 밀어붙여!"
태봉의 단순함을 질책이라도 하듯 오태민의 신경질적인 독전이 시간을 벌기 위한 집행인의 의도를 꺾었다.
"이놈들, 살고 싶은 놈은 뒷문으로 튀고, 그렇지 못한 놈은 앞으로 나서라!"
오태민이 심포파의 전의를 꺾으며 호위 부대를 싸움에 가담시켰다. 이제는 수효면에서 거의 일방적인 형세가 되었다.
"형님! 일단 여기를 벗어나 훗날을 도모합시다. 여기서 개죽음할 수는 없지 않습니까?"
중간 보스가 집행인에게 퇴각을 종용했다. 하지만 그것은 퇴각이 아니라 참담한 탈출의 권유였다.
"꺾쇠는 어떻게 됐을까? 그쪽도 집중 공격을 받고 있는 모양인데?"
"아직 피차의 증원군이 몰려오지 않은 것으로 봐서 접전 중인 모양입니다. 그리고 꺾쇠 부대는 우리 심포파의 주력 중의 주력입니다. 쉽게 물러서지 않을 겁니다."
"꺾쇠 부대가 사수를 하고 있는데 우리가 퇴각을 하면 되겠나? 좀더 견뎌 보자."
집행인이 선두에서 돌진해 오는 적 하나를 쇠파이프로 어깨를 내리쳐 쓰러트렸다. 그의 하얀 와이셔츠 위에는 시뻘건 핏물이 묻어 있었다.

(끝까지 싸우는 길밖에는 다른 길이 없다. 혹 어떤 희망이 있다면 나종수가 보냈던 편지인데…….)

집행인은 미친 듯 쇠파이프를 날렸다. 상대는 거의 3배수였다. 그에 비해 퇴로가 차단된 순간보다 그의 부대의 저항력은 눈에 띄게 줄어 있었다.

"으윽!"

"형님!"

갑자기 집행인의 어깨에 커다란 상처가 나면서 피가 솟구치고 그의 셔츠와 하의까지 적셨다.

"내 걱정 말고 빨리 저쪽을 막아!"

집행인은 또 다시 사시미칼의 공격을 받으며 상대에게 그의 필살기인, 다리춤에 꽂혀 있던 대검을 날렸다.

"으윽!"

대검은 상대의 다리에 꽂히며 꼬리를 부르르 떨었다. 뼈 속까지 칼 끝이 침입했는지 고통에 겨워하는 소리가 홀 안을 메아리칠 정도였다.

집행인이 또 하나의 대검을 꺼내 들자, 공격 선봉에 섰던 태민파의 대원들이 뒤로 주춤거리며 물러났다. 자칫 누구한테 대검이 날아와 꽂힐지 모르는 까닭이었다.

"뭐하나? 새끼들아! 밀어붙여! 게임은 끝난 거야."

오태봉이 주춤거리는 공격조를 닥달했다. 그러나 그 자신도 집행인의 손 끝에 들려 있는 대검에서 눈을 떼지 못했다. 그 대검은 태민파의 보스 오태민이 두번씩이나 당했던 까닭에 그들에게는 공포 그 자체였던 것이다.
 집행인은 대검 끝을 곧추 세우고 상대들을 훑어보았다. 그의 시선을 당하면 그들은 눈꼬리를 내리고 정면으로 마주 쳐다보지를 못했다. 죽음도 두려워하지 않도록 제 아무리 조련된 인간 탄환일지라도, 막상 자신의 몸에 위험이 닥치면 몸을 웅크리는 것이 인간의 속성이었다.
 (죽음은 과거와 미래를 잇는 하나의 과정, 길고 긴 생사윤회의 한 점 터럭이라네. 그러므로 과거, 현재, 미래는 하나, 생사도 하나인 것일세. 그런데 우리 중생들은 왜 그렇게 죽음을 두려워하는가? 그것은 눈에 보이지 않는 迷忘에 집착한 때문이야. 미망은 우주 중생 전체에게 주어진 석가의 話頭인 게지.)
 집행인은 삶에 집착하는 인간들의 본능적인 움직임을 보며 해산(海山) 스님의 말씀을 떠올렸다.
 어느 교도소 사하(舍下)에서였다. 교도소 안에서 교도소 죄수 전체의 총회장격인 새마을 반장 자리를 놓고 집행인은 영남 최고의 주먹 조직 세븐스타 계열의 죄수들과 생사를 건 결투를 했었다.
 세븐스타는 부산, 영남 전체를 장악하고 있는 대조적인 만큼 김해 교도소에도 그들의 조직원들이 몰려 자연히 주도권을 장악하고 있었다.
 도도하고 고결한 것을 좋아하는 신사 집행인을 아니꼽게 본 그들 조직원들의 시비가 사사건건 계속되었고, 끝내 소내(所內)의 목공소 안에서 1대 10의 싸움이 벌어졌었다.
 생즉사(生即死) 사즉생(死即生)의 자세만이 집행인을 지켜주는 유일한 무기였다. 그들은 집행인을 죽여 대형 톱날 속에 던져 놓고 사고사로 위장할 태세였다.

　싸움은 집행인의 승리로 끝났다. 그러나 집행인도 그들의 흉기에 복부를 찔려 3개월여를 병원에 입원해야 하는 중상을 당했고, 병상을 방문한 해산 스님은 그에게 죽기 위해 불 속에 뛰어드는 불나방을 예로 들며 미망(迷忘)의 껍질을 벗고 참삶을 볼 줄 아는 혜안을 가지라는 말씀을 주셨었다.

　쉬이익!

　집행인이 던진 대검이 넓은 홀 안에 포물선을 그리며 날아가 오태민의 옆에 서 있던 자의 어깨에 꽂혔다.

　"아악!"

　오태민은 허리를 숙였다 펴며 가는 숨을 내쉬고는 사내의 어깨에서 대검을 뽑아 집행인에게 되던졌다. 그러나 대검은 집행인의 발 밑에 떨어져 꽂혔다. 그와 함께 태민파의 총공격이 시작되었다.

　"와!"

　"쨍그랑 쨍!"

　집행인은 현기증을 참으며 상대들의 공격을 막고 오태민에게 접근할 기회를 엿보았다. 그의 주변에 붙어 있던 보디가드들이 한 명도 보이지 않았다. 잘하면 혼전의 와중에 그의 복부에 칼을 꽂을 수 있는 길이 있을 듯했다.

　그때 출입문을 열고 몇 명이 들어서는 것이 보였다. 태민파 소속들이었다.

　절망적이었다. 이 싸움에 태민파의 증원군이 더 합류한다면……

집행인은 더 이상 지탱할 힘이 없었다. 두 다리가 후들거렸다.
"싸움을 중지하라! 모두 원대복귀한다."
오태민이 일갈을 하고 황망히 자리를 뜨는 것이 보였다. 그와 함께 당황해 하던 오태봉도 한 사내에게서 귀엣말을 듣더니 쏜살같이 그의 뒤를 따라 나섰다.
우르르, 진압군들이 몰려 나가듯 오태민 이하 그의 부대원들이 철수를 개시했다.
"형님, 이게 어떻게 된 일이죠?"
"글쎄……? 나종수가 배후를……."
"넷? 그건 무슨 소리입니까?"
"아니야, 어쨌든 장내를 정리하고 다친 아이들을 수습해!"
집행인은 홀의 한쪽에 엎어진 의자를 세우고 앉아 어깨에 난 상처를 셔츠를 찢어 감았다. 전쟁은 일시 끝났으나, 전쟁터만은 황량하게 몰골을 드러내고 있었다.
"형님! 무사하셨군요?"
"그래, 그쪽은 어떻게 됐나?"
그때 꺾쇠가 피투성이 옷차림으로 월드컵 안으로 헐레벌떡 들어서며 좌우를 두리번거렸다.
"갑자기 놈들이 공격을 멈추고 철수해 버렸습니다. 그 바람에 가까스로 몰살을 면했습니다, 형님!"
꺾쇠가 달려와 집행인의 손을 잡으며 말했다. 그의 안전함을 보고 한시름 놓는가 보다.
"이쪽도 마찬가지다. 피해 상황은 어떤가, 혹시 사망자는 없었겠지?"

"엉망이 되어 버렸습니다만 사망자는 없었습니다. 그런데 항도와 월미도 그리고 심포동 일대의 업소들을 덮치던 태민파의 행동대원들이 박살이 나 물러간 모양입니다. 그리고 물러나면서 태민파 놈들이 수군거리는 소리 속에 본부가 기습을 받고 있다는 말도 있었습니다."

"태민파의 본거지가 기습을 받았다고?"

"그렇습니다, 형님! 우리 심포파를 사지에서 구해 준 조직이 어떤 조직일까요?"

"음……."

집행인은 의자에서 일어서며 나종수의 편지를 생각했다. 역시 나종수다운 발상과 행동이었다. 소리 없이 나타나 소리 없이 사라진 나종수 부대의 도움이 아니었으면, 심포파는 영원히 문을 닫았을 상황이었다.

"꺾쇠, 애들을 정돈해서 항도파의 조도를 박살내라."

집행인은 꺾쇠의 부축을 받으며 병원으로 향하는 승용차 안에서 불현듯 생각난 것이 있다는 듯 말했다.

"조도를 지금요?"

"그렇다. 하루라도 시간을 끌 필요가 없다. 그리고 놈을 제압하는 본때를 보여야만 조직의 기강이 선다."

"버릇을 고쳐 놓는 정도입니까?"

꺾쇠가 타격의 강도를 물었다. 조도가 괘씸은 했지만, 아직은 심포파의 한 형제인 까닭이었다.

"항도파 자체를 없애 버려라. 반항하는 놈은 우리식대로 하고, 투항하는 놈들은 다시 받아들여라. 그러나 '조도 그 놈은 아예 은퇴시켜 버려!"

"은퇴를요?"

"그래! 배신자의 최후가 어떻다는 것을 보여줘라!"

집행인이 담배를 태워 물었다. 상처의 통증이 큰지 어금니로 필터를 물어 거칠게 씹는 모습이 꺾쇠는 보기 좋았다. 그의 매력은 그런 것이었다.

"알겠습니다. 날이 밝기 전에 놈의 다리 한쪽을 잘라 버리겠습니다."

꺾쇠는 이빨을 부드득 갈아붙였다. 그의 머리 속에는 대형 작두에 놓인 조도의 다리가 한 기합에 떨어져 나가는 모습이 영상처럼 스쳤다.

"어떤 새끼들이냐?"

"저 심포파라는 것밖에는……."

"이런 병신 새끼들!"

"어억!"

서울로 퇴각한 오태민은 용궁과 자신의 근거지를 지키던 박덕룡의 부하들에게 사정없이 분풀이했다.

"덕룡이 그 새끼는 어딨어? 당장 이리 끌고 와!"

오태민은 도열해 있는 사내들의 가슴팍을 주먹으로 내려찍으며 펄펄 뛰었다.

"보스...... 악!"

"보스고 나발이고, 덕룡이 그 새끼 잡아 오라니까. 어떻게 이곳을 이 꼴로 만들어놓을 수가 있어!"

"보스, 덕룡이 형은 지금 병원에 있습니다. 산소 호흡기를 끼고 있을 정도로 중태입니다."

"이런 썅!"

오태민은 복장이 터진다는 듯 주먹으로 자신의 가슴팍을 내려치며 용궁 안의 밀실로 들어갔다. 그의 뒤를 고전무가 따랐다.

"피해 상황은?"

"잼뱅이와 킬러가 무참하게 당했습니다. 어떻게 이런 일이......"

고전무는 작전의 총입안자로 어이없는 상황 변화에 망연자실해 있었다.

"심포파가 그렇게 강하다니, 믿을 수가 없어......"

"보스, 여러 가지 상황으로 볼 때 심포파만의 전력이 아닙니다. 무려 여섯 군데에 걸쳐 전투를 벌일 만한 전력이 절대로 그들에겐 없습니다. 이곳에는 반드시 제2의 조직이 개입된 것이 틀림없습니다."

"제2의 조직?"

"그렇습니다. 그렇지 않고서야 우리 태민파 총전력의 3분의 1을 쏟은 이번 작전이 이렇게 무너질 수는 없는 겁니다."

"그렇다면 어떤 조직이 우리의 뒤통수를 쳤을까? 혹시 시온이파가 아닐까......?"

"보스, 그렇지는 않을 겁니다. 그들은 우리 조직이 자꾸 세력을 키우는 것에 대해 경계를 하고 있는 것은 사실이나, 시온이파라는 이름이 있는 이상 그런 비겁한 수를 쓰지는 않을 겁니다."
"그렇겠지. 그렇다면 도대체 어떤 놈들이지? 도저히 감이 잡히질 않는데……."
오태민은 여급이 조용히 들고 들어온 양주를 들이마셨다. 술냄새가 실내를 진동했다.
"보스, 나종수 그놈들 짓 아닐까요?"
"나종수? 그렇지, 그 생각을 왜 못했을까? 그런데 놈들이 심포파를 접수하려는 우리의 의도가 마음에 안 든다면 정정당당하게 선전포고를 해 올 일이지, 굳이 원수 지간인 심포파의 이름을 팔면서 일을 벌였을까?"
"저도 그 점이 납득이 가지 않습니다. 하지만 며칠 정보를 수집해 보면 뭔가 나올 겁니다."
"만약 그 놈들이 나종수 조직이라면, 이번 기회에 아주 그 놈들의 싹을 도려내 버리겠어. 전 조직원을 총출동시켜 심포파와 나종수를 한꺼번에 쓸어내 태민파의 위력을 보여주고야 말겠어. 쌍놈오 새끼들!"
오태민은 들고 있던 양주병을 벽에 집어던졌다. 술병이 파편처럼 튀어 온 방안에 뿌려졌다.
"보스, 방안을 치울까요?"
용궁 사장이 겁 먹은 표정으로 방안을 기웃거렸다.
"너 이 새끼! 잘 만났어. 지난번 그 계집 소재 알아냈어?"
"저……."
"알아냈어, 못 알아냈어, 이 새끼야?"

오태민은 그랜드 호텔에서 도망쳐 버린 육형사를 거론했다. 그는 화가 날수록 여자를 찾는 버릇이 있었다. 이럴 때 육형사같이 건강미가 넘쳐 흐르는 여자의 몸을 학대하고픈 성정(性情)이 그의 피를 달아오르게 했다.

11
살겹의 시간들

물살이 차거웠다. 해안에 와 부딪치는 파도가 하얀 안개처럼 주변을 덮쳤다.
송도 유원지의 넓은 백사장은 여름철 해수욕장이 철수한 탓인지 을씨년스럽기까지 했다. 송림과 방갈로 사이에 군데군데 쓰러질 듯 서 있는 간이 시설물들이 골조만 앙상한 채 서 있었다.
"사인은 대퇴부 좌상에 의한 과대출혈, 사망 시간은 오늘 새벽 3시 경입니다. 모두 서른두 곳을 예리한 흉기에 난자당했습니다."
부검의는 인천 경찰서의 형사들과 서울에서 내려온 이계장팀의 형사들에게 동시에 설명했다.
시체는 거적에 싸인 채 백사장 위에 놓여 있었다. 시체의 신원은 인천 폭력 조직의 하나인 황도파의 보스로 밝혀졌고, 그 때문에 수도권 일원의 조직폭력계를 전담하고 있는 이계장팀이 현장까지 내려온 것이었다.

"어제 인천 암흑가 전체가 뒤집어지는 사건이 있었습니다."
인천서의 수사계장이 이계장에게 담배를 권하며 말했다.
"암흑가의 충돌이 있었다는 것은 알았지만, 이렇게 살인까지 자행하는 대규모 전쟁인 줄은 모르고 있었습니다. 그럼 이자를 죽인 자들은 쉽게 드러나겠군요?"
이계장이 담배를 받아 불을 붙여 물며 말했다. 시체를 보고 난 후에는 항상 속이 메스꺼웠다.
"수사를 해봐야 알겠죠. 워낙 이들 세계가 피해를 본 입장에서도 경찰에 협조를 하지 않는 세계라서······."
그는 수사를 시작하기도 전 꼬리를 사리는 발언을 거침없이 했다. 재수없는 사건 하나가 터졌다는 투였다.
"상대 조직이 태민파였다면 그들 조직을 중점적으로 쫓아야 되겠군요?"
"태민파인지 뭔지 이제부터 수사를 해 봐야죠. 하옇든 골치 아프게 되었습니다. 현장을 다 살펴보셨지요? 그럼 현장을 정리하겠습니다."
수사계장은 번들거리는 대머리를 손수건으로 닦아내며 동료 형사들을 지휘, 시체와 현장을 치우게 했다.
"계장님! 범인은 장강을 죽였던 나종수파의 소행이 아닐까요?"
남형사가 이계장의 옆에서 바다 쪽을 바라보며 말했다.
"그런데 어젯밤 심포파를 공격했던 조직이 나종수가 아니고 태민파라고 하잖아."
"저도 그 점이 좀 이상합니다. 태민파의 공격이었다면 심포파가 제아무리 정예 조직이라 하더라도 감당하지 못했을 텐데, 들리는 말로는 어제의 전쟁에서 심포파가 완승을 거둔 모양입니다."

"그것 참! 하옇든 심포파의 수난이군! 나종수에게 보스를 잃더니, 어제는 또 한국의 대표적 폭력 조직인 태민파의 공격을 받았으니 말야."

이계장은 타다 만 담배를 발 밑에 던져 비벼 버리고는 형사들에게 지시를 내렸다.

"남형사."

"넷."

"남형사는 조도의 주변과 항도파를 조사해 봐. 심포파 내에서의 그들의 위치와 조도의 능력, 인간성, 원한관계 등을 살펴보고, 어제 그들의 싸움 중에 그가 위치했던 장소와 목격자 등을 조형사와 동행하여 들춰내."

"알겠습니다. 그러면 임시 연락처는 어디로 할까요?"

남형사가 손목시계를 보며 말했다. 시경 사무실을 중심 연락처로 삼기에는 아무래도 거리가 멀었기 때문이다.

"연락은 걱정 말고 수사나 열심히들 해. 필요하면 내가 호출할 테니. 그리고 최형사."

최형사가 그의 곁으로 바짝 다가섰다.

"최형사는 장강 사건을 계속 탐문해. 나종수와의 연결 고리를 찾아 문제의 그 몽타즈 사내들을 잡아내는 데 신경을 써요. 필요하면 전국 어디나 출장을 요청하고……."

최형사가 고개를 끄덕이며 이계장의 지시 몇 가지를 경찰수첩에 적고는 현장을 떠났다.
 사건 현장에는 어느새 이계장과 육형사 둘만이 남았다. 그들은 모래사장을 나란히 걸어 나왔다.
 "계장님! 인천이 그렇게 흥청거리는 곳이에요?"
 "흥청?"
 "네, 그러니까 폭력배들이 서로 이곳을 빼앗으려고 난리를 치는 것 아니에요?"
 육형사가 다소 시류에 벗어난 소리를 하고 있었다. 인천의 주도권 싸움을 벌이고 있는 폭력 조직간의 갈등 요인을 도시의 흥청거림이라고 비유했던 것이다.
 "흥청거린다. 뭐 그럴 수도 있겠군. 인천은 한국의 4대 도시이면서 제2의 항구 도시이기도 하니까. 과거부터 부두 하역과 미군의 불하 물자 등을 놓고 자생한 폭력 조직들이 전통과 연륜을 쌓아 왔으니까."
 이계장은 육형사를 태우고 차를 인천 시내로 몰았다.
 "계장님, 저의 임무는 뭐예요?"
 "응?"
 "차를 몰면서 딴 생각 하시는 버릇 버리세요? 자칫 큰일 나시겠어요?"
 "아, 내가 또 깜박 잊었군."
 이계장은 그녀의 말에 수긍했다. 그는 길을 걸을 때와 차를 몰 때 가끔 딴 생각을 하는 버릇이 있었다. 그것은 아내가 죽은 이듬해부터 생긴 일종의 병이었다.

"육형사는 인천서와 중부, 북부서 등의 수사과와 강력계로부터 협조를 얻어 인천 폭력 조직들의 최근 동향을 세밀하게 파악해."
"그 자료는 이미 우리가 확보하고 있는 자료 아니에요?"
"그렇지만 각 경찰이 연례적으로 올려주는 그 자료로는 폭력 조직의 최근 동향을 파악하기엔 역부족이야. 그러니까 육형사가 꼼꼼히 조사를 해봐."
"네, 그리고 계장님."
"그래, 뭐가 또 궁금한가?"
이계장이 핸들을 한 손으로 잡고 또 다른 손으로 담배를 꼬나물었다. 차가 신호대기에 걸려 잠시 멈춰 섰다.
"영임이 보약 맞추셨어요?"
"보약?"
"네, 몸이 너무 약해 보여서 계장님도 보약 한 제 다려 먹인다고 하셨잖아요?"
그제서야 이계장은 그녀의 말에 감을 잡고 머리를 긁적거렸다. 집안에서 했던 온갖 생각을 사무실만 나오면 모두 잊어버리는 것이 그의 주특기이기도 했다. 집안에 관련된 일에서만.
"내 그러실 줄 알았어요. 하나밖에 없는 딸에게 신경 좀 쓰세요, 신경!"
시가지를 한 블록 더 지나 인천 경찰서의 청사가 보였다. 이계장은 그쯤에 육형사를 내려놓고 수고하라는 말 한 마디 던지고는 사라져 버렸다.
(그 인간, 자신이 시간이 없으니 나보고 약 좀 지어 오라는 소리는

죽어도 못하지⋯⋯.)
 육형사는 그것이 서운했다. 자신이 무진 애를 써 어느 정도 거리를 좁혔다 싶으면 저만치 거리를 훌쩍 벗어나는 이계장이 야속하기도 했다.

 음악 소리가 아름다웠다. 8층 높이의 아담한 빌딩의 스카이라운지는 최고급으로 설계돼 있어 앉아 있는 사람들로 하여금 저절로 마음을 들뜨게 했다.
 공기 청정기로 한번 걸른 실내 공기가 마치 울창한 숲속에서 산림욕을 하고 있는 기분을 느끼게 했다.
 나종수는 대형 유리를 통해 도시의 원경을 바라보았다. 아무리 생각해도 아름다운 풍경이다. 화려한 라운지, 아름다운 경치, 거기다 요염하기 그지없는 여자와 함께 앉아 있는 그는 도저히 손등이 가려워 견딜 수 없었다.
 "이번 일은 잘 되셨어요?"
 우여사가 전체적으로 우울한 분위기의 가을 바바리 코트를 벗어 의자에 걸쳐 놓으며 말했다.
 "덕분에, 그리고 참 청산파의 이사장에게 어제 일 고마웠다고 전해 주시오."
 나종수는 지극히 사무적인 언어로 말했다. 검은 양복이 나종수에게 썩 어울린다는 생각을 하며 우여사가 다시 말했다.
 "저는요? 제게도 뭐랄까 고맙다는 말씀 안 하세요?"
 첫 대면에서보다 그녀의 말투가 한결 부드럽고 깍듯 했다. 마치

유부남을 사랑하는 앳된 처녀의 말투 같았다.
"고맙소! 그런데 할 말이 있다고 했는데 그게 뭐요?"
나종수는 딴 사람 같았다. 우여사를 알아보고 반가워하던 며칠 전의 그 모습이 아니었다. 그는 보스였다. 그의 명령 한 마디에 수많은 인간 탄환들이 목숨을 내던질 준비가 되어 있는, 내일의 이 땅의 암흑가 주인이 될 빅보스였다. 그래서 나종수라면 도도하고 거만해도 좋다는 생각을 그녀는 가졌다.
"사업 얘기를 좀 하려고요."
"사업 얘기? 좋소. 들어봅시다."
우여사는 왠지 나종수 앞에서는 자꾸만 위축되는 자신을 느꼈다. 그것은 확실히 이상 현상이었다. 그녀는 이제까지 자신 앞에서 오금을 못 펴는 사내들만 상대해 왔었다. 마마보이였던 남편이 그랬고, 수많은 사업 관계에서 만났던, 돈 앞에 아낌 없는 노예 근성을 보여주던 사내들이나, 지금 자기 휘하에 있는 청산파의 모든 사내들이 그랬었다.
"요즘 제가 청산파의 이사장을 통해 강동의 대규모 APT단지에서 조그마한 사업을 벌이고 있어요. 그런데 그것을 방해하는 조직이 생겨 골치가 아파요."
"입찰 건이오?"
"아뇨, 그렇게 대규모 공사 입찰은 입찰시 이미 대조직의 손을 거쳐 넘어가는 것이 상례예요. 저희들이야 공사판에서 나오는 작은 부스러기나 먹는 거죠."
그러면서 우여사는 알미늄 샷시 공사와 그에 따르는 이익 등에 대한 자세한 설명을 했다.

"호! 공사판이 먹을 것이 많다는 얘기는 들었어도 이런 하찮은 부분까지 그 많은 이권이 있다는 것은 금시초문이오. 그런데 청산파를 방해하는 조직은 어떤 조직이오?"
"그걸 잘 모르겠어요. 한 50여 명 되는 인원들이 어제부터 APT단지 내에 진을 치고 우리와 충돌을 빚고 있는데, 말씨나 행동으로 보아 서울 조직이 아닌 것 같아요."
"그럼 지방에서 올라온 놈들이란 말이오?"
"그건 아직…… 그런데 그들의 실력이 만만찮아요. 쉽게 물러날 것 같지도 않고, 그렇다고 백주에 수많은 사람들이 왕래하는 장소에서 전쟁을 벌일 수도 없고."
나종수는 그 순간 우여사에게서 어쩔 수 없는 여성임을 감지했다. 자신의 사업을 위해 무력(?)이 필요하나 결정적인 순간에도 전쟁은 피해 가고 싶은 여성의 심리를 여실히 보여주고 있지 않은가.
"좋소! 그 점은 걱정 마시고 계속 사업을 추진하시오. 그리고……."
나종수는 잠시 말을 끊었다가 계속했다.
"한 가지 고민이 있어요. 조직이 커 갈수록 그를 뒷받침할 수 있는 자금원이 필요한데 그 점이 쉽지 않아요. 사업적 기질이 풍부한 우여사의 의견을 듣고 싶습니다. 뭐 좋은 방안이 없을까요?"
나종수가 사무적인 어투를 바꾸어 우여사에게 협조를 구하는 질문을 해 왔다. 그녀는 그것이 싫지 않았다.
"자금원이 안정적이지 못하면 불편한 게 한두 가지가 아닐 거예요. 특히 조직 관리라는 게 알고 보면 돈 관리이니까요."
우여사는 자금 쪽은 자신의 전공이라는 듯 신이 나서 말했다.

"업소 관리나 그들을 상대로 한 물품 공급은 C급 조직의 자금원이에요. 그곳엔 한계가 있기 때문이죠. 1개 업소에서 나오는 돈으로 쓸 만한 조직원 1명 거느리기도 힘든 실정 아니에요?"

우여사의 말은 맞는 말이었다. 업소는 성격상 암흑가의 측면 지원을 받고는 있으나 그것도 엄연한 사업이며, 자본주가 있고 또 그의 권리가 철저히 주장되는 관계로 지원 조직이 얻어먹을 것이라고는 기실 별게 아니었다.

대형업소인 경우 영업부장이나 상무 등의 직함으로 조직원들을 한둘 고정으로 취업시키고, 주류 공급권, 연예인 출연 등의 영업 전반에 걸쳐 총체적으로 관여를 한다 해도 업소 수입의 20%를 넘지 못하는 것이 상례였다.

그런 수입원에 조직 운영비는 상상을 초월하게 발생한다. 기본 경비로 조직원들의 의식주는 물론, 소정의 급료 등 경비 외 각종 사건에 연류된 조직원들의 도피 및 변호, 교도소 수발, 그리고 그 가족의 생계까지도 돌봐줘야 하는 것이다.

"그래서 고민이오. 내 밑에 정예 요원이 50명 정도인데 조직 운영비가 절약을 해도 1개월에 2억원은 가져야 됩니다. 그래서 사실 업소들을 늘리기 위해 인천 쪽을 공략했던 것인데…… 그곳에서 곤란한 일을 당해……."

"곤란한 일요?"

"그렇소. 그 바람에 일만 크게 벌여 놓고 실속이 없어요."

우여사는 나종수의 고민이 무엇인가를 금방 캐치해 냈다. 정예 요원을 구성, 단기간에 자리잡아 나가고는 있으나, 자금면에서 취약성을 보이고 있었던 것이다. 그는 경영으로 치면 창업회사를 벌였고, 초창기에 필연적으로 들어가는 자본의 곤란을 받고 있는 것이다.

자본, 주먹, 두뇌, 그것이 현대판 밤의 조직 구성의 3대 요소다. 그 중 어느 하나라도 부족하면 제대로 된 조직으로 성장할 수 없는 것이 불문율이었다.

"그래서 제가 뭘 도와드리면 되겠어요?"

우여사는 속으로 쾌재를 부르며 영악스럽게 대처했다. 이제껏 밑에 길러 왔던 청산파를 용도폐기시키려는 찰나, 젊고 패기만만한 나종수가 손을 내밀고 있지 않은가? 그러나 그녀는 상대의 손을 더욱 뜨겁게 만들어 잡아야 한다는 것도 아는 여자였다.

"우여사의 사업적인 수완을 빌려 주시오."

"사업적인 수완이라면……?"

"우여사, 말 돌리지 말고 직설적으로 합시다. 원래 누나 적의 성격도 그랬지 않소?"

"누나 적요?

우여사는 자신의 귀를 의심하며 나종수를 바라보았다. 차겁고 냉정하게 변한 이 밤의 황태자가 자신을 그 옛날의 누나라는 표현으로 불러 주다니…….

"나에겐 제갈공명 같은 모사 제비와 인간 탄환들이 있소. 자, 무엇이 문제요? 당신은 사업적인 수완을 대시오."

"자금도 포함되는 것이겠죠?"

"사업 속에 돈이 있는 것 아니겠소? 지분은 충분히 보장할 것이오."

나종수는 자리에서 일어나 창가로 갔다. 라운지 출입구 쪽에 앉아 있던 제비가 그제서야 그들의 자리로 합류했다. 우여사에게 나종수를 보낸 것은 제비의 안이었다. 그들 조직은 태민파와의 수면하(水面下) 쟁투보다 자금난에 봉착해 있었다.

우여사는 나종수가 서둘고 있다는 것을 알 수 있었다. 협상은 서두르는 자가 실패한다는 것도 그녀는 잘 알고 있었다. 그러나 그녀는 좀더 여유를 갖자는 요구를 선뜻 할 수 없었다.

그것은 꿈결같이 날아와 자신의 머리 위에 앉은 피앙새가 고르지 못한 숨결 한번에 날아가 버릴까 하는 조바심 때문이었다.

"좋아요! 하지만 여자라고 해서 얕잡아보거나 함부로 해서는 안 돼요?"

우여사가 한 마디 사족을 달았다. 그 말은 그냥 해보는 소리였다. 창가에 서 있던 나종수가 제비의 얼굴을 보며 의미 있는 미소를 지었다. 그가 조사해 온 우여사의 실체는 대단한 것이었다. 두 개의 빌딩과 몇 채의 상가 건물, 거기다 각종 업소와 빠찡코 등에 투자한 지분 등 막대한 재산과 재색을 겸한 용모로 정재계의 실력자들과 맺고 있는 인연의 끈 등이 놀라울 정도였다.

더구나 그녀는 밑에 청산파라는 지역 조직을 거느리고 있는, 어쩔 수 없는 암흑가의 흑장미였다. 그런 모든 것을 감안, 제비는 나종수에게 우여사의 연락이 있자 직접 만나게 했던 것이다.

가평 근교 오태민의 별장에는 깊은 정적과 침묵이 감돌았다. 별장은 완만한 산등성이의 8부 능선을 깔고 유럽식 건물 양식으로 지어 웅장하면서도 상쾌한 맛이 있었다.
 넓은 잔디밭이 별장의 주위에 펼쳐져 있고, 울타리로 만들어놓은 하얀색 목책이 한없는 동심을 불러 일으키게 했다.
 거실에서 밖을 내려다보면 북한강의 지류가 남성의 근육질 같은 건강함을 드러내며 흐르고 있고, 그 주변에 가을걷이에 한창인 트렉터가 한가롭다.
 "이번 실패에 대한 분석을 고전무가 하겠소?"
 오태민은 거실에 임시로 마련해 놓은 자리의 상석에 앉아 각 지역 보스들과 조직의 고문격인 은퇴한 원로들을 향해 정중하게 말을 꺼냈다.
 "이번 작전은 우리의 참담한 패배였습니다. 먼저 공격 계획을 세웠던 자로서 원로들과 지역 보스들을 볼 면목이 없습니다. 그에 대한 응분의 책임을 지겠습니다."
 고전무가 자리에서 일어나 좌중을 돌아다보며 말했다.
 "그런 얘기가 아니라 원인 분석을 하라니까."
 오태민이 짜증섞인 어투로 말했다.
 "네, 보스! 이번 작전에서 우리 조직은 3명의 행동대장이 중상을 당하고, 10여 명의 대원들이 다치는 피해와 용궁이 크게 부서지는 재산상의 손해를 보았습니다. 그러나 그 피해보다 더 심한 타격을 입은 것은 조직 전체가 입은 명예의 실추일 겁니다."
 오태민을 비롯한 전원이 고개를 끄덕이며 수긍하는 표정을 지었다.
 "작전의 실패는 전적으로 제2의 변수를 생각하지 못한 불찰 탓이었습니다. 심포파라는 하나의 조직만을 적으로 생각했던 잘못이죠.

상대적으로 나종수파라는 신흥 세력을 너무 무시하고 들어갔던 것이 최대의 실수였습니다."

"나종수라는 놈이 심포파에 힘을 빌려 줬다는 거요?"

태민파의 서울권 보스로 있다가 은퇴하고 조직의 중요한 사안이 있을 때마다 참여하는 원로가 거들었다. 그도 나종수에 대해 들은 바가 있는 모양이었다.

"서로가 연합을 했던 것으로 생각치는 않습니다만, 어떤 방법으로든 나종수 부대가 그날의 전쟁에 직접 참여한 것만은 확실합니다."

"그자가 우리와 어떤 원한이 있기에 그런 겁없는 짓을 했을까?"

원로가 고개를 갸웃거리며 알 수 없다는 듯 말했다.

"나종수는 심포파를 압박, 보스를 암살하는 등 인천 진출에 많은 공을 들여놓고 있었습니다. 그런 때 우리가 인천 진출에 나서자 그 제동을 걸었던 모양입니다."

"우리 조직에 정면으로 도전장을 낸 것이군!"

"그렇지는 않은 것 같습니다. 나종수파라는 것을 숨기고 철저히 심포파로 위장했던 것으로 보아, 우리 조직과의 정면 충돌은 피하려 했던 듯합니다."

"영악스런 놈들이군. 제 밥그릇을 남이 손대려 하자 밥그릇에 침을 뱉은 격이야. 그래서 보스께서는 어떤 대응책을 세우셨습니까?"

원로는 오태민을 바라보며 질문을 던졌다. 회의의 중심이 고전무에서 그에게로 넘어갔다.

"그래서 이렇게 원로를 모셨지 않습니까? 젊은 혈기들로 일을 하다 보니 생각치도 못했던 이런 망신도 당하게 되고······."

오태민이 그의 체신을 한껏 세워 주며 그들의 의견을 구했다. 원로는 은퇴한 이후 부동산에서 많은 부를 축적, 태민파의 최대 재정적 지원자인 만큼 발언권이 있었다.
"현재의 상황으로 보아 심포파를 다시 접수하고, 나종수도 차제에 손을 보아 조직의 명예를 회복시키는 것이 순서겠으나 시기가 좀 묘하군요."
원로가 물컵을 들어 마시며 말했다. 그의 목소리가 가래가 끼는지 탁했다.
"전력을 총동원해서 일거에 심포파와 나종수 두 조직을 쓸어내 이 개망신을 씻어야 합니다."
중간쯤에 앉아 있던 오태봉이 손가락을 우두둑 꺾었다.
"그렇습니다. 조직이 그 동안 은밀하게 진행해 오던 사업이 완전 타결되어 들어오라는 저쪽의 연락이 왔습니다."
오태민이 동생 태봉의 말을 거들떠보지도 않고 원로에게 말했다.
"오! 그렇습니까? 그거 썩 잘 된 일이군요."
두 사람의 대화에 고전무를 제외한 좌중이 어리둥절, 그들을 응시했다.
"아, 우선 얘기가 나왔으니 고전무가 형제들에게 설명을 하지."
오태민이 자신 앞에 놓여 있는 찻잔에 손을 가져갔다. 찻잔은 이미 식어 있었다. 대기하고 있던 여자 둘이 다가와서 식은 찻잔을 거두고 다른 차를 내왔다.
"그 동안 보스 이하 원로 고문 제위와 여러 지역 보스들의 아낌 없는 노고로 우리 태민파는 5백여 조직원들을 헤아리는 대조직으로 성장했습니다. 그만큼 성장하다 보니 관리의 허점이나 그 밖의 상황들로 인해 많은 문제점이 노출되어 원만한 조직 운영과 앞으로의 끊임없는 발전에 많은 방해 요소가 있는 실정입니다. 그래서 보스와 원로 고문들이 생각해 낸 것이 일본 야쿠자와의 연계 방안이었습니다. 그래서 지난 1년간 일본의 각 조직과 은밀히 접촉, 상대 조직이 어젯밤에 회합 허락을 보내 왔습니다."

"야쿠자와 연계?"

좌중의 모든 사람들이 놀라는 모습이었다.

"우리 조직도 조직 관리의 선진 기법을 들여와야 할 실정에 와 있습니다. 이미 시온이파는 일본의 2대 조직인 시나게라조와 연계되어 있으니 그리 놀랄 일도 아닙니다. "

고전무가 좌중을 진정시키며 계속 말을 이었다.

"우리와 연계하려는 야쿠자는 「슈미즈렌꼬 구미」로 야마구찌 시나게라조와 함께 일본 야쿠자의 3대 조직 중 하나입니다. 80년의 역사를 배경으로 지금 6대목 하라료를 정점으로 18개 조직에 조직원 8천 명을 거느린 군단입니다."

"슈미즈렌꼬? 8천 명의 조직원이나!?"

좌중은 슈미즈렌꼬의 조직원수에 기가 질린 모양이었다.

"그들과 연계한다면 우리가 그들 밑으로 들어가는 겁니까?"

지역에서 올라온 지역의 한 보스가 질문을 던졌다. 능히 할 수 있는 질문이었다.

"그들 밑에 들어가는 것이 아니라 형제의 연을 맺는 것이다."

오태민이 지역 보스에게 던지듯 말했다.

"형제의 예는 2일 후 동경의 하라료 공관에서 갖기로 되어 있고, 우리측 참석자는 오태봉과 고전무니 그리 알기 바라오. 그리고 고전무는 출국하기 전 지역 보스들과 충분히 협의하여 나종수와 심포파를 갈아 버릴 안을 만들어 놓도록!"

오태민은 회의가 길어지는 것이 싫은 듯 지시를 하고는 원로와 고문 등을 따로 준비된 방으로 안내했다. 그 방에는 이미 술상과 두툼한 보료가 준비되어 있고, 화장품 냄새가 물씬 풍기는 아가씨들이 대기하고 있었다.

12

사카스키 배(盃)

　국제 도시 동경.
　뉴욕, 상해와 더불어 세계 3대 도시의 하나인 동시에 마피아와 삼합회 그리고 야쿠자라는 세계 3대 암흑 조직의 본거지, 동경의 야경은 그야말로 황홀경 그 자체였다.
　1천2백만의 인구가 모여 작은 것이 아름답다는 모토와 보지 않고 듣지 않고 말하지 않는다는 일광(日光)의 원숭이 조각상 같은 국민성으로 밤의 천국을 꾸며 놓은 국제 도시, 그 동경의 한 주택 단지에 자리잡은 슈미즈렌꼬조(組)의 대목「하라료」의 공관은 삼엄한 경비 속에 수십 대의 고급 승용차들이 속속 도착하고 있었다.
　정문에는 권총을 허리띠에 찬 경호원들이 출입자들의 신분을 일일이 확인하는가 하면, 공관의 2층과 곳곳에는 기관총으로 무장한 경호원들이 폐쇄회로는 물론 적외선 감지 장치까지 설치하고 물샐 틈 없이 경계를 서고 있었다.

12. 사카스키 배(盃)

 "들어오십시오. 원로에 노고가 많으셨습니다."
 한국에서 건너온 태민파의 사절 오태봉과 고전무가 현관에 들어서자, 일본 사무라이복을 단정하게 차려 입은 초로의 사내가 정중하게 맞으면서 공관 안으로 안내했다.
 출입구 양옆에 서 있던 정장의 경호원들이 정중하면서도 예의에 벗어남 없이 오태민과 고전무의 몸을 손으로 가볍게 더듬었다. 출입문은 2중으로 되어 있었고, 그 하나는 전자 감지용 무기 탐지기가 설치되어 있었다.
 "결례를 용서하십시오. 대목을 만나기 위해 설령 이 나라 수상이 온다 해도 이 절차는 거쳐야 합니다."
 안내인이 거듭 양해를 구했으나, 오태봉과 고전무는 불쾌한 생각이 들기보다는 그들 조직의 권위와 힘이 어디에서 나오는지를 알 것 같았다.
 그들은 안내인을 따라 한 로비 옆의 작은 방에서 조그만 컵에 따라주는 찬 물을 얻어마시며, 형제의 의식을 갖기 위해 사카스키에 임하는 몇 가지 절차와 방법에 대한 이야기를 들은 다음, 또 다른 안내자를 따라 공관 깊숙이 들어갔다.
 얼마쯤 미로 같은 실내의 좁은 복도를 돌아 사쿠라꽃이 거대하게 새겨져 있는 미닫이문 앞에 서자, 안내자가 들고 있던 작은 죽장을 손바닥으로 쳤다.
 스르륵.
 미닫이문 열리는 소리가 화엄사의 12대문이 열리는 소리마냥 커다랗게 들렸다. 그 문은 하나가 아니었다. 한 개의 문이 열리자 연이어

두 개의 문이 열리며, 좌우로 무릎을 꿇고 도열한 사무라이들이 시선을 입장하는 오태봉과 고전무에게 주었다.

쿵!

어디선가 작은 북소리가 들려왔다. 그 소리의 근원처는 그들이 들어온 입구 근처의 방인 듯했다.

3개의 미닫이방 중앙에 단정하게 빗어넘긴 금발의 초로의 신사가 사무라이 복장으로 보료 손받이에 한 손을 기대고 거만하면서도 도도하게 앉아 있었다. 그의 등뒤 벽에는 슈미즈렌꼬를 상징하는 사쿠라가 새겨져 있는 기장(旗章)이 세워져 있고, 그 옆에는 슈미즈렌꼬의 제6대목 '하라료'란 명기(名旗)가 어디선가 새어 들어오는 작은 미풍을 받아 흔들거렸다.

천합조(天合組)
백합조(百合組)
덕천조(德天組)
일성조(日星祖)……

등 18개의 슈미즈렌꼬의 산하 조직을 상징하는 기장과 그 소대목의 명패가 좌우로 9개씩 늘어서 있고, 그 앞에 소대목들이 앉아 있는 모습이 일대 장관이었다.

"바른 자세로 서서 대목께 큰 절을 올리시오."

대목이 앉아 있는 방의 문지방 바로 너머에 서 있던 중년이 오태봉과 고전무에게 말했다.

둘은 자세를 바로 하고 대목에게 엎드려 1배했다.

"대표는 대목을 뵙는 이유를 말하시오."

중년의 사내는 이 의식을 주재하는 집정관이었다. 그들 중 고전무가 말했다.

"본인들은 한국의 전통 있는 조직 태민파의 서열 2위와 6위인자로, 그 동안 귀조(貴組)의 전통과 명성을 흠모하다가 금번 한 형제의 연을 맺기를 희망하고 본 태민파의 총보스 오태민을 대표하여 읍하오니, 부디 받아 주시기 바랍니다."

고전무는 뱃속에서 우러나오는 말로 조심스러우면서도 기품 있게 말했다. 대목은 집정관이 가져온 비단천에 태민파와 보스 오태민이 먹물로 쓰여 있는 단자(單子)를 바쳤다.

"시행하라!"

대목이 단자를 옆으로 치워 놓으며 말했다. 목소리가 갈라지는 쉰 소리였다. 그러나 그 음성은 사람의 기(氣)를 죽이는 묘한 마력이 묻어 있었다.

"하명(下命)!"

집정관의 반복 구호가 끝나기도 전, 두 명의 소년이 하얀색의 무사복 차림으로 한 소년은 작은 교자를, 또 한 소년은 자기 술잔과 작은 술병을 들고 나와서 두 사람 앞에 놓고 뒤로 한 걸음 물러나 앉았다.

"부대목이 술잔에 술을 따르시오. 술은 형제의 피를 상징하는 포도주고, 옆에 서 있는 동자들은 오늘의 사카스키를 저들의 수명이 다할 때까지 증언할 천사들입니다."

집정관이 엄숙하게 말했다. 오태봉은 떨리는 목소리로 교자 앞에 두 무릎을 꿇었다.

그때 대목이 슬며시 걸어나와 한 손을 뒷짐지고 다른 손으로 술병을 들어 잔 가득히 부었다.
 하얀 자기잔에 시뻘건 피가 가득 찼다. 아홉 마리의 백말과 아홉 마리의 양을 잡아 그 피를 사방에 뿌리며 하늘과 땅과 천지신명과 온갖 지신들에게 맹세를 빌었던 도요토미히데요시파와 일전을 벌이기 위해 출정하던 도쿠가와파의 맹세의 피와 같은 포도주였다.
 오태봉은 잔을 두 손으로 들어 입에 가져다 대고 조금씩 들이마셨다. 그 포도주의 양은 예하 조직으로 편입하는 입장에서의 자신의 지분을 나타내는 중요한 의미가 있었다.
 반을 중심으로 동업자적인 관계에서 예속을 원하느냐 아니면 상대 조직보다 우위에 서고 싶다는 표현이 되는 것이다.
 탁!
 오태봉이 내려놓은 술잔에는 6할 정도의 술의 양이 남아 있었다. 지분의 4할 정도를 요구한다는 태민파의 뜻이 담겨 있는 잔이었다.
 "하!"
 대목이 뒷짐을 진 채 성큼성큼 걸어 자신의 자리로 가서 뒤로 돌아서며 엄숙하게 말했다.
 "여기 한국에서 현해탄을 건너와 우리 슈미즈렌꼬 구미의 휘하에 들어오길 원하는, 강보를 벗어나지 못한 철부지가 있으니, 여러 선배 소목들은 각별히 한 형제를 받아주길 바란다."
 "하이, 소오데스까!!"
 대목의 말에 18명의 소대목들이 두 손목을 바닥에 대며 대답했다.
 "대목의 명으로써 한국의 태민파와 그 오야봉 오태민 및 그 형제들이 지금으로부터 사카스키의 맹세가 깨지는 그날까지 우리 슈미즈렌꼬 구미의 한 형제임을 대내외에 선포합니다. 부대표는 사카스키배를 품속에 간직하시오."

집정관의 말에 오태봉은 술잔에 남은 포도주를 하얀 사기그릇에 따르고 교자 위에 깔려 있던 명주천에 소중하게 싸서 안주머니에 간직하고는 대목에게 인사했다.

그와 함께 그들의 입문을 환영하는 뜨거운 박수가 장내를 울렸다. 이제 사카스키의 맹약이 담긴 술잔은 슈미즈렌꼬 조직의 일원이라는 영원한 증표인 것이다.

만약 그 술잔을 돌려 준다면 그들은 조직 탈퇴라는 야쿠자 최고의 죄값에 대한 응징을 각오해야 한다.

고전무는 의식의 장중함과 경건함에 감동하면서 한편으로는 암흑가까지 일본에 종속되어야 하는가 라는 의문도 가져 보았다.

"내 오늘같이 기쁜 날에 선물이 없을 수 없다. 집정관은 태민파의 오야붕에게 나의 조그마한 성의를 표하고, 저들에게는 슈미즈렌꼬의 꽃들을 선물하여 그 동안의 회포를 풀도록 하라!"

"하이!"

대목 하라료가 자리를 뜨는 것을 끝으로 1시간여에 걸친 사카스키의 의식은 끝이 났고, 오태봉과 고전무는 자리를 옮겨 극진한 환송연을 대접받았다.

아끼도록옥(屋)

동경의 환락가 긴자에 자리잡은, 슈미즈렌꼬조가 운영하는 대형 유곽 안에서는 오태봉과 고전무를 위한 성대한 환영연이 베풀어졌다.

환영연을 책임진 자는 슈미즈렌꼬의 서열 4위 일성조(日星組)의 조장 나카야마쇼지였다.

그는 18개 조장들 중 가장 젊은 탓에 그들을 접대하는 대표로 뽑힌 모양이었다.

"두 분 형제께서 대동하고 온 15명의 대원들은 앞으로 보름 동안 우리 조직의 특별 수련원이 있는 관동으로 가서 특별 훈련을 받을 것입니다."

"특별 훈련을요?"

고전무는 이왕 왔으니 하나라도 그들의 움직임과 조직에 대해서 알고 가려고 신경을 썼다.

"그렇소! 먼저 야쿠자가 된 이상 의와 예를 명예로 알고 목숨보다 더 소중히 지키는 야쿠자의 혼을 배워 이후 닛폰도와 그의 사용법 외 각종 총기 사용법을 습득, 저격, 암살, 폭파 등 서방 최고급 테러리스트들의 살인 방법을 배우게 될 것이오. 비록 15일의 짧은 시간이지만 참여한 태민파 형제들의 기본이 튼튼하고 교관들이 일급 요원들인 만큼 좋은 결과가 있을 것이오."

나카야마 조장은 지적이면서 예의가 깍듯한 사내였다. 어디를 보아도 야쿠자 냄새라고는 찾아볼 수 없는, 법원에 근무하는 서기(書記) 같은 인상의 소유자였다.

산해진미와 요리란 이런 것이다 라는 시범을 보이는 듯한 대형 음식상이 나왔다. 하얗게 화장을 했으면서도 묘한 성적 매력을 풍기는 게이샤(일본 기생)들이 한 사람에 둘씩 붙어 앉더니 6줄 현금을 타는 악사가 교교한 음악을 연주, 방안 분위기를 안정되고 평안하게 이끌었다.

"그리고 두 분께는 특별한 스케줄이 준비되어 있습니다."

나카야마 조장이 술잔을 따르며 권했다. 술의 양도 잔의 반쯤만을 채워 상대의 체력 안배에 신경을 썼다.

"특별 스케줄이라뇨?"

오태봉이 성이 안 찬다는 듯 술병을 가져다 자신의 잔에 따라 마셨다. 게이샤들이 안주를 집어 그의 입에 넣어주었다.

"3일 정도 여흥을 즐기시고, 그 다음부터 1주일간 특별 교육을 받도록 되어 있습니다."

"교육을요?"

고전무가 호기심을 보였다.

"하이! 일종의 간부 교육입니다. 조직관리와 자금관리 등 인사, 법무, 조달, 비상대책, 경호업무 등 야쿠자 조직운영 전반에 대한 교육을 하도록 되어 있습니다. 그것은 우리 조직에 들어온 간부급 인사들이 필수적으로 거쳐야 하는 코스입니다."

"고마운 배려시군요. 대목의 은혜가 실로 큽니다."

고전무가 그들의 배려에 대해 고마움을 표하자, 나카야마 조장은 기분이 좋은 모양이었다.

"그런데 한국의 암흑가는 어떻습니까? 듣기로는 아직 체계가 없고 거칠다고 들었는데……."

그는 학구적인 면도 있는 야쿠자였다. 오태봉 일행을 접대하면서도 한국측의 암흑가에 대해서 많은 관심을 표했다.

"우리 한국에서는 암흑가의 식구들을 일반인들은 건달이라 부릅니다."

"건달이노이까?"
"그렇습니다. 할일 없이 놀고 먹는 인생이란 뜻입니다. 화투판에서 멍텅이나 따라지 등 수를 지을 수 없는 쓸모없는 패를 야쿠자라 부르듯 비슷한 개념이죠."
"호, 그러고 보니까 일리가 있는 말입니다."
"그러나 그 말 속엔 나쁜 뜻만 포함된 것은 아닙니다. 자신의 이기심을 버리기도 하고, 남을 위해 힘을 빌려 주기도 하며, 때로는 돈을 아낌 없이 쓰기도 하는, 풍류 남아를 지칭하는 말이기도 합니다."
"협객이란 뜻입니까?"
"협객이란 표현이 전적으로 적절한 것은 아니나 비슷한 면도 있습니다."

나카야마 조장의 호기심과 고전무의 응대는 시간 가는 줄 모르고 계속되었다.

그들의 대화에 싫증이 난 오태봉은 또 하나의 야쿠자와 옆방으로 자리를 옮겨 늘어지게 술판을 벌였다.

밤이 깊었다.

다다미방의 열려진 문틈 사이로 달빛이 요요(夭夭)롭게 방안을 비쳤다. 고전무는 다다미방의 커다란 보료 위에 누워 있었다. 몸 밑에는 자신의 키만한 타올이 깔려 있고, 두 명의 게이샤들이 팔소매를 걷어붙이고 뜨거운 물통 속에서 꺼낸 물수건으로 그의 몸을 구석구석 닦아내고 있었다. 마치 젖먹이 아이를 목욕시키는 것처럼.

다다미방의 건너방에는 또 다른 게이샤가 방안에 들여 놓은 커다란 나무 물통 속에 알몸을 담구고 있었다.

먼 곳에서 온 형제를 접대하는 슈미즈렌꼬의 길고 긴 접대 의식의 하이라이트였다.

술이 깼다. 어디선가 불어 들어오는 찬 공기에 고전무가 몸을 움츠리자, 수발을 들던 두 여자가 도구 등을 챙겨 종종걸음으로 밖으로 나갔다.

"……!"

목욕통 속에 있던 여자가 밖으로 나와 몸의 물을 닦고 조심스럽게 방으로 들어오더니 한 장의 다다미 위에 웅크린 암코양이같이 엎드렸다.

한 자락 걸친 기모노 사이로 게이샤의 풍만한 엉덩이 일부가 노출되었다. 그 하얗고 둥근 살덩이가 교교로운 달빛을 반사해 온통 방안을 신비스럽고 자못 환상적이기까지 했다.

사르락.

바람이 문풍지에 와서 부딪혔다. 화분에 심어 이중문 사이에 놓은 청죽(靑竹)이 짙은 그림자를 드리우며 흔들렸다.

고전무는 게이샤의 기모노를 벗겨 방 한쪽에 던져 놓고 머리맡에 있던 술상을 당겨 술을 마셨다.

(일본 그리고 야쿠자, 그들은 폼이 있었구나. 本生本死. 시작과 끝이 절도에서 시작되어 절도에서 끝나는 나름대로의 엄격한 규칙, 그에 비하면 우리 조직은 너무 순진하고 무지스러웠다는 것을 알 것도 같다. 아! 조직, 조직에 살고 조직에 죽는…… 그리고 나는 누구란 말인가……)

고전무는 정신을 빼놓는 사무라이식 각종 예법 속에서 자신은 어쩌구니없도록 초라하고 위축되는 감정을 느꼈다. 한국 암흑가를 양분하는 태민파의 책사로서 자신이 갖고 있던 긍지와 자부심은 한낱 우물 안의 개구리였다는 자괴심이 들었던 것이다.

　고전무가 술잔을 교자 위에 소리내어 내려놓자, 게이샤가 그의 앞에 무릎을 꿇고 머리를 조아렸다.

　"자! 한 잔."

　"하이!"

　고전무는 술을 한 잔 가득 부어 게이샤에게 주었고, 그녀는 두 손을 받쳐들고 그 잔을 받아 마셨다.

　"아니?"

　"저의 이름은 야끼꼬쇼나, 기명은 국화입니다."

　게이샤의 얼굴 한쪽 볼에 불그레한 문양이 나타나기 시작하더니, 가슴과 한쪽 허벅다리 전체로 급격하게 퍼져 나갔다. 꽃이였다. 장례식장을 수도 없이 수놓은 국화였다.

　닭피를 내어 문신을 새긴 까닭에 알콜 기운이 몸을 뜨겁게 만들면 드러나는 닭피 문신이었다.

　온 몸에 핀 꽃에서 국화향이 은은히 퍼지는 듯했다. 적당히 풍만하고 적당히 살찐 게이샤의 나신과 문신이 고전무의 남성을 묘하게 자극시켰다.

　"이리……!"

　고전무가 게이샤의 알몸을 끌어당겨 쓰러트렸다. 그의 입이 유방에 핀 국화를 향했다. 살내가 났다. 그것은 화원에 만발한 갖가지 꽃이 풍겨내는 향내였다.

"하……."

게이샤가 입을 벌려 가는 신음을 토해냈다. 그녀의 두 팔과 다리가 파충류의 다리처럼 사내의 온 몸을 감싸안았다.

"에잇!"

"하이, 소오데스까."

고전무가 온 몸을 칭칭 감은 게이샤의 팔과 다리를 털어내고 그녀의 몸을 뒤집어 포신을 돌진시켰다. 엄청난 힘이었다. 이제껏 일본식에 주눅이 들었던 그의 반발이었다.

"하이……."

게이샤가 고통스러움의 표현인지 쾌감의 발로인지 모를 아리송한 비명을 질러댔다.

(너희 쪽바리들에게 주눅들 내가 아니다. 이 쪽바리들아!)

고전무는 아랫입술을 힘주어 씹으며 게이샤의 하얀 엉덩판을 타겟삼아 부러움과 동경심 밑에 한 자락 깔린, 일본에 대한 적개심과 시기심이 함께 섞인 분노를 쏘아댔다.

관동 지방의 한 소도시 근교의 슈미즈렌꼬가 직영하는 목장에는 한국에서 온 17명의 인원들이 해안단애의 높은 고지를 따라 구보하면서 야쿠자 훈련에 여념이 없었다.

인적이라고는 해안 하이웨이를 가끔 달리는 차량밖에 없는 한적한 목장에는 경찰이나 사람들의 이목을 피하기 위한 형식적인 젖소 수십 마리 정도가 초원에서 한가롭게 풀을 뜯고 있었다.

일과표는 철저하게 지켜졌다. 첫날 17명의 인원이 야쿠자의 영예

(?)로운 요원으로 입문하는 단배(개인 사카스키)를 거창하고 웅장하게 올린 후 게이샤들의 접대로 몸을 풀고, 그 다음날부터 철저하고도 치밀한 훈련에 들어갔다.

• 05시 50분 기상, 떠오르는 태양의 양기를 향해 두 손을 펼쳐 호연지기를 기르고,

• 08시, 야쿠자의 기본 무술인 검도로써 생사의 존망이 도(道)에 있다고 하는 무사도를 기르고 터득하며,

• 14시, 각자의 개인에게 부여된 전공에 따라 사격술, 폭파술, 암살, 저격, 침투, 탈출술 등을 터득, 야쿠자 본연의 길인 인자(忍者)의 길을 걸으며,

• 20시, 야간 접근, 야간 방어, 음지에서 야쿠자는 살아 움직이는 생물임을 배우고, 조직에 충성과 주군에 생명을 맡기는 야쿠자의 본과 혼을 고양하는 각종 정신교육으로 하루를 마감한다.

교관들은 슈미즈렌꼬조 최고의 정예 협객들이 동원되었고, 사격술과 경호술은 미국 FBI에서 교관으로 활약하던 전문가가 초빙되어 짧은 시간이지만 알찬 내용이었다.

특히 정신교육 시간에 동원되는 강사들은 일본 유수의 대학 교수들이었다.

한국에서 건너온 17명의 사내들은 말로만 듣던 야쿠자 조직의 규모와 그들의 힘이 생각보다도 엄청난 것에 놀라며, 이제까지의 자신들의 행태를 돌아보지 않을 수 없었다.

비록 야쿠자가 일본 사회에서 지탄받고 비난받는 집단이기는 하지만, 그들 나름대로 엄연한 사회의 한 구성 조직으로 인정을 받는 합법

성 쟁취에 심혈을 쏟는 모습을 보며 그들은 만시지탄을 느꼈다.

"인자(忍者)는 일본 막부정치를 보호하고 지탱하는 하나의 지주였다. 그들은 오랜 시간 절해고도나 산간오지에 들어가 무예와 각종 인자의 사술을 익히고 자신을 거두어 준 주군에 속해 평생을 주군을 위해 충성하며, 전장에서 싸우다 죽는 것을 일생의 영예로 알고 살았다. 야쿠자는 바로 그 인자들의 정신을 이어받은 현대의 협객이며 장부들이다."

인자들의 접근과 암살이란 과목을 가르치는 교관의 말이었다. 17명의 사내들은 사무라이의 복장을 하고 손에 작은 일본도를 하나씩 들고는 기습에 의한 암살법을 익혔다.

"도(刀)는 사기(死器)이기도 하지만 활도(活刀)이기도 하다. 상대를 제거함으로써 살아 남는, 생명이 있는 비정한 사회 현실의 단면이기도 하다. 진정한 도(刀)는 사람을 죽이기에 있는 것이 아니라 사람의 생명을 살리는 데 있는 것이다."

교관은 날이 면도날같이 선 일본도를 꺼내 온 몸에 기를 집중시켜 바닥에 세워 놓은 청죽(靑竹)을 비켜쳐 베어 버렸다.

"이 허——!"

일합의 기합은 천지의 기운을 받아들였다가 내뿜는 웅혼한 기상이 들어 있었다.

"비켜치기, 칼쓰기의 가장 어려운 청죽 비켜 베기다. 예부터 무사나 인자들은 이 도법을 익히기에 부단한 노력을 했다. 그것은 숨쉬는 인간을 가장 편하고 고통 없이 한 칼에 베어 마지막 가는 길을 편하게 해주기 위해서였다. 그것이 바로 인자의 도(道)요 무사된 자의 길이다."
 교관은 야쿠자의 대 사회관을 무사를 비유해 설명했다.
 풍신(風信) 막부가 있었다. 도요토미히데요시, 울지 않는 새는 목을 쳐 울게 한다는 명언을 남긴, 일본 역사 최고의 지군(知君) 오다노부나가의 수발꾼에서 열도를 통일한 원숭이의 현신 풍신이 죽고, 또 다시 열도의 패권을 놓고 벌였던 세카이데 전투에서, 18세의 어린 나이로 조선 정벌군의 사령관으로 출정했던 풍신의 아들 우끼다를 추종하는 세력과 도꾸가와 세력의 대회전에서 참패한 우끼다의 몰살은 휘하 정예 무사들의 할복을 불렀다. 그 중에서 소서행장이 조선에서 양육해 온 양녀를 덕천이 살려 섬으로 유배, 평생을 천주를 믿게 해준 활인도(活人刀)의 비유까지 들었다.
 "그것이 활인입니까?"
 "그렇다. 무사가 아닌 자에게 무사는 칼을 쓰지 않는 법, 상대가 비록 원수의 혈육일지라도 무사가 아닌 자를 베는 자는 무사가 아닌 것이다. 야쿠자는 비야쿠자를 괴롭혀서는 안 된다는 말이다."
 "……!"
 교관은 반말이었다. 지도를 주는 자는 스승이고 지도를 받는 자는 제자라는 철저한 등식이었다.
 "인체에는 360혈이 있고, 그 혈마다 사신(死神)을 부르는 치명적인 급소이다. 인간의 생명은 그만큼 풍선과 같이 약한 존재이다. 그러나 바늘침 한번에 터져 버리는 그 약한 존재도 자기 생명의 위협 앞에는 반항하는 법, 진정한 인자는 살아 있는 생명이 자신의 위협을 의식하지 못하는 무의식의 상태를 노려 잠재워 주는 것이다. 그 방법이 본 교관이 맡은 과목이다."
 "……?"
 17명의 사내들은 살인 과목을 강의하는 교관의 진지한 모습을 보며 한일간의 엄청난 문화적 차이를 실감하지 않을 수 없었다. 살인이라는 십계명이 첫째로 금하는 살인의 죄에도 나름대로의 변명과 합리성을 세워 죄의 감각을 마비시키려 하지 않는가.

13

납치

날씨가 화창하다. 벌써 강원도 어느 산간 마을에 서리가 내렸다는 보도가 있었으나 한낮의 날씨는 청명 그 자체였다. 덥지도 춥지도 않은 날씨, 홍지연은 연주회를 며칠 앞두고 문득 신기촌에 다녀오고 싶은 생각이 들어 준영과 함께 출발했다.

"엄마, 단풍 봐라! 저기, 선생님이 산에 단풍 구경하러 소풍간다 그랬다."

준영이 차창을 내다보며 산등성을 가리켰다. 산이 불타고 있었다. 단풍나무, 느릅나무, 가문비나무, 그런 온갖 나무들이 온갖 자태를 뽐내며 붉은 옷들을 자랑하는 듯했다.

"단풍이구나! 선생님이 어디로 소풍간다 하시던?"

"응, 현충사로 가신데."

"현충사? 거기는 먼 곳이야. 소풍이 아니라 여행을 가네, 준영이?"

"여행이 뭔데, 엄마?"

"응, 김밥 싸 갖고 차 타고 멀리 갔다 오는 것을 여행이라 하는 거야."
"응, 나도 알아."
준영은 차창을 잡고 까불던 행동을 멈추고 금방 잠이 들었다. 홍지연은 아이를 안아 옆자리에 뉘었다.
가을이 짙어가고 있었다. 홍지연은 단풍의 짙은 홍색이 차창까지 물들여 그곳에 얼비치는 자신의 얼굴도 붉게 물드는 것 같았다.
그때도 그랬다.
어느 바닷가를 낀 태백의 힘센 준령에 있는 신병 교육대였다. 산악을 온통 빨간 물감으로 채색한 듯한 단풍이 바다와 어울려 영혼을 어지럽힐 정도로 아름다운 경치가 있었다. 해병대 신병 교육대, 그곳에 나종수가 있었다. 면회는 1시간 이상을 기다린 뒤에야 이루어졌다.
"지연이 왔구나! 얼굴이 더 하얘진 것 같애!"
"……."
면회실은 신병 교육대의 정문에서 한참을 돌아 산등성을 깎아 세운 콘센트 막사였다.
바다와 높은 암반으로 되어 있는 산이 한눈에 조망되는 곳으로 새들도 빠져나가기 힘든 오지임을 보여주는 곳이었다. 그러나 주위의 풍광(風光)만큼은 빼어났다.
"정말 좋은 곳이야!"
"좋은 곳……?"
"그래, 오빠! 나는 태어나서 이렇게 아름다운 곳은 처음인 것 같애. 저 산맥의 단풍, 저 짙푸른 쪽빛 바다, 그리고 갈매기……."

지연은 풍광에 취해 면회의 용건(?)도 잊은 채 조잘거렸다.
"지연, 정말 반갑다. 그리고 미치도록 네가 보고 싶었다."
"미치도록 그렇게나 많이 지연일 보고 싶었어?"
"그래! 훈련이 끝난 밤이면 입대할 때 지연이가 준 손수건을 끌어안고 한참씩 지연일 생각한 다음에야 잠이 오곤 했어."
"……!"
나종수가 자신의 손을 꼭 움켜잡고 말했었다. 눈물이 나왔다. 하고 싶은 말이 너무도 많아 혹시 잊어먹을까봐 메모지에 깨알같이 적어왔었는데, 막상 그를 만나고 보니 할 말이 없었다.
"신부님과 동생들은……?"
"잘 계셔. 그리고 동생들도. 그런데 오빠, 고생이 심한가 보다. 얼굴에 기름끼가 하나도 없어."
면회 시간은 3시간이었다. 교육생 신분이라 외박이나 외출은 통제되는 모양이었다.
사방에 감시(?)하는 눈들이 있었다. 홍지연은 그제서야 군대라는 그 통제 사회의 답답하고 건조함을 느낄 수 있었다. 그곳은 새장이었다. 그 튼튼한 새장에 나종수는 갇혀 있는 한 마리 새였다.
꺼내 주고 싶었다. 홍지연은 자신의 손이 마이더스의 손과 같은 마력이 있다면 제일 먼저 새장에 갇힌 나종수를 꺼내 저 자유스러움의 하늘에 날려 보내고 싶었다.
헤어질 시간이 왔다. 아쉬웠다. 나종수는 지연의 손을 잡고 바닷가가 조금이라도 가까이 보이는 장소로 내려갔다. 어디선가 이름 모를 풀벌레들이 한낮인데도 찌르르찌르르 울고 있었다.

그가 담배를 태워 물었다. 그의 입에서 길게 품어나오는 담배연기가 한 줄기 가을 바람에 씻겨 파르르 떨며 하늘에 흩어졌다. 그가 땅바닥에 아무렇게나 누웠다. 그녀의 한쪽 다리를 베고서…….

싱그러운 바람, 드높은 하늘, 그리고 잊었던 고향의 향수를 느끼게 하는 듯한 갯내음이 산자락에 뱀처럼 길게 누워 있는 병영의 막사들을 고즈넉하게 했다.

하늘과 땅 끝이 나종수와 홍지연의 발 밑에 있었다. 이제 헤어져야 해. 건강해야 해. 자주 편지할게. 언제든 너만 생각할 거야. 둘은 뜨겁게 손을 잡고 말했었다. 대화가 아닌 눈빛으로 그리고 가슴으로.

보고 싶을 거야.

보고 싶을 거야.

그리고…… 사랑한다.

나종수가 그 가을의 단풍 아래서 자신에게 할 수 있는 것의 전부였다.

남한강이 시야에 보이기 시작했다. 도로는 한적했다. 속력을 좀 내겠습니다, 사모님. 하는 운전기사의 말이 들렸다. 홍지연은 차창에서 시선을 거두고 준영의 손을 잡았다.

작고 앙증맞은 손이었다. 그 손에 나종수의 뜨거운 손이 오버랩되었다. 그녀는 시선을 거뒀다. 왠지 모를 눈물이 났다. 나종수 그를 생각하면.

(그날 연회장에 그가 왜 나타났을까? 그가 하는 일은 무엇일까? 결혼은 했을까?)

홍지연은 머리를 가로 저었다. 그때 차가 신기촌의 운동장에 접어들었다. 차가 들어오는 것을 보고 안젤라 수녀가 마중을 나오며 반겼다.
"어서 와요."
"그간 안녕하셨어요? 건강도 여전하시고……?"
"그럼요. 얼굴이 그런데 왜 자꾸 야위는지 모르겠군요."
안젤라 수녀는 많이 늙어 있었다. 깊은 주름이 그녀의 얼굴에 가득했다. 세월은 덧없는 것인가. 홍지연은 안젤라 수녀의 모습을 통해 신기촌도 사람들도 자꾸만 변한다는 것을 실감했다.
"오라! 준영이가 몰라 보게 자라셨네. 잠자는 모습이 영락없이 예전의 엄마를 꼭 빼박으셨고……."
잠든 준영을 안고 있는 기사가 아기의 얼굴을 잘 보이도록 안젤라 수녀에게 몸을 조금 숙였다. 그러자 그녀는 준영을 번쩍 안아든다.
"무거우실 텐데……."
"무겁기는요. 오 준영아, 하늘 나라 천사 같구나."
안젤라 수녀는 아기의 볼에 입을 맞추며 사무실로 앞서 걸었다.
"가져온 물건 아이들 숙소에 가져다 주고 잠시 기다리세요."
"네, 알겠습니다, 사모님!"
기사가 뒤트렁크를 열고 커다란 선물 꾸러미를 꺼내 가슴에 안고는 원생들 숙소 쪽으로 향했다. 잘못하면 넘어질 것 같았다.
"신부님은 어디 가셨어요?"
사무실 안에 들어와 홍지연이 좌우를 살펴보며 말했다.
"군청에 가셨어요. 새로 들어온 아이들 호적 문제 때문에."
"아이들이 새로 들어온 모양이죠?"

"네, 3명인데 한 아이는 결손 가정에서 들어온 아이고, 두 아이는 형젠데 아버지가 교도소에 들어간 사이에 어머니가 집을 나간 아이들이죠."

"……."

사무실은 60년대식 목조 건물로 바닥이 마룻바닥이었다. 벽에는 원생들의 현황과 신기촌의 외형적 상태 등이 기록된 차트가 붙어 있었다.

편안했다.

홍지연은 신기촌에 내려와 이 사무실에 들어올 때면 언제나 고향 같은 포근한 감정을 느끼곤 했었다. 원생들의 숙소와 교사는 얼마 전에 신축해 과거의 모습을 모두 잃어버렸지만, 사무실만큼은 그녀와 남편 김명근이 우겨 보존(?)될 수 있었다.

고향을 잃고 싶지 않은 그녀의 마음을 김명근은 십분 이해했던 것이다.

"커피 한 잔……?"

안젤라 수녀가 커피포트에 물을 끓이며 홍지연을 쳐다보았다. 그동안 안경의 도수가 더욱 높아진 듯했다.

"네!"

"설탕을 지금도 넣지 않죠?"

자상하신 수녀였다. 언제나 상대의 마음과 어려움을 헤아려 따스한 손길로 어루만져 주시던 안젤라 수녀, 그녀의 손을 바라보는 홍지연의 마음은 서글퍼졌다.

"수녀님?"

"네."

"혹시 종수 오빠 소식 못 들으셨어요?"

홍지연은 조금 머뭇거리다 나종수의 소식을 물었다.

"종수……? 그때 이곳을 떠난 후 소식이 없군요. 불쌍한…… 어디서 무얼 하고 있는지……?"

"며칠 전 종수 오빠를 보았어요."

"뭐라고요? 오, 어디서?"

안젤라 수녀가 커피잔을 지연 앞에 내놓으며 궁금하다는 듯 물었다. 준영은 사무실 한쪽의 당직자가 사용하는 야전침대 위에 누워 새록새록 깊은 잠에 빠져 있었다.

"창사 연회를 하는 호텔의 연회장에서 얼굴을 봤어요."

"그래요? 지금 무슨 일을 하며 살고 있데요?"

안젤라 수녀는 나종수를 특별히 사랑했었다. 그녀는 그의 근성과 끈기와 그리고 남다른 형제애를 높이 사 친어머니같이 정성을 쏟았던 것이다.

"몰라요. 금방 어디론가 사라져, 준영 아빠도 몹시 안타까워하셨어요."

"그렇겠지요. 사장님과는 친형제 같은 사이였으니…… 그런데 며칠 전 형사라는 사람이 하나 와서 종수에 대해 여러 가지를 신부님께 묻고 가는 것 같았어요."

"형사가요?"

"네, 그래서 저도 무슨 일인가 궁금하고, 한편으로는 불안하기도 했는데……."

홍지연이 들고 있는 커피잔이 파르르 떨렸다. 왠지 모를 불길한 생각이 엄습해 왔다.
"뭐 별일 아닐 거예요. 사려 깊고 성격이 곧은 종수가 나쁜 짓을 하는 인간이 되지는 않았을 거예요. 성모님이 항상 그를 지켜 주시고, 또 이 늙은 안젤라의 기도를 받아 주실 테니……."
안젤라 수녀가 창가로 걸어갔다. 유리창 너머 저쪽 운동장으로 베드로 신부의 모습이 보였다. 운전기사와 인사를 주고 받고는 사무실로 향해 걸어왔다.
"신부님이 오시는군요."
안젤라 수녀가 말했다. 홍지연은 자리에서 일어나 출입구 쪽으로 나가 그를 맞았다. 마치 친정집에 와서 출타했던 친정 아버지를 맞이하는 그런 모습으로.

강동APT 단지.
자기 집을 마련한 입주자들이 부푼 가슴을 안고 입주를 시작하고 있었다. 장롱이며 각종 가전제품, 때로는 피아노 등 비슷비슷한 이삿짐을 트럭에 싣고 와서 콘도라에 실어올리는 입주자들의 얼굴이 푸른 하늘마냥 맑고 티가 없었다.
그들의 얼굴에는 목표 달성의 환희가 깃들어 있었다. 시골에서 혈혈단신 도시에 올라와 육신과 노동을 밑천삼아 이 번잡한 수도 서울의 한쪽에 자기 명의의 조그마한 땅과 보금자리를 마련한 사람들이나, 도시를 떠돌다 인연의 질곡에 묶여 부부로 살면서 직장으로 파출부로 일한 보람을 찾은 자의 웃음이나, 한탕 부동산 투기에 재미를 붙여

APT를 한번에 몇 동이나 사들인 졸부의 얼굴이 한 가지였다.
 그러나 APT 단지에는 입주자들만 있는 것이 아니었다. APT 입주자들의 어려운 주머니를 터는 암흑가의 군상들도 자신들의 한몫을 당당히 요구했다.
 "뭐요?"
 단지 내 출입구에는 봉고차와 각종 차량으로 바리케이드를 치고 출입자들의 용무를 체크하는 사내들이 있었다. 그들은 생김새로 보아 경찰은 아닌 듯했다.
 "샷시 업자입니다. 오늘 관리 사무소에서 입찰이 있다고 해서."
 "샷시?"
 "네, 뭐가 잘못되었습니까?"
 승용차를 세워놓고 건설업자인 듯한 두 사내가 말했다.
 "잘못되었지. 암, 한참 잘못되고말고…… 알았으면 가봐!"
 사내들은 비아냥거리며 승용차의 본네트를 주먹으로 내려쳤다. 노골적인 시비였다.
 "돌아가봐! 입찰은 우리가 볼 테니까. 땀 빼지 말고."
 "이게 무슨 짓입니까? 민주 국가에서 이래도 되는 겁니까?"
 업자들이 입을 모아 항의했다. 그렇다고 시늉 줄 인간들이 아니었다.
 "요 새끼들은 심심하면 민주를 찾는단 말이시! 그 얘기는 니 집구석에 가서 하고 여기서는 빠지거라, 아가야!"
 사투리를 쓰는 사내가 차문 안으로 손을 넣어 업자의 얼굴을 주먹으로 사정 없이 가격했다. 그의 코에서 코피가 터져 흘렀다.

"경찰을 부르겠소!"

업자가 흥분하여 경찰을 부르겠다고 말했다. 그도 쉽게 물러설 것 같지 않았다.

"워메, 이 개새끼 보소이! 똥파리 아저씨들하고 친한가 보네? 하이고, 쌍놈오 새끼!"

사내가 업자를 차 안에서 끌어내려 사정없이 구타했다. 손, 발, 머리, 모든 것을 무기로 삼아 가격하는 사내들에게 두 사람의 업자들은 속수무책으로 당했다.

"아악!"

"아악은 새끼야. 이제 병원에 가서 볼일 보거라 이. 여기 더 있으면 아가들만 골병 드니께."

업자들은 도망치듯 그곳을 빠져나왔다. 그 순간 10여 대의 승용차가 다가와 수십명의 사내들이 우르르 몰려 내리더니 출입구를 봉쇄하고 있던 사내들을 경고도 없이 공격했다.

"응, 뭐야? 이 새끼들?"

"뭐긴 자식들아, 터줏대감들이지. 살고 싶으면 여기서 꺼지고 죽고 싶은 놈들은 남고······."

10여 명 정도이던 사내들이 수십명의 공격자들에게 별다른 손도 못 쓰고 당했다. 삽시간에 수라장이 되었다.

"아악!"

"이 새끼들 죽인다!"

수세에 몰려 있던 자들 중에서 한 명이 나서며 재크나이프를 빼들었다.

"저 새끼가 최고로 죽고 싶은 놈이군!"

공격조에서 한 사내가 허리춤에 차고 있던 사시미칼을 빼들고 사정없이 그의 몸을 향해 날렸다. 무자비한 행동이었다. 어짜피 하나 정도의 희생을 각오하고 온 자들이었다.

"아악!"

재크나이프를 들었던 사내가 비명을 지르며 도로 위에 쓰러졌다. 그의 다리에 또 다시 사시미칼이 춤을 추었다.

"아——악!"

싸움은 그것으로 끝이었다. 이미 전의를 상실한 사내들이 칼 맞은 동료를 떠메고 그곳을 떠났다.

"후문도 상황이 끝났을 테니 관리 사무소로 가서 그곳을 봉쇄해. 제비 형님께서 이미 도착해 계실 거야."

공격조를 지휘하던 사내가 지시하고 승용차를 몰아 안으로 들어갔다. 그 뒤를 쫓아 사내들이 각자 타고 온 승용차에 올랐다.

관리 사무소 앞에는 정문과 후문 쪽에서 상대 조직원들을 물리치고 들어온 나종수의 부하들이 인의 장막을 치고 출입자들을 완전 봉쇄했다.

안에는 제비가 먼저 와 있던 입찰자와 그를 측면 지원하는 주먹을 위협하고 있었다.

"이곳 강동은 청산파의 근거지로 나종수 보스의 구역인 것을 알면서 이러시면 피차 곤란할 텐데."

제비는 말쑥한 양복 차림으로 뒷짐을 지고 있었다. 그 뒤에는 3명의 보디가드가 눈에 쌍심지를 켜고 그들의 일거수 일투족을 지켜보았다.

"우리 애들은?"

입찰에 나선 업자가 불안한 듯 주먹의 얼굴을 바라보았다.

"아, 당신들이 데려온 꼬마들은 이미 모두 이곳을 떠난 지 오래요. 뭐 크게 걱정하지 마시오. 다친 애들은 몇 명 되지 않으니까."

"뭐 뭐요?"

주먹이 자리를 박차고 일어나 사무실 밖으로 나갔다가 사색이 되어 들어와서는 업자의 귀에 대고 속삭였다.

"그래도 안 되겠소. 이게 얼마짜리 공사인데…… 나는 죽어도 입찰에 참여하겠소."

업자가 고집을 부렸다. 주먹이 몇번 더 그를 설득하다가 안 되겠다 싶었던지 자리를 떴다. 사태 파악이 빠른 친구였다.

"10분 후에 입찰을 시작하겠습니다. 입찰에 참여하신 업자들께서는 준비하십시오."

APT 관리소장과 입주자 대표가 사무실의 입찰함 쪽으로 나왔다. 직원이 백지 몇 장을 준비하고 그들 옆에 섰다.

"어이쿠!"

그 순간 고집을 부리던 업자가 뒤로 벌렁 자빠졌다. 누군가 그의 의자를 고의로 뺀 탓이었다.

"이 늙은이가 사람 발을 다치게 하네! 당신 나 좀 봅시다."

제비의 뒤에 서 있던 거대한 사내가 그가 넘어지는 바람에 발끝을 조금 다쳤다는 핑계로 업자의 목덜미를 잡아 밖으로 끌어냈다.

"미안하오! 시간이 없어서, 잠깐만 잠깐이면 되오."

"잠깐이고 만깐이고 구두값이나 물어내, 이 늙은아!"

"이놈들, 네놈도 한 패지? 하늘이 무섭지도 않느냐, 이놈들아!"
업자가 밖으로 끌려나가며 발버둥을 쳤다.
"입찰을 시작합니다. 업자들께서는 금액을 써 내십시오."
관리소장이 입찰 개시를 알리자 서류 봉투를 하나씩 든 두 명의 사내가 앞으로 나와 직원에게서 받아든 백지에 금액을 적어 입찰함에 집어넣었다.
입찰자는 그들이 전부였다. 소장과 입주자 대표가 자기들 사무실로 들어가 입찰 금액을 검토하고 나서 입찰을 공포했다.
"낙찰 한보 샷시 1백 60만원!"
제비는 입찰에 나섰던 업주 대표를 바라보며 만면에 웃음을 지었다. 2천7백 세대의 샷시 공사를 움켜쥔 업주 대표는 엄지손가락을 세우며 기뻐했다.
제비는 응찰에 바지로 참여했던 업주에게 소정의 떡값을 쥐어주고 관리 사무소를 빠져나왔다.
(동당 30만원의 리베이트라면 2천7백동 곱하기인데 어림잡아 8억원이라. 가히 대단한 사업이군. 역시 우여사를 잡은 게 커다란 복이야!)
제비는 APT 단지를 빠져나오며 출입구 쪽에 얼굴이 상한 사내 둘이 파출소에서 데려온 순경과 뭐라고 실갱이를 벌이는 모습을 보고는 웃음을 터트렸다.
"카폰?"
"여기 있습니다, 형님!"
제비는 기사가 돌려준 카폰으로 보스 나종수를 연결했다. 나종수의 목소리가 맑았다. 옆에는 우여사가 기분이 좋은지 깔깔거리며 웃는 소리도 들렸다.
"제비! 수고했다. 아이들에게 회식이라도 시키고 해산시켜라!"
"네, 보스!"
제비는 카폰을 끄고 차창을 바라보았다. 기분이 좋았다. 보스가 요즈음 그렇게 즐거워하는 것을 처음 보았기 때문이다.

태민파에 1급 소집령이 떨어졌다. 지역 보스급 이상에게 내린 명령이 아니라 중간 보스급과 행동대장 그리고 태민파가 직영하는 각종 업소의 대표까지 불러들인 간부 소집령이었다.
"이런 일은 처음인 것 같은데 무슨 일일까요, 사장님?"
"글쎄, 나도 감이 안 잡힌다."
검은색 그렌저의 뒷좌석에 앉아 있는 배불뚝이 사내는 용궁의 사장이었다. 앞좌석에는 기사와 또 다른 사내가 앉아 그와 대화를 주고받았다.
"사장님! 혹시 또 전쟁을 벌이려는 건 아닐까요?"
"전쟁?"
"네, 심포파에 대한 복수전 말입니다."
"그렇더라도 그깟 지방 조직과의 전쟁 때문에 조직의 전 간부를 소집했을까? 전쟁 계획은 항상 우리 용궁에서 하달되었는데……."
용궁 사장은 껌을 하나 꺼내 입에 넣고 질겅질겅 씹기 시작했다. 그는 요즘 담배를 끊고 있는 중이었다. 몸무게가 80킬로를 넘고부터 당도가 기준치를 한참 오버되어 술은 물론 담배까지 끊을 정도였다.

"어쨌든 과거에 없었던 일 아닙니까? 집결 장소가 가평에 있는 보스의 별장이란 것도."

"그곳에서 혹시 회식이라도 벌여 주려는 것 아닐까요?"

핸들을 잡고 있던 운전기사가 그들의 대화에 끼어들었다.

"야 방개, 주둥이 닥치고 운전이나 똑바로 해."

"아, 네…… 그렇게 하겠습니다."

앞좌석의 사내가 불경(?)스러운 기사를 나무라고 계속 말을 이었다.

"저 사장님, 요즘 갑자기 나타난 나종수에 대해 어떻게 생각하십니까?"

그는 화제를 다른 것으로 바꾸었다. 입이 무척 심심한 사내였다.

"나종수?"

"네, 심포파의 장강을 보내 버렸고, 강남 OA파까지 먹어 버린 그자 말입니다. 대단한 놈이라 생각치 않으십니까? 죄송하지만 담배 좀 한 대 꼬시겠습니다."

"오 그래, 피워. 내 눈치 볼 것 없어. 요즘엔 담배 냄새를 맡아도 참을 만해."

"저 그럼……."

사내가 미안한 듯 담배를 태워 물었다. 필터가 짧은 양담배였다.

"나종수는 똘마니들을 잘 둔 것 같애. OA파와의 다툼에서 사망한 사고가 나자 바지들을 자수시켜 사태를 조기에 종결시켰어. 그리고 곧바로 심포파의 장강을 제거하여 단시간에 주목받는 조직으로 큰 것은 죽음을 아끼지 않는 똘마니들이 없으면 불가능한 일이거든."

그는 똘마니라는 비어를 쓰며 자칭 암흑가의 전문가라도 되는 듯 거드름을 피웠다.
"아니……? 이봐 방개, 차 좀 세워 봐!"
"넷? 왜 그러십니까?"
"잔말 말고 차를 세우라니까. 사장님, 저기 좀 보십시오."
사내가 차창 밖을 손짓하며 말했다.
"뭐야? 뭘 보라는 거야?"
"저년 말입니다. 저 슈퍼마켓에서 걸어 나오는 여자, 용궁에 있던 미스 육 아닙니까? 왜 있잖습니까? 보스 방에서 도망쳤던……."
"오 그래! 옳지 틀림없어. 저년을 여기서 만나는군!"
대로변의 대형 슈퍼에서 육형사가 무엇인가를 한아름 사들고 나오고 있었다. 그녀는 혼자였다. 행동으로 보아 택시를 잡을 모양이었다.
"옳지! 잘 만났다. 그렇잖아도 저년 때문에 보스한테 깨진 생각하면 잠도 안 오는데. 야, 내려서 저년 차에다 실어!"
"대로에서 말입니까?"
"이것들이 장사 한두번 해보나?"
"아 네, 알겠습니다, 무슨 뜻인지. 방개, 내려!"
사내가 문을 열고 내렸다. 기사도 차를 도로 옆에 세우고 그를 따라 내렸다.
사내들은 커다란 봉투를 앞가슴에 들고 있는 육형사 옆으로 조심스럽게 다가가 한 사내가 느닷없이 그녀의 목덜미를 내려쳤다.
"어멋!"
"이년, 서방 있는 년이 집을 나와 다른 놈과 동거를 해! 이 더러운

년!"

사내는 육형사의 뺨을 거푸 올려치며 정신을 어지럽혔다. 주변에 모여들었던 사람들이 혀를 찼다.

"빨리 차에 타, 이년아!"

육형사가 들고 있던 봉투를 놓치자, 그 속에서 양념과 소세지 그리고 미원 등이 쏟아져 도로 위를 굴렀다.

"아니, 당신들은?"

"아가리 닥쳐! 죽기 싫으면."

"용궁……?"

승용차는 아무런 일 없었던 듯 유유히 도로 위를 달렸다.

"왜, 네가 도망가면 다시는 우리 손에 안 잡힐 줄 알았지? 그때 경찰놈들만 아니었으면 네년은 지금쯤 청평댐의 물고기 밥이 되었을 거야."

용궁 사장이 회심의 미소를 지으며 말했다.

"……"

육형사는 사태를 직감했다. 그들은 그녀가 경찰인 줄을 모르고 있는 듯했다.

"야, 이 철부지야, 도망갈 사람이 따로 있지, 보스의 손길을 뿌리치고 도망을 쳐."

"무서워서요."

육형사는 순진함을 가장해 떨리는 목소리로 말했다.

"무서워? 하하하!"

용궁 사장은 갑자기 커다랗게 웃었다. 육형사의 행동이 아무리 생각해도 철부지 같았던 모양이다.
"자네 숫처녀인가?"
"넷?"
"자네 숫처녀냐고? 아직 한번도 남자 경험이 없느냐 말야, 내 말은?"
육형사는 그의 물음의 진의를 몰라 잠시 머뭇거렸다.
"이봐, 빨리 말씀드려. 빵꾸가 한번 났었느냐 그 말씀이셔."
앞좌석의 사내가 재미있다는 듯 희희낙락했다.
"입 닥치지 못해. 보스께서 특별히 신경쓰는 아이야."
"죄송합니다."
사내가 입을 다물고 앞을 응시했다. 육형사는 그들이 위협을 가하려는 것은 아니라는 것을 알았다. 그녀는 뒷주머니 속에 있는 경찰 수첩이 신경 쓰였다. 그 속에는 경찰 신분증이 들어 있었기 때문이다. 자칫 신분증이 사내들에게 발각된다면 무슨 일이 일어날지 장담을 못 한다는 생각이 미치자, 그녀는 식은땀이 절로 났다.
　차가 강가를 연이은 도로 위를 달리는 듯했다. 서울 근교 가평 쪽의 경춘 국도인 것 같았다. 영임이 전화를 받고 기다릴 텐데…… 그녀는 입술을 지그시 깨물었다.

14
암흑가의 공포

가평 근교 오태민의 별장에는 산 밑 진입로에서부터 별장까지 1백여 대의 고급 승용차로 가득 메워졌다.

「귀국 환영, 17인의 형제들」

별장 입구의 길목에는 일본에서 돌아온 조직원들을 환영하는 내용의 플래카드가 걸려 있었다.

환영연은 별장 뒤편의 창고로 쓰이는 가건물을 임시로 수리해 사용했는데도 그런 대로 운치가 있었다. 참석 인원은 총 50여 명이었다.

"이번에 오태봉과 고전무가 15명의 형제들을 이끌고 도일, 일본 야쿠자 3대 조직의 하나인 슈미즈렌꼬조와 우리와의 형제 결연을 성사시키고 왔습니다. 이번 결연은 우리 조직의 튼튼한 기반을 더욱 공고히 하는 것으로 커다란 의의가 있다 할 것입니다. 먼저 장도를 다녀온 고전무가 슈미즈렌꼬조의 제6대 총보스 하랴료의 친서와 우리 조직에 보내 온 선물을 공개하겠습니다."

원로가 오태민의 좌측에 앉아 있다가 장내를 돌아보며 말했다. 좌중이 찬물을 끼얹은 듯 조용했다. 고전무가 일어나 오태민에게 목례한 후 좌중을 향해 인사했다.
"먼저 하랴료 6대목, 즉 슈미즈렌꼬조의 총보스가 우리 조직에 보낸 친서입니다."
그는 슈미즈렌꼬조를 상징, 사쿠라가 그려진 빨간색 봉투에서 붓글씨가 정연하게 쓰여져 있는 서찰을 낭독했다.
"나 슈미즈렌꼬의 6대목 하랴료는 오늘 한국 암흑가의 명예 태민과의 여러 형제들이 뜻을 모아온 사카스키배를 허락하고, 그 기쁨이 실로 크다 할 수 있습니다. 앞으로 형제의 우애와 도타운 정으로 고락을 함께 하는 의미에서 약속한 선물과 함께 보낸 단배(丹盃)를 영원히 간직하길 바랍니다."
고전무가 서찰을 낭독하자, 장내가 잠시 소란스러웠다. 서찰의 언사가 왠지 고압적인 느낌이 들었기 때문이다.
"조용 조용! 자, 다음 선물을 개봉하시오."
원로가 말했다.
"넷!"
고전무가 양복 상의에서 또 하나의 빨간색 봉투를 꺼내 오태민에게 전했다. 좌중의 시선이 그에게 쏠렸다.
오태민이 봉투를 뜯고 그 속에 있는 한 장의 작은 종이를 꺼냈다. 수표였다.
오태민이 그 수표를 들여다보더니 짐짓 놀라는 표정이었다. 그가 그 수표의 액수를 말했다.

"1억엔, 아사히 은행권 자기앞 수표군!"
"1억엔! 역시 대단하군!"
좌중은 서로의 얼굴을 쳐다보며 놀라는 표정이었다. 결연의 선물로 우리나라 돈 7억원을 선뜻 보내 온 그 통과 배짱은 잠시 전의 서찰로 인한 불쾌감이 한꺼번에 사라진 모양이었다.
"다음은 보스께서 한 말씀 하시죠."
원로가 오태민에게 말했다. 그도 흡족한 표정이었다. 오태민이 자리에서 일어섰다.
"오늘 이 자리는 우리 조직이 일본 조직과 연계를 한 것을 축하하는 자리이기도 하지만, 사실은 얼마 전에 있었던 치욕적인 일로 조직 전체의 분위기가 가라앉은 듯해 특별히 형제들의 사기를 위해 마련한 자리니, 마음껏 드시고 즐기시기 바랍니다."
"와!"
오태민이 자리에 앉자, 좌중이 손을 들어 박수를 치며 함성을 질렀다. 그와 함께 밴드가 들어와 음악을 연주하기 시작했고, 원로가 덕담을 이야기하며 건배를 제의했다.
"조직의 발전과 단결을 위해!"
"건──배!"
오태민은 한 잔 들이키고는 원로와 오태봉 그리고 고전무를 대동하고 자리를 옮겼다. 자리는 별장 안의 밀실이었다.
"고전무 돌아오기를 보스께서 눈이 빠지게 기다리셨소. 지난번 당한 치욕이 마음에 걸려 밤잠을 설치신 모양인데, 그 동안 생각한 작전이 있으면 말해 보시오."

원로가 자리에 앉자, 고전무는 물 한 컵을 따라 마시고 입을 열었다.
"지난 일에 너무 얽매이지 마십시오, 보스. 싸움엔 병가지상사란 말이 있는 겁니다."
고전무가 오태민의 심기를 누그러트리는 말을 했다.
"지난 일을 후회하는 건 아니지만, 하룻강아지에게 당한 생각을 하면 울화가 치밀어 홧병이 될 것 같아!"
오태민이 상 위에 있는 술잔을 들어 한 모금 마셨다.
"보스, 저는 지난 20여일 동안 일본에 있으면서 많은 것을 느끼고 왔습니다. 그 중에서도 매사를 서두르면 일을 망치기 쉽다는 것을 뼈저리게……."
"서두르면 일을 망친다……?"
"그렇습니다, 보스. 호랑이는 토끼 한 마리를 잡는 데도 최선을 다하죠. 사자는 어린 새끼 사슴을 잡는 데도 최대한 기다려 자신에게 조금이라도 유리한 공격 시점을 찾는다고 했습니다. 저에게 따로 준비한 일계가 있으니 좀 기다려 주십시오."
"일계?"
오태민과 원로가 입을 모아 대답했다.
"네."
"그게 뭐요? 어떤 계책이오?"
원로가 더 궁금함을 표했다.
"호산지책, 화해로써 불러들여 잡아 버리는 겁니다."
"호산지책? 그게 무슨 뜻이오?"

원로가 다시 질문했다. 오태민 형제도 귀를 쫑긋거리는 것 같았다.
"옛날 전국시대에 월나라는 변방의 작고 강성한 부족 정(正)에 여러 가지로 시달리고 있었습니다. 정벌과 달래는 무마책도 그들에게는 통하지 않았던 것입니다. 정은 나라는 작으나 국민성이 강하고 또한 군대가 정예병이었기 때문입니다. 그래서 월에서 생각해 낸 것이 호산지책(虎山之策)의 계입니다."
 월나라와 정나라 중간쯤에 호산(虎山)이란 산이 있었다. 월은 그 산에서 전국시대를 주름잡는 각 제후에게 평화를 도모하는 화해의 장(場)을 마련, 사발통문을 돌려 제후들을 모이게 한 후, 그 평소의 용맹성과 강직성으로 원수의 땅인 줄 알면서도 군중심리에 휩쓸려 참석한 정(正)의 제후를 암살, 각 제후들에겐 공포를 심어줌과 동시에 후환을 없애 버릴 사책(邪策)이 호산지책이었다.
 "그건 좀 비겁한 일이 아닐까? 그리고 놈들을 끌어내기도 난감한 일이고……?"
 "그렇습니다, 보스. 우리 전력을 총출동시켜 공격하면 나종수와 심포파는 하루를 견디기 힘들 겁니다."
 오태민 형제가 부정적 견해와 강공책을 거론했다.
 "또 한번의 섣부른 강공책은 역효과를 내기가 쉽습니다. 그렇잖아도 요근래 발생한 몇 건의 사건으로 암흑가를 바라보는 경찰이나 언론 그리고 일반인들의 시선이 곱지 않습니다. 이럴 때 대규모 병력을 움직여 그들의 공분을 불러일으켰다가는 사태는 전혀 엉뚱한 방향으로 흐르기 쉽습니다."
 "그 점은 그래…… 내가 항상 걱정되는 점이야."

오태민이 그 말에도 일리가 있다는 표정을 지었다. 3년 전에도 몇 개의 연속적인 사건으로 언론에 불이 붙어 전 암흑가가 얼마 동안 지하로 잠적하는 일을 경험한 바가 있었기 때문이다.

"그놈들을 한 곳에 모을 수 있는 방법이 있는 모양인데, 고전무, 그 점을 얘기해 보시오."

원로가 귀를 바짝 기울이며 말했다. 오태민도 관심은 마찬가지였으나, 오태봉은 뭐가 그리 복잡하냐는 듯 시큰둥한 표정이었다.

"놈들을 한 곳에 모으기 위해선 우선……."

고전무의 설명에 오태민과 원로는 주름을 펴며 찬탄을 금치 못했다. 역시 태민파의 모사답다는 칭찬이 두 사람에게서 연달아 나왔다.

"역시 고전무야. 머리 하나는 조조 이상이라니까, 하하하. 뭐야?"

오태민이 기분이 좋다는 듯 술잔을 기울이다가 문을 열고 들어온 보디가드에게 물었다. 무엇인가 전할 말이 있는 모양이었다.

"보스, 지난번에 도망을 쳤던 년을 잡아왔습니다."

보디가드가 가까이 접근해 작은 소리로 말했다.

"밑도 끝도 없이 그게 무슨 소리야, 임마?"

"지난번 청평 호텔에서 도망쳤던 년 말입니다."

"뭐야? 용궁에 있던 그 아이 말야?"

고전무는 육형사의 그 풍만하고 건강미 넘치는 몸이 떠올랐다.

"네, 용궁 사장이 그년을 데리고 왔습니다."

"이 새끼는 말끝마다 년년이야!"

오태민이 보디가드의 뺨을 올려붙였다. 그의 말투가 귀에 거슬렸던 것이다.

"아이고 보스, 죄송합니다."
"그 아이를 잘 데리고 있으라고 해."
"네, 보스!"
그가 나가자, 오태민은 만면에 즐거운 미소를 보이며 술을 권했다. 모처럼 그는 흡족하게 취하고 싶었다. 매사가 순조롭게 잘 풀리는 듯했다.

"어떻게 된 걸까?"
"글쎄요? 육형사의 성품으로 보아 공무가 아닌 일로 집을 비우고 이렇게 아무 연락 없이 출근이 늦은 일은 없었는데? 그래도 뭐 별다른 일 있겠습니까?"
"어제 우리 딸과 전화 통화 이후 증발이야. 딸애와 집에서 만나기로 했던 모양인데. 그리고 증발이라고……."
이계장은 안절부절 못하고 사무실을 이리저리 왔다갔다 했다. 목이 탔다.
(영임의 말로는, 맛있는 저녁찬을 준비하고 갈 테니 밥만 전기 밥솥에 안쳐 놓으라고 했다는데…… 틀림없이 무슨 사고가 난 거야. 무슨 일일까? 혹시 교통사고라도 나서 병원에…… 그럴지도 모르지.)
이계장은 자신의 자리로 가서 앉으며 조형사에게 말했다.
"조형사, 종합 상황실에 가서 서울 시내에서 어제 오후에 일어났던 교통사고를 살펴봐. 혹시 피해자 중에 육형사와 비슷한 인상착의를 가진 여자가 있는지 말야."

14. 암흑가의 공포 233

"네, 계장님. 너무 걱정 마십시오. 육형사가 누구입니까? 아무 일 없을 겁니다."

조형사가 자리에서 일어나 사무실을 나갔다. 벽시계는 11시를 가리키고 있었다.

잠시 침묵이 흘렀다. 그 침묵을 전화벨 소리가 깨트렸다.

"네, 시경 폭력계입니다. 네, 뭐라고요? 육순경이라고요? 그렇습니다."

남형사가 전화를 받으며 이계장을 바라보았다.

"이리 줘봐! 아 여보세요, 말씀하십시오."

이계장은 수화기를 건네받고 상대에게 말했다.

상대는 학교에 다니는 대학생인데, 어제 가평 유원지에 급우들과 MT를 갔다 오다 도로가에서 작은 손지갑을 주웠고, 그 속에 경찰 신분증이 있어 본인에게 전해 주려 한다는 것이었다.

"고맙소, 학생. 거기 어디요? 내 만나서 몇 가지 물어볼 말이 있소. 아, 별일 아니니까 겁내지 마시고, 꼭 협조를 부탁하겠소, 학생. 옳지, 한 30분 정도만 기다려요. 내 도서관 앞으로 가리다."

"육형사의 신분증이 든 지갑을 청평 근교에서 그 학생이 습득했단 말입니까?"

최형사가 의문스런 얼굴로 질문했다. 형사들 모두가 얼굴이 일그러졌다. 그들의 육감 모두가 불길한 모양이었다.

"자네들은 어제 지시대로 계속 움직여. 항도파의 조도건이 미제에 빠지면 안 돼. 나 좀 나갔다 올게."

"계장님! 혼자 가셔서 되겠습니까? 저희들 하나라도 모시면……."

"됐어!"
이계장은 계원들에게 손을 저으며 밖으로 나갔다.

도서관 앞 자유의 광장이란 팻말 밑에 학생이 나와 있었다. 그는 이계장을 보자 시경에서 왔느냐고 물었다. 똑똑하게 생긴 얼굴이었다.
"고맙소, 학생. 이것이……."
이계장은 학생이 내놓는, 육형사의 손때가 묻은 지갑을 받아 펼쳤다. 갑자기 가슴이 메어지는 듯했다. 그 속에는 신분증과 약간의 돈 그리고 메모지가 몇 장 들어 있었다.
"이것을 습득한 장소를 정확히 기억하겠소?"
"네, 남이섬에서 나와 서울로 오는 첫번째 간이 정류소 앞쪽 도로가에 있었어요."
"그러니까 서울 쪽이 아닌 춘천 방면의 도로가란 말이군요. 그리고 시간은?"
"네, 그때가 저녁 8시쯤 됐을 거예요."
"저녁 8시……?"
"네, 정확할 거예요. 그런데 이 여자도 형사예요?"
학생이 호기심을 갖고 질문했다. 여자가 형사라는 것이 아무래도 궁금한 듯했다.
"그렇소! 그런데 이 고마움을 어떻게…… 학생, 마침 점심 시간인데 친구들하고 함께 식사라도 한 끼 해요. 정말 고마웠소."
이계장이 지폐를 몇 장 꺼내 안 받으려 하는 학생의 포켓에 억지로 끼워주고 교정을 나섰다.
 (저녁 8시, 가평 방향으로 육형사가 왜 갑자기 떠났을까? 그리고 길가에 떨어져 있던 이 지갑은 뭘까? 육형사는 어제 내 집에 오려 했던 것이 여러 정황으로 볼 때 틀림없는데, 갑자기⋯⋯ 그래, 누군 가에게 납치된 거야. 7시경이면 집에 와서 무엇인가를 만들어야 했을 여자가 갑자기 가평 방향으로 간 거 하며, 길가에 버린 이 지갑⋯⋯ 아, 납치된 게 틀림없어. 그렇다면 누가, 무엇을 노리고⋯⋯?)
 이계장은 승용차를 몰아 서울을 벗어나며 계속 머리를 굴렸다. 핸들을 잡고 있는 손에 땀이 났다.
 (납치 시간은 오후 6시 전후, 러시아워를 감안하면 그 정도일 거야. 그런데 육형사를 납치할 만한⋯⋯ 오라! 오태민 그 인간이야. 내가 왜 그 생각을 이제 했을까? 지난번 청평 근교의 호텔 사건을 앙심 먹고 일을 저지른 게 분명해. 그렇지, 이제야 모든 게 분명해지는군. 그런데 왜 지갑을 육형사가 그곳에 떨어트렸을까? 구원을 요청하는 신호⋯⋯ 그럴 수도 있겠군. 그리고 그렇지, 반대로 자신의 신분을 숨기기 위해 갖고 있던 신분증을 차 안에서 기회를 엿보아 버렸을지도 몰라.)
 이계장은 가슴이 진정되지 않았다. 그는 승용차를 노견에 세우고 육형사의 수첩을 꺼내 안을 자세히 살펴보았다.
 메모지가 나왔다. 여러 개의 전화번호와 그리고 어느 한쪽에 이계장 자신과 영임의 생일 날짜가 적혀 있었다.
 (아니, 육형사가 영임이와 내 생일 날짜까지?)
 이계장은 손수건을 꺼내 손바닥의 땀을 닦았다. 담배를 태워 물었다. 대책이 서지 않았다. 육형사의 행방에 대한 막연(?)한 심증만으로 함부로 다룰 오태민이 아니었기 때문이다.
 이계장은 차 안에 설치된 경찰 비상 무선전화로 계원들을 호출했다. 아무리 생각해도 자신이 혼자 해결할 일이 아닌 듯했다.
 계원들은 이계장이 담배 몇 대(?) 피울 사이에 몰려들었다. 그들도 사태의 심각성을 느끼고 있는 모양이었다.
 "오태민 일당에게 끌려간 것이 확실하다면, 계장님, 제가 그곳에 다녀 오겠습니다."
 최형사가 뭔가 짚이는 게 있는 듯 말했다.
 "무슨 단서라도……?"
 "지난번 그 호텔과 근방의 태민파가 사용하는 몇 개의 업소와 별장 등을 살펴보겠습니다."
 "조형사가 동행하고 섣부른 행동은 절대 금물……."
 이계장의 말이 끝나기도 전, 그들은 최형사의 차에 올라탔다.
 "남형사는 용궁과 오태민 주변을 감시해. 조심해야 돼. 놈들은 육형사가 경찰이라는 것은 모르고 있는 듯해. 자칫 그게 발각되면 어떤 짓을 자행할지 모르니까."
 "계장님! 알겠습니다."
 남형사가 그 자리를 떠나자, 이계장은 문득 자신이 혼자 황야에 버려진 듯한 착각에 빠져 버렸다. 아내가 병상에서 자신과 딸을 버리고 떠났을 때도 그랬다.
 "여보, 미안해요!"
 아내는 마지막 임종을 하면서까지 미안하다는 말을 했었다. 그녀는 인종의 여자였다. 참고 온유하며 끝없이 자기 희생을 할 줄 아는 그런 여자였다.
 "그래도 내 생애에서 당신을 만나고 영임을 하느님께 선물받은 것이 가장 행복한 순간이었어요. 여보, 좋은 여자 만나 당신의 원대한 뜻을 펼치는 훌륭한 사람이 되세요. 그 동안 당신에게 많은 짐만 되고 사랑을 주지 못한 것이 한이 돼요. 그러나 여보! 저는 한없이 행복해요. 나의 분신 영임이 저렇게 잘 자라고 있으니……."
 그 말이 아내의 마지막 유언이 되었다. 그 말을 끝으로 꿈을 꾸듯 수면을 취하던 아내는 3일만에 조용히 숨을 놓았었다.
 그리고 아내가 간 지 3년만에 그 앞에 나타난 여자가 육형사였다. 그녀는 여러 모로 아내하고 다른 점이 많았으나, 그녀가 화사한 웃음을 지을 때면 어김없이 죽은 아내를 떠올리게 만드는 마력이 있었다. 그의 딸 영임도 그녀의 웃음 속에서 죽은 제 어미의 환영을 보는 듯했다.
 무선이 작동되었다. 그를 지급으로 찾는 과장의 목소리가 들렸다.
 "이계장, 지금 뭐하나? 방금 외사국에서 긴급 정보를 보내 왔어. 일본 경시청에서 보내 온 정보야. 얼마 전 한국의 폭력조직이 일본으로 대거 건너와 사카스키의 결연을 맺고 모처에서 특별 훈련까지 받고 돌아갔다는 거야."
 "특별 훈련요?"
 "그래! 윗사람들이 이 정보 보고를 받고 난리야. 파악된 것이 있으면 즉시 가져와야겠어. 일본 야쿠자와 연계된 조직, 그리고 도일했떤 인원과 그들의 행적 등에 대해서 말야, 알겠나?"
 과장은 자기의 할 말만 끝내고 들어가 버렸다. 한국 폭력계가 일본 야쿠자와 연계되어 있다는 것이 새삼스러운 것은 아닌데, 호들갑을 떠는 간부들의 모습이 이계장은 마음에 들지 않았다.

물살이 잔잔했다. 멀리 한강 유람선이 한가롭게 떠 있었다. 그 뱃전에는 낚싯줄을 드리운 강태공들이 물고기 대신 추심을 낚는 듯 움직이지 않고 앉아 있었다.
정중동.
움직이지 않는 곳에 움직임이 있다는 말을 실천하듯 강태공들은 지루한 시간과의 싸움을 하는 듯했다.
"아저씨! 다름이 보세요. 저 혼자만 가지려 한대요."
"너 이리 와!"
"아저씨……."
아름이가 손을 흔들며 집행인에게 달려왔다. 그 뒤를 손을 들러맨 다름이가 쫓아오다 집행인을 보고 슬그머니 손을 내렸다. 아이들 손에는 산소를 넣은 풍선이 하나씩 들려 있었다. 노는 것으로 보아 다름이가 욕심을 부린 듯했다.
"다름아, 누나 것을 빼앗으면 어떤 사람이라고 했지?"
집행인이 다름이에게 손을 벌리며 말했다. 아이가 다가와 안겼다.
"나쁜 사람요."
"그런데 다름이는 왜 누나 것을 빼앗으려 했지?"
"그냥요."
"다름이는 유아원에서도 내 것을 빼앗으려고 한데요."
"너 이——또 일러라, 일본놈!"

14. 암흑가의 공포   239

아름이의 고자질이 얄미운 듯 다름이는 주먹을 쥐고 흔들었다. 귀엽고 천진한 모습들이었다.
"다름아, 저게 몇 개인지 아니?"
집행인이 멀리 잠실 쪽 하늘 위에 떠 있는 애드벌룬을 가리키며 말했다.
"하나 둘, 네 개요!"
대답은 아름이가 먼저 했다. 이미 숫자와 한글을 어느 정도 깨우친 아름이는 그런 숫자 물음에 자신이 있다는 표정이었다.
"너――나도 안다!"
다름이가 자신의 공을 가로채인 듯 섭섭한 표정을 지으며 집행인에게 동조를 구했다.
"그럼, 우리 다름이가 얼마나 똑똑한데 그래! 그깟 것을 모르겠니, 그지?"
집행인은 다름이를 하늘 높이 들어 커다란 원을 그리며 한 바퀴 돌았다.
하늘이 빙빙 돌았다. 신기촌의 하늘도 저랬을까. 집행인은 어린 원생 시절 신기촌의 집사 아저씨가 서울 구경을 시켜 준다며 자신의 머리를 두 손으로 잡고 하늘 높이 쳐들었던 그때가 생각났다. 서울이 보이니, 서울이 보이지? 네, 저만치 서울이 보여요. 얼마나 멀리? 저만치, 백리만치…….
집행인이 손목시계를 보았다. 오후 2시, 시간으로는 정각이었다. 집행인이 파라솔 밑으로 가서 의자에 앉았다. 아이들 둘이 간이 매점으로 달려가더니 아이스크림을 하나씩 사들었다. 아름이는 천원짜리를 거스른 잔돈을 받아 자신의 작은 주머니에 집어넣었다. 행동이 앙증맞고 똑똑했다.
"종수……."
저만치 나종수가 걸어온다. 오랜 세월의 거리를 좁히며 그가 너무도 여유 있게 걸어왔다.
그는 멀리 받쳐 놓은 승용차에서 내려 서 있는 기사만을 대동한 행차(?)인 듯했다. 그가 가까이 다가와서 손을 내밀었다. 따뜻하고 정이 가는 손이었다.
형제, 그들은 한 곳에 본적지를 둔 형제였다.
"형!"
"종수!"
둘은 누가 먼저랄 것도 없이 뜨겁게 포옹했다. 오래도록 놓고 싶지 않은 형제의 정이 전류처럼 둘 사이에 흘렀다.
"많이 변했군요. 그리고 지난번 그곳에서의 만남은 잘못된 것이었습니다. 진심으로……."
"아닐세, 그것이 어찌 자네 탓이겠나? 아! 정말 반갑군! 이게 얼마만인가?"
둘은 의도적으로 지난 일들을 잊기로 한 듯했다. 집행인이 권하는 의자에 나종수가 앉았다.
"아저씨, 이 아저씨 친구야?"
다름이가 아이스크림을 든 채 호기심을 보였다.
"그래! 아저씨 친구란다. 인사해야지."
"안녕하세요?"

아름까지 합세하여 인사를 하고는 저만큼 공터로 나가 둘이 놀이에 열중했다.
"저 아이들은……?"
"그렇게 됐어. 지금은 내가 보호자인 셈이지. 좋은 보호자가 될 수 있을지 항상 그것이 걱정일세."
집행인은 잠깐 동안 아이들의 내력을 설명해 주었다. 왠지 나종수에게 그 이야기를 해주고 싶었다.
"아! 그러셨군요. 역시 형다운 행동이십니다."
나종수는 깊은 감동을 받은 모양이었다. 아이들을 통해 자신의 어린 시절이 생각난 듯 눈물이 맺힌 것을 집행인은 놓치지 않았다. 역시 우리들은 어쩔 수 없는 감상주의자라는 생각을 하면서.
"태민파 소식 들으셨습니까?"
나종수가 정색을 하면서 말했다. 그들은 서로의 조직에 위협을 느끼고 이심전심으로 만남의 시간을 가진 것이었다.
"총소집령이 내렸다더군! 역시 공격의 타켓은 우리겠지."
"소집령보다도 태민파가 일본 야쿠자와 손을 잡은 모양입니다."
"야쿠자와?"
"십여 명이 넘는 행동대원들을 보내 교육까지 받고 온 모양이던데요."
"미친…… 역시 오태민답군. 그런 놈이 보스라니……."
집행인은 작은 성냥갑에서 성냥개비를 꺼내 하나씩 꺾어 버렸다. 나종수는 그의 모습에서 옛날의 한순간이 떠올랐다.
"그렇게 맞고도 무릎을 꿇지 못하겠단 말이군?"

어린 최명규가 군대 내무반식으로 만들어놓은 숙소의 침상에 앉아 성냥개비를 부러트리며 항복을 권유했었다.
"형이라고는 하겠으나 항복을 할 순 없어."
나종수는 얼굴이 온통 부어 시퍼런데도 개의치 않고 끝까지 명규의 얼굴을 쏘아보았다.
"항복을 하지 못하는 어떤 이유라도 있니?"
명규가 끝내는 포기한 듯 종수를 달래고 나왔다.
"사내는 항복하면 죽는 거라고 했어. 항복하면 나는 죽어."
"뭐? 누가 그런 소릴 하던……?"
"몰라. 그러나 나는 항복은 안 해. 차라리 그렇게 되면 나는 죽고 말 거야!"
"못 말리는 놈이군."
집행인은 내가 졌다며 침상에서 내려오면서도 성냥개비 하나를 부러트렸다.
"형! 어떡하실 겁니까? 태민파와 피를 부르는 대전쟁을 피해 갈 수 없는 것이 심포파나 우리의 입장인데,"
"어떻게 했으면 좋겠나? 많은 생각을 했지. 하지만 뾰족한 방법이 없었어. 그러나 한 가지 결심한 것은 있네."
"결심요?"
"그렇지, 결심. 나종수, 너의 이름을 이렇게 불러 보는 것도 오늘이 마지막이야. 나와 심포파를 맡기겠다. 이게 나의 결심이야. 나는 너를 안다. 너는 대부(代父)가 될 수 있는 모든 조건을 갖춘 인간이야. 나는 너의 그늘에서 숨을 쉬겠다. 수양산 그늘이 천리를 간다

하지 않던가? 받아줄 수 있겠지?"
집행인이 일어나 서더니 한쪽 발을 꿇었다. 그의 눈에 눈물이 맺혔다.
"형! 고맙습니다. 어려운 결심을 해 주셨군요. 신명을 다 바치겠습니다."
나종수가 집행인의 손을 잡아 끌었다. 두 사내의 손이 뜨겁게 맞잡았다.
"보스, 꼭 대부가 되셔야 합니다. 이 땅에 밤의 제국을 세우고 그 황제에 즉위해야 합니다. 그것이 신기촌의 한 작은 소년의 야망이고 이 사회를 향한 절규임에, 아무도 욕하고 손가락질하지 못하는 큰 사람이 되십시오."
"형!"
또 다시 두 사내가 엉켜 얼굴을 비벼댔다. 감동적인 만남과 사나이들의 결합이었다.
"아저씨, 왜 그래?"
"아저씨……."
두 아이가 다가와서 걱정스럽다는 듯 말했다.
"아니다, 얘들아! 형, 내가 이 아이들의 대부가 되고 싶은데……."
나종수가 아이들의 양 손을 하나씩 잡으며 말했다.
"보스! 지금으로부터 보스는 이 아이들의 대부입니다. 얘들아, 인사 드려라. 오늘부터 너희들의 대부시란다."
집행인이 아이들에게 나종수를 소개했다. 정중하고 예의를 갖춘 행동이었다.

"아저씨, 대부가 뭔데?"

"아저씨보다도 너희들을 더 사랑하고 귀여워해 주실 그런 분이란다."

"그래! 이리 한번 오렴!"

나종수가 두 손을 벌리자, 다름이가 사내답게 덥석 안겼다. 그는 아이의 얼굴을 으스러지게 부둥켜안았다.

하늘의 어디선가 날아온 엄청난 수의 고추잠자리들이 맴돌았다. 하늘이 빨간 것 같았다.

그들은 한강변을 거닐며 즐겁게 이야기를 나누었다. 아이들이 풀대 위에 앉은 잠자리를 잡으러 부지런히 몸을 움직였다. 멀리 한강 철교 위로 원행(遠行)을 떠나는 기차가 보였다.

15

요화의 눈물

비가 내렸다.

산중에 내리는 비인 까닭에 그 내리는 소리가 더욱 장중했다. 빗소리는 나뭇잎을 끝없이 두드리며 그칠 생각을 하지 않았다.

커튼을 걷고 싶었다. 그러나 육형사는 손 끝 하나 움직일 힘이 없었다. 내리는 비가 보고 싶었다.

아니, 할 수만 있으면 밖으로 나가 쏟아지는 비를 흠뻑 맞아 자신의 몸에 묻은 더러운 피를 씻어내고 싶었다.

반항을 할 수 없었다. 저항이 심해지자 사내들은 그녀의 몸에 주사를 꽂아 오태민의 방에 들이밀었기 때문이다. 의지와 관계 없이 그녀는 오태민을 받아들이며 묘한 쾌감과 엑스터시를 느꼈다.

"너 같은 애는 처음이야!"

오태민의 능글맞은 미소가 떠올랐다. 죽여 버리고 싶다는 생각이 들었다. 눈물이 났다. 그러나 얼굴을 타고 흐르는 눈물을 닦아낼 힘도 없었다.

 육형사는 입을 악 물었다. 물론 그녀는 처녀는 아니었다. 이미 옛날에 그녀의 처녀의 꿈은 산산이 부서진 꽃잎이었다. 고등학교 3학년 때였다. 그녀는 육상선수였다. 그 날도 늦게까지 교정에 남아 전국체전을 준비하고 있었다.

 그 날, 체육 코치가 탈의실을 쫓아 들어와 그녀를 원했고, 그녀는 별다른 저항도 하지 못하고 19년의 순정을 송두리째 빼앗겼었다. 사랑한다고 했었다. 처와 자식이 있는 그가 사랑 소리를 연발하며 세발낚지처럼 그녀의 몸에 붙어 떨어질 줄을 몰랐다.

 그때부터 육형사는 남자들의 사랑을 믿지 않았다. 그러나 그녀에게 붙은 성마(性魔)는 떨어지지 않고 있다. 학교를 졸업한 그 다음해 해수욕장에서 텐트를 덮친, 얼굴도 모르는 사내들에게 무자비하게 당했었다.

 하나.

 둘.

 그리고 또 하나…… 그녀는 차라리 꿈이기를 바라며 두 눈을 감았었다.

 (개새끼들! 다 죽인다!)

 그러나 그녀의 꿈은 이룰 수 없는 것이었다. 어떻게 자신의 힘으로 세상의 남자들을 다 죽일 수 있단 말인가.

 그래서 그녀가 택한 길이 경찰이었다. 여자들을 유린하는 인간들을 처단하는 여전사(女戰士)를 꿈꾸며. 그리고 경찰에 투신한 지 벌써 6년이 되었다.

(몇시 정도나 되었을까? 영임이가 많이 기다렸을 텐데…… 그리고 계원들도 걱정을 많이 할 텐데…….)

짐작으로 보아 하루 이상이 꼬박 지난 모양이었다. 약기운 탓인지 몸에 힘이 모아지지 않았다.

방문이 열렸다. 사내의 냄새가 났다. 다가오는 발걸음 그리고 헛기침 한번, 오태민이었다. 그가 다가와서 침대 옆에 앉는다.

사내의 손이 대형 타올 속으로 들어와 그녀의 아랫배를 쓰다듬는다. 무척이나 불손한 손이었다.

"새벽쯤 서울로 떠나려 하는데 함께 가자."

"……."

"서울에 가면 내가 거처할 곳을 마련해 주지. 무엇이든 네가 하고 싶은 것이 있으면 말해. 술집만 아니면 할 수 있도록 해 주겠다."

오태민은 타올을 걷었다. 그 바람에 온 몸이 오싹하는 추위가 느껴졌다. 그녀는 완전히 알몸이었다.

"너는 확실히 건강해. 난 이런 건강한 여자를 좋아하지!"

오태민이 그녀의 커다란 유방을 두 손으로 감싸쥐고 자신의 입을 가져갔다. 온 몸에 소름이 끼쳤다.

손 끝에 힘이 모아지는 것 같았다. 사내의 입이 그녀의 목을 더듬어 오더니 그녀의 입에 키스했다. 강인하고 거친 설육이었다.

육형사는 한사코 거부하는 자신의 입에 키스하려고 덤벼들던 체육 코치를 떠올렸다. 개새끼 죽인다. 그녀는 있는 힘을 다해 입을 물었다.

"아악! 이 쌍년이!"

오태민이 혀를 내놓고 한참 동안 방안을 펄쩍펄쩍 뛰더니 육형사의 몸뚱아리를 사정없이 때렸다.

"아악!"

"이년이! 이쁘게 봐주려 했더니 어디를 물어, 쌍년!"

오태민이 육형사의 가슴팍을 주먹으로 내려쳤다. 그녀가 침대 위로 나가떨어졌다.

"어억!"

그의 발길이 그녀의 등에 내려꽂혔다. 생각할수록 분한 모양이었다. 창문이 덜컹거렸다. 빗발이 더욱 거세지는 것 같았다.

"쓸데없는 짓 해서 매를 청하지 마! 경고하는 거야. 한번 더 이 따위 짓을 하면 늑대 우리 속에 던져 놓았다가 창녀촌으로 보내 버리겠어."

오태민은 기분이 잡치는 듯 턴테이블 근방에 있던 술병을 들어 마셨다.

"차를 대기해라! 지금 올라가겠다."

오태민이 밖에다 대고 소리를 질렀다. 그리고는 자리에서 일어나 섰다.

"빨리 옷을 찾아 입어. 나와 함께 서울로 간다."

"······."

육형사는 일어나 옷을 찾아 입었다. 어쩔 수 없는 불가항력이었다. 그녀는 자신의 신분을 밝히고 정면으로 대항해 볼 생각을 하다가 고개를 저었다. 그것은 곧바로 무덤을 파는 일이 될 것 같았다.

쏴아――아!

장중하게 비가 내렸다. 어린 시절 여름 소나기를 원두막에 몸을 숨기고 피하는 것 같은 느낌이 들었다. 아버지…… 육형사는 마음속으로 아버지를 불러 보았다. 밭이랑에서 참외를 한 짐 지시고 집으로 가져와 초롱초롱한 형제들의 손에 하나씩 쥐어 주시던 그 아버지의 거친 손.
"좀 전에 손댄 것 미안하다. 하지만 잘못은 너에게 있었던 거야."
오태민이 그녀의 등을 두드려 주며 어린아이 달래듯 했다. 육형사는 앞 시트에 머리를 박고 울음을 터트렸다.
"미안하다고 말했잖니? 됐어. 그만 울어라. 원 친구하곤."
오태민이 들고 있던 바바리를 그녀의 등에 덮어 주었다. 그때 카폰에서 신호가 떨어졌다.
"아, 나요. 그래 고전무, 계획은 잘 진행되고 있다고? 심포파와 나종수도 참여하겠다는 답을 얻었단 말이지……? 좋아. 애들은 일본에서 교육받고 온 그애들을 쓰겠단 말이지? 사안이 중요한 만큼 특별히 신경을 쓰고, 정신교육을 철저히 시켜 실수 없도록 조치해."
"……?"
오태민은 카폰을 아웃시키며 의미 있는 웃음을 지었다.
"나종수, 심포파, 이 새끼들 이번 한번 견뎌 봐라. 청송회 결성 장소가 네 놈들 제사상 받을 자리니……."
오태민이 담배를 꺼내 문다. 차가 물 속을 뚫고 달리는 것 같았다. 가끔 차체가 도로 위에서 미끄러지는 듯했다.
(청송회 결성. 나종수와 심포파…… 또 한 차례 피를 보려 하는군. 아, 이 사실을 계장님이나 계원들에게 알려야 할 텐데…….)

육형사는 정신을 바짝 차리고 생각을 정리하기 시작했다. 등과 목덜미가 욱씬거렸다.
"이봐, 차를 약국 있는 곳에 대!"
오태민이 기사에게 말했다. 도시에 진입하면 파스라도 몇 장 사서 육형사에게 줄 모양이었다.
"그 다음엔 어디로 모실까요?"
기사가 행선지를 물었다.
"새벽까지는 시간이 좀 남았으니까 가까운 호텔로 가서 사우나라도 좀 해야겠어."
오태민이 두 손을 뻗어 기지개를 켜는 육형사를 끌어안았다. 그의 손이 그녀의 한쪽 유방을 자연스럽게 만졌다. 그러나 그녀는 반항할 수 없었다. 얼굴이 화끈거렸다. 치욕스러움에 그녀는 아랫입술을 깨물었다.

우여사의 도움으로 새로 넓게 확장한 나종수의 사무실에는 여러 명의 사람들이 모여 하나의 숙의를 하고 있었다.
중앙에 나종수를 비롯하여 집행인, 우여사, 제비, 고릴라 등이었다. 고릴라는 병상에서 나온 지 얼마 안 되어 거동이 불편해 보였다.
"시원하게 비가 내리네요."
우여사가 장내의 긴장감을 의식한 듯 화제를 한번 바꾸었다. 그 바람에 사내들이 창문 쪽에 시선을 한번씩 주었다. 그러나 이내 시선을 원위치하여 하던 토의를 계속했다.
"사람들, 참 왜 그렇게 무드가 없을까……."

우여사가 멋적은 듯 나종수를 바라보았다.

"그렇다면 수원 육거리파가 제안한 자칭 청송회라는 모임에 참여하는 건은 결정났고, 그 다음 문제를 짚고 넘어가야 하겠소. 집행인께서 의견을 한번 말해 보시오."

집행인은 범종수파의 제2인자로 이 토의에 참석하고 있었다. 동화회를 발전적으로 해체하고 출범한 종수파에 있어 그의 합류는 천군만마를 얻은 큰 힘이 되었다.

이제 종수파와 심포파의 구원은 씻은 듯이 사라졌고, 튼튼한 단결과 화합만이 가로놓인 듯했다.

"육거리파의 이번 행사 추진은 다분히 태민파의 원격조정을 받고 있음이 틀림없습니다. 그러나 시온이파를 비롯한 전국의 내노라 하는 조직들이 모두 참여하는 자리라는 것을 참작하여 범종수파의 이름으로 참석하기로 한 이상, 혹시 있을지도 모를 태민파의 기습에 대한 대비가 있어야 할 것입니다."

집행인이 말을 맺었다. 그도 수원 육거리파가 새삼스럽게 전국 암흑가에 안내장을 보내 가칭 청송회(靑松會)라는 모임을 갖자는 제의에 의심의 눈초리를 보내고 있었다. 그러나 흘려 보내기에는 너무나 의문점이 많았다. 시온이파와 태민파가 제1착으로 참여하겠다는 답신을 보낸 까닭이었다.

"그렇습니다. 청송회는 태민파의 고전무한테서 나온 아이디어가 분명해 보입니다. 이유는 하나, 우리 범종수파를 전국에 드러내놓고 박살을 내겠다는 간교입니다. 그래서 시온이파까지도 이용하려는 간교를 부리고 있는 것이죠."

제비가 집행인의 말끝을 이어 받았다.
"우리가 지레짐작하는 것은 아닐까요? 백주에 수많은 사람들이 모여 있는 장소에서 활극을 벌인다는 것이······."
우여사가 끼어들었다. 그녀는 나종수 측근들의 염려가 좀 심한 것이 아닌가 생각하는 쪽이었다.
"제비가 의문점을 설명해 보지?"
"네, 보스. 먼저 이번 모임을 주최한 수원의 육거리파는 3류 조직으로 전체 암흑가를 상대로 이런 류의 행사를 벌일 만한 조직이 못 되는데도 주최했고, 둘째 제일 먼저 코웃음을 쳐야 할 시온이파와 태민파가 정반대로 참여를 결정한 점, 그리고 셋째는 행사장으로 사용될 장소가 수원 근교의 사람 왕래가 비교적 뜸한 시민공원이라는 점입니다. 그리고 가장 중요한 점은 육거리파는 태민파의 산하 조직입니다."
"그런데 태민파가 그 정도로 비겁하게 일을 벌여 전체 암흑가의 비웃음을 살까요?"
고릴라가 모처럼 의견을 제시했다. 그는 집행인의 눈치를 슬금슬금 살폈다. 그에게 심하게 당하고 사경을 헤맸던 탓이었다.
"태민파는 전체 암흑가에 수단방법을 가리지 않는 악랄함을 보여 경고를 하려는 뜻도 갖고 있는 듯해요."
"그렇소! 호산지책의 간교를 쓰려는 것이 분명해요. 불러서 치고 그 자체로 전체 암흑가에 경고를 발한다. 어떻게 보면 일석이조의 효과도 되죠."
집행인이 제비의 의견에 전적으로 동감했다.

"그렇다면 형님들! 그런 줄 알면서 그곳에 참석한다면 우리가 멍청한 것 아닙니까?"
고릴라였다.
"고릴라, 참석하지 않으면 우리 꼴이 어떻게 되겠나? 명분과 멋에 사는 우리들이 그깟 것을 두려워해 뒤꽁무니를 뺀다면, 누가 우리를 용기 있는 조직이라고 말하겠나? 놈들은 그 점을 첫번째로 생각하고 이런 엉뚱한 계략을 꾸몄을 거야."
"저런 나쁜 놈들! 잘 됐습니다, 보스. 이번 기회에 싹 쓸어 버리죠 뭐!"
고릴라가 다혈질을 드러내며 흥분했다. 들고 있는 주먹이 맷돌만 했다.
"모임에 참석한다는 것을 전제로 짜낸 제비의 안을 들어 봅시다."
나종수의 말투가 갈피를 못 잡는 것은 집행인 때문이었다. 그가 범종수파의 일원이지만 그렇다고 마구 말을 함부로 하기에는 어딘지 불편했던 것이다. 그만큼 집행인이게 각별하다는 증거였다.
"이것을 한번 보십시오! 청송회 결성 장소의 약도입니다."
제비가 하얀 갱지에 공원 모양과 진입로 주변 도로, 관리 사무소 등이 표기된 것을 펼쳐 놓았다.
"이 공원은 사방이 가시나무숲과 암반 탓으로 이 두 곳의 진입로 외에는 접근하기가 용이하지 않습니다. 행사날 당일 양 길목을 막고 각 조직에 보낸 초대장을 소지하지 않은 자들을 배제한다면, 꼼짝 없이 호산(虎山)입니다. 물론 주최측은 행사 진행요원이란 이름으로 무제한 들어와 있을 것이 뻔하니 말입니다."

"음!"
제비의 약도 설명에 좌중이 절로 신음 소리를 내뱉었다.
"종수파와 심포파 그리고 청산파 등 범종수파에 배당된 초대장은 총12장, 그것도 보스급들과 그 기본 수행원 수까지 포함된 숫자로 방비가 없으면 그곳에서 살아 나오기 힘들 것입니다."
"그것 참……."
고릴라도 입에 침이 마르는 모양이었다.
"그래서 생각다 못해 저는 한 가지 계책을 마련해 보았습니다."
"계책?"
나종수가 제비의 얼굴을 바라보았다. 그의 얼굴에 좌중의 시선이 쏠렸다.
"행사날 하루 전에 이 공원의 숲속에 등산객으로 가장한 요원들을 투입시켜 아무도 모르게 그곳에서 야영을 한 후 사태의 추이를 지켜보다 구원군으로 나서는 것입니다."
"오! 그거 기막히군!"
나종수가 찬탄을 금치 못했다. 집행인은 제비를 다시 보았다. 나종수파의 두뇌라는 것은 알고 있었으나 이 정도까지 임기응변과 전술전략에 능한 줄은 미처 몰랐었다.
"하지만 행사장의 단상과 침투조들의 거리 때문에 생기는 시간적 갭이 클 텐데……?"
집행인이 제비가 세운 작전의 헛점을 예리하게 지적했다.
"역시 명불허전(名不虛傳)이군요. 집행인 형의 지적이 이 작전의 하나의 맹점입니다. 그래서 그날 저는 온 몸에 다이나마이트를 차고 가서 단상 전체 인원을 인질로 잡고 매복조가 접근할 시간을 벌려고 합니다."
"오, 내가 졌네! 보스, 범종수파는 저 제비가 있는 한 천하무적일 겁니다. 대단하군요."
집행인이 제비의 손을 잡으며 진심으로 존경의 마음을 표했다. 제비가 그의 손을 맞잡았다. 범종수파 서열 2위와 4위가 잡는 뜨거운 악수였다.
"참, 아름다운 장면이에요. 이런 때 박수를 치라고 손이 있는 거 아녜요?"
우여사가 밝게 웃으며 말했다. 집행인이 합류한 후 제비의 위치가 흔들리는 듯해 나종수와 측근들이 우려하던 바를 노련한 집행인이 진심을 열어 보이며 불식시켰던 것이다.
"좋소! 오늘 회의는 이것으로 마치겠소. 참, 제비는 수원에 내려보낼 특정조를 차출하되 10여 명 정도를 집행인에게서 지원받아 투입시킬 준비를 해!"
"넷, 보스!"
"자, 오늘은 내가 한턱 낼 테니 나갑시다. 누가 좋은 곳으로 안내하시오."
나종수가 기분이 좋아 밖으로 나갔다. 고릴라가 덩치에 어울리지 않게 앞장서서 웃음을 자아내며 걸었다. 비가 잠시 긋고 있었다. 도로가 빗물에 씻겨 깨끗했다.

가평으로 향한 최형사와 조형사는 밤새워 가평 인근의 대형 숙박업소를 대상으로 투숙객 명단을 확인하며 정신없이 뛰었으나 별다른 소득이 없었다.

"마지막으로 저곳 한 곳만 더 들렀다 가자고."

"저 별장에 말입니까?"

"응, 내가 갖고 있는 자료로는 저 별장이 태민파의 아지트로 사용되는 곳이야. 오태민이가 자주 저곳에 와서 묵는다는 것을 가평 경찰서에서 정보를 얻었거든."

"그렇다면 어젯밤에 들러 보는 것인데 그랬습니다."

그들은 대화를 주고 받으며 차를 별장 앞에 대고 출입구 쪽에 달려 있는 초인종을 눌렀다.

"누구십니까?"

안에서는 뜻밖에도 노인 하나가 나와 그들을 경계의 눈초리로 바라보았다.

"저희들은 요밑 파출소 순경들입니다. 이번에 이 산등성에 헬기장을 설치하려는 상부의 계획이 있어 주변 가옥의 인구조사가 필요해 나왔는데 협조를 해 주셔야겠습니다. 주인 안에 계시죠?"

최형사가 묘한 이유를 둘러대며 노인의 의중을 떠 보았다.

"안에는 지금 아무도 없는데……."

"이 큰 집에 아무도 없다는 말입니까? 설마 할아버지 혼자 사신다는 말씀은 아니시겠죠?"

"누가 혼자 산댔나. 서울 분들이 가끔 오셨다 가니까. 며칠 전에도 오셨다가 어젯밤에 가셨지."

"어젯밤에요? 그 빗속을 말입니까? 주인 양반이 서울에서 사업을 하시는…… 오사장이라고, 맞죠?"
"맞아요. 요즘 시간이 좀 계신지 자주 오셨지."
"혼자 오셨나요? 어제 저 밑에서 한번 언뜻 보니까 어떤 아가씨하고 오시는 것 같던데……."
최형사는 슬쩍 유도 질문을 던졌다.
"맞아. 어젯밤에도 그 아가씨하고 함께 올라가셨어."
"담배 한 대 태시죠?"
최형사가 담배 하나를 꺼내 노인에게 권했다. 노인은 인근 동리 사람으로 별장을 관리하며 소일하는 모양이었다.
"그 여자, 참 예쁘던데요. 얼굴이 큼지막하니, 가슴이 운동선수처럼 떡 벌어진 것이 부잣집 맏며느리감이던걸요. 아, 나는 언제나 그런 여자하고 살아 보나!"
"예끼! 이제껏 장가도 못 가고 뭐했누? 하긴 그 아가씨 시원하게 생겼더만. 엉덩짝 하나만 봐도 아기도 잘 놓을 테고 말야."
"……!"
최형사와 조형사는 노인에게서 몇 가지를 더 묻고 별장 주위를 돌며 안을 살피고 난 후 차를 서울로 향했다.
"계장님께 연락해야 하는 것 아닙니까?"
"글쎄, 정황으로 봐 육형사 같기도 한데, 사진을 보여줄 수도 없고 말야."
"틀림없습니다. 육형사가 여기 잡혀 있다가 서울로 간 것이 분명해요. 오태민의 본거지를 수색해 육형사를 찾아내야 합니다."
조형사가 혈기를 참지 못하고 끝내 분통을 터트렸다.

"세상에 백주 대낮에 경찰을 납치하는 놈들이 어디 있습니까? 그런 놈들이 두 눈 멀쩡하게 뜨고 살아 간다니, 분통이 터질 일이 아니고 뭡니까?"

조형사가 주먹을 불끈 쥐고 흔들었다. 그러나 최형사는 사태가 점점 꼬여 가는 것을 느꼈다.

육형사가 정말로 오태민에게 잡혀간 것이 사실이라면, 그녀가 정상으로 돌아오기는 힘들다는 생각이었다.

그녀가 경찰 신분이라는 것이 발각되면 오태민이 그냥 돌려보내 줄 리 만무한 것이다. 그렇다고 경찰력을 동원하기도 용이한 것이 아니다. 그들은 경찰 상층부는 물론 검찰, 정치권까지도 로비 라인을 갖고 있어 말단 수사 기관의 촉수 정도는 코웃음도 안 칠 정도이기 때문이다. 더구나 직접적인 증거가 없는 바에는.

폭력계 사무실에는 이계장이 속타는 가슴을 안고 최형사팀을 맞이했다. 남형사도 들어와 있었다.

"그래, 육형사가 오태민의 별장에 있었던 것이 분명한가?"

최형사가 조사 내용을 자세히 설명했다. 이계장은 다 듣고 나서 남형사를 바라보았다. 오태민을 감시한 결과를 이야기하라는 뜻이었다.

"오태민이 요 며칠 서울에서 바쁘게 움직인 행적 외엔 최종 소재지를 포착하지 못했습니다. 인원을 더 배정받아야 하지 않을까요?"

"그 문제는 과장님이 조치해 주실 거야."

"계장님, 어떡하든 수색영장을 발부받아야 합니다. 잘못하다간 시기를 놓치는 수가 있습니다."

조형사가 연거푸 강공책을 내놓았다. 형사들 모두는 이성을 잃고 있었다.
"계장님! 과장님 호출입니다."
과장 부속실의 여직원이 들어와서 과장의 지시를 전달했다. 정신이 없었다. 이계장은 과장실로 향했다.
"이계장, 힘내. 우선 폭력계 중 비상반 전원을 배정하라는 국장님의 지시가 떨어졌어. 지휘는 담당 계장인 자네가 직접 하고. 그런데 태민파의 오태민과 육형사가 함께 있다는 것이 사실인가?"
과장은 총경 계급장을 번쩍이며 말했다. 그도 긴장하고 있는 것이 분명했다.
"그런 것 같습니다. 그러나 확실한 물증이 있는 것은 아닙니다."
"왜? 그 노인을 활용하면 안 될까?"
과장도 사태의 전말을 보고받고 있는 터라 사건의 맥을 정확히 짚고 있었다.
"증인으로 말입니까?"
"그래. 하지만 자칫 증인의 신빙성이 부각될 염려가 있어. 수색영장이 기각당한다든지 하는 과정에서 언론에라도 노출되면, 육형사 개인이나 조직 전체에도 큰 누가 될 수 있고."
과장도 강공책을 검토해 본 듯했다. 그러나 결론은 신통치 않은 모양이었다.
벌써 시경 출입 기자들이 청내의 이상 기류를 감지하고는 구석구석 코를 박고 쑤시고 다니고 있었다.
"묘안이 없습니다. 아직은 놈들이 육형사의 신분을 모르는 모양인데

……아무튼 사건의 실마리는 이 점에서부터 풀어야 할 것이란 것밖에는…….”
"바로 그 점이야. 현시점에서 가장 중요한 것은 육형사의 안전귀환이야. 그 점을 염두에 두고 헛수를 두지 않는 지혜를 짜내 봐. 내 참, 어쩌다가 이런 일이 다 있나 원!"
과장이 경찰생활 수십년에 이런 일은 처음이라는 듯 입맛을 다셨다.
"죄송합니다, 과장님. 나가 보겠습니다."
"지원 사항이 필요하면 그때 그때 요청하고."
"네, 알겠습니다."
이계장은 과장실을 나왔다. 그 순간 그의 앞을 가로막는 자들이 있었다. 출입기자들이었다.
"웬일들입니까? 폭력계가 갑자기 들떠 있는데……?"
"좋은 것이 좋다고, 이계장, 폭력계를 대대적으로 소탕할 무슨 작전이라도 준비하고 있는 겁니까?"
"그러지 말고 말해 보세요."
이계장은 머리가 터질 듯했다. 사방이 온통 넘어야 할 장벽뿐이었다. 그는 자료 파일을 휘휘 내저으며 기자들을 따돌렸다. 그러나 그들은 악착같이 사무실 안으로 쫓아 들어왔다.
형사들이 그들을 제지해 밖으로 밀어냈다. 그 바람에 사무실 안은 한바탕 소동이 일었다.
(육형사…… 너는 지금 어디 있니? 어떠한 일이 있어도 살아만 있어라. 어떻게 보면 너를 그렇게 만든 것은 나인지도 몰라. 그래,

범인은 바로 나다. 나를 원망해라, 나를…….)
 이계장은 자신의 머리를 쥐어뜯었다. 태민파에 정보수집을 위해 그녀를 투입했던 것이 그의 마음을 못 견디게 했다.
 "계장님, 김검사님 전화입니다."
 "김검사?"
 "네."
 남형사가 전화를 돌려 주었다. 그는 재빨리 수화기를 들었다. 상대의 감이 아주 가깝게 들렸다.

16
전쟁 또 전쟁

숲이 울었다.

잡목이 우거진 사이로 수백년 된 소나무들이 빽빽하게 들어차, 어둠 속에 인도지나로 진군하던 일본군들의 행진처럼 보였다.

우우 하며 산짐승이 우는 소리처럼 수풀들이 바람에 쏠리며 소리를 냈다. 하늘이 칠흑같이 검었다. 초승달도 없는 밤이었다.

그 속에 수풀을 위장삼아 한 떼의 사내들이 개인 침낭 하나씩을 의지하고 밤이 지나가기를 기다리고 있었다. 그들의 침낭 옆에는 각종 무기가 내일의 살풍(殺風)을 예견하는 듯 몸서리를 쳐댔다. 그들의 수효는 30명을 넘는 듯했다.

한국청년연합 청송회(靑松會) 결성식장.

하늘도 그들의 모임(?)을 축하해 주는 듯 화창하게 개었다. 그날 이른 새벽부터 청송회 결성 장소로 지목된 수원 근교의 한 시민체육공원에는,「안내」라는 완장을 두른 수많은 사내들에 의해 통제되었고, 행사 진행 차량들이 무엇인가를 싣고 바쁘게 출입했다.

13개도. 아직 토착 조직이 제대로 형성되지 못한 제주를 제외하고 13개 시도에서 올라온 6백여 명의 초대장을 든 인사(?)들이 속속 등장했고, 그럴수록 입장과 통제를 맡은 안내 요원들의 발길이 더욱 분주했다.

"초대장이 없으면 안 됩니다."

"아따, 내사 전라도에서 전국의 내노라 하는 주먹들이 다 모인다 해서 각 보스들의 쌍판을 좀 쪼개 볼라 하는디, 역시 안 되겠지라!"

"안 됩니다!"

"아따, 무지하게 딱딱하고만. 고러코롬 여기서 입장표를 하나 사갖고 들어가도 막을넹개벼?"

"안 되니까 꺼져!"

"아따, 고놈시끼들 지랄하고 자빠졌고만. 되게 빠딱하고만, 고놈시끼들. 그럼 여기서라도 보스들 쌍판이라도 봐야 쓰것다."

자칭 먼 곳에서부터 놀이삼아 구경왔다는 사내가 행사장으로 통하는 길을 차지하고 앉으려 하자, 안내원들이 다가와서 멀리 내쫓아 버린다.

"저기 저 분이 시온이파의 사무총장 영덕 형님이다. 뒤따르는 벤츠에 탄 자가 그 유명한 시온이파의 프로 레슬러 출신인 용사 남포고……."

출입구를 통제하는 요원들이 초대장을 회수하고 그들을 입장시키면서 그들의 얼굴을 아는 것이 자랑(?)이라는 듯 떠드는 자도 있었다.

"이미 안에는 태민파의 보스 오태민과 그의 맹장 오태봉, 암흑가의 여유 고전무가 도착해 있어."

"한 마디로 대단하군! 그런데 시온이파의 빅보스는 참여하실까?"

"글쎄, 강호에 내노라 하는 인사들이 다 모였는데, 이런 때 나타나 격려사라도 한 마디 계시면 말야, 뽐낼 텐데······."

그들이 빅보스라 부르는 시온이파의 보스는 신비의 인물이었다. 태민파를 하나의 방계(?) 조직 정도로 여기는 한국 최대최강의 조직은 이제껏 자신들의 보스를 한번도 밖에 드러내지 않아 궁금점을 자아내게 했다.

그는 이름도 얼굴도, 그 흔한 별호 하나 노출시키지 않고 있는 철저한 신비주의자였다. 시온이파는 아직껏 총장이라 부르는 영덕 이상의 선을 세상에 드러낸 적이 없었다.

"조용! 온다. 요즘 전국에 그 악명을 떨치고 있는 종수파의 보스 나종수와 그의 부하 제비!"

"그 뒤차는 인천의 신사 집행인이 타고 있군!"

"대단하군! 과히 장군 시대군, 장군 시대야."

안내 요원들이 점점 바쁘게 움직였다. 몰려드는 최고급 승용차들을 처치(?)하는 데만도 많은 시간이 걸렸다.

나종수는 사방에 긴장감을 늦추지 않은 채 식장으로 들어갔다. 그의 양옆에는 집행인과 제비가 바짝 붙어 따랐고, 바로 이어 우여사를 청산파의 칠성과 고릴라가 호위했다.

그들 범종수파에 배당돼 단상에 앉을 수 있는 초대권은 5장, 우여사 대신 심포파의 꺾쇠를 대동하려 했으나 그녀의 끈질긴 반대로 꺾쇠는 운전수를 가장하여 비상 사태시 원군 역할을 하게 되어 있었다.
"규모가 대단하군!"
나종수가 장내를 돌아보며 말했다. 장내는 바짝 긴장되었다. 적의 기습 계획은 식이 시작되기 전과 끝나기 직전으로 그들은 예상하고 있었다.
"우리에게 배정된 자리가 가장 앞자리군요. 역시 기습조들은 앞과 뒤에서 동시에 달려들 모양인데……."
집행인이 상의 속에 입은 방탄 조끼와 평상시 같지 않게 몇 개 더 차고 나온 대검 때문에 둔한 몸을 좌우로 흔들며 대항 방법을 속으로 그려 보았다.
그들은 지정된 자리에 앉았다. 옆자리는 부산 최대의 조직 세븐스타와 신유성파의 보스들이 앉아 있다가 그들을 보고 목례를 했다. 사회자의 안내 방송으로 식은 막이 올랐다.
동원된 고전음악을 연주하는 악대의 연주에 맞추어 20여 명의 여자 무용단이 화관무를 추기 시작했다.
"매복조들은 준비가 다 되었겠지?"
나종수가 제비에게 상황을 체크했다.
"네, 보스. 지금쯤 무장을 하고 어디선가 식장을 감시하고 있을 겁니다."
"좋아! 그런데 그것만으로만 시간을 끌 수 있을까?"
나종수는 제비의 위협용 다이나마이트가 은근히 걱정되었다.
"그래서 한 가지 더 준비한 것이 있습니다."
"준비?"

"네, 보스!"
"그게 뭔가?"
그때 사회자가 나종수를 소개하는 멘트를 했다. 식전에 참석한 자들의 면면을 소개하는 시간이 프로그램에 나와 있었다.
"강호에 그 이름이 인상적인 저승사자란 별호의 나종수 보스! 그리고 영원한 인천 신사 집행인 최명규와 그 형제들입니다."
그들은 모두 자리에서 일어나 좌중을 향해 머리를 숙였다. 식은땀이 저절로 흘렀다. 집행인과 제비는 자신들의 뒷좌석을 차고 앉은, 겉모양이 다소 어설픈 사내들에게 온통 신경을 빼앗겼다. 첫번째로 은퇴의 길을 떠날 자들이라는 판단으로.
"광주에서 온 화양이 최호군!"
"와!"
"목포의 물귀신 조팔도!"
"와!"
사회자의 호명과 박수는 끝이 없었다. 능히 20여 분이 흘러가는 것 같았다. 이윽고 단상의 중간 VIP석에 나란히 앉아 있던 오태민과 영덕이 차례로 소개되고, 오늘의 행사를 주최한 수원 육거리파 보수의 인사말이 시작되었다.
"뒤에 있는 놈은 모두 다섯이다. 그들에게 내가 대검을 선사하는 동안, 고릴라는 앞쪽에서 밀고 들어오는 놈들을 막아. 그 틈에 제비가 나선다."
집행인이 오랜 전장판에서 세월을 보낸 맹장답게 동물적인 감각으로 초동전의 양상을 예상, 인원들에게 준비성을 심어 주었다. 단상 바로 밑에 줄지어 앉아 있던 수십명의 사내들이 심상치 않았다.
　D아워는 그리 오래 가지 않았다. 오태민의 격려사가 끝나는 시간이 공격 시간인 모양이었다.
　쉬――익.
　쉭――.
　집행인이 두 개의 대검을 사내들의 어깨에 꽂고 움찔하는 또 다른 두 사내의 팔과 손에 대검을 꽂는 사이, 고릴라가 커다란 단상을 들어 앞으로 내던지며 사회자 옆에 있던 앰프까지 집어던졌다.
　우지끈!
　"와――"
　"으윽!"
　장내는 삽시간에 아수라장이 되었다. 나종수가 다가오는 두 사내를 양발 엇갈려차기로 쓰러트린 후, 우여사의 앞을 막고 칼을 가슴에 내려 꽂으려는 또 다른 사내를 제압하기 위해 그의 칼을 빼앗아 들었다.
　"뭐냐?"
　"죽여! 죽여라, 저 새끼들!"
　"이게 무슨 난리냐?"
　장내를 가득 메웠던 인사들이 좌우로 한꺼번에 쏠리며 우왕좌왕하는 바람에 상황은 전혀 예상하지 못했던 방향으로 흘러가고 있었다.
　그것은, 기습과 방어조 모두가 간과하고 있던 점이었다.
　"저런……?"
　정신없이 좌우로 밀리는 인원 때문에 구원군의 통로가 막혀 시간이 걸렸고, 제비가 생각했던 동반자살 위협도 목소리가 묻혀 전혀 쓸모가 없게 된 것이다.
 탕! 탕!
 위협용으로 준비했던 매복조가 당황한 나머지 마구 발사한 공포가 장내를 더욱 혼란스럽게 만들었다.
 "으악!"
 "아이고, 나 죽네!"
 밀치고 밀고, 그러다 넘어져 깔리고, 난리가 나 목불인견을 이루고 있었다. 그러나 상황은 나종수팀에게만 불리한 것이 아니었다. 그들을 노리던 상대들도 비슷비슷한 옷차림의 사람들 속에 대상자들이 묻혀 버리자 당황하기는 마찬가지였다.
 "이 새끼들! 어디 있어?"
 "잡으면 내장을 꺼내 준다!"
 습격조의 대원들이 사람들 속을 이리저리 헤집고 다니며 공격 목표를 찾아 다녔다.
 "윽? 나는 아니오······."
 "나는 대구에서 올라온 필용이오."
 급박한 상황에서는 그들도 비겁하기는 마찬가지였다. 습격조들이나 나종수팀과 얼굴이라도 마주치면 황망히 시선을 돌리거나 부인(?)하기 바빴다.
 다친 사람들이 속출했다. 전투보다는 우왕좌왕거리다 서로에게 걸려 넘어지고 밟혀 다친 사람들이 대부분이었다.
 그때쯤 구원군이 단상 가까이 접근했다. 그 안에 나종수와 일행이 합류하자, 장내가 어느 정도 정돈이 되었다.

습격조들과 범종수파의 인원들 수가 거의 대등했다. 서로가 살기등 등하여 단상 밑의 넓은 공터에서 기세를 불태웠다.
"천하의 태민파가 이렇게 비겁한가?"
제비가 상대를 향해 일성을 터트렸다. 많은 참석자들이 장내를 떠나지 않고 그들의 대치를 호기심 있게 지켜보았다. 그들 앞에서 태민파의 비겁함과 간교함을 널리 알리려는 뜻에서 제비가 설전(舌戰)을 전개한 것이다.
"무슨 소리? 특정조들을 조직하여 식장을 개판으로 만들려는 네놈들의 계획을 간파한 것뿐이다."
"뭐야?"
"습격과 기습 등은 네놈들의 주특기 아닌가? 그 동안 많은 형제들이 너희들한테 그 방법에 당한 것을 암흑가 전체가 잘 알고 있는 사실이다."
"……?"
상황이 이쯤 되니 잘잘못이 불분명해졌다. 반전된 상황을 또 다시 임기응변을 발휘하여 재반전시키는 고전무의 지혜가 돋보이는 대목이었다.
"간교한 놈, 여우 새끼 뺨치는 놈이구나?"
"그러는 네놈은……?"
제비와 고전무의 시선이 불꽃을 튀었다. 한 시대 책사의 양웅의 자존심이 걸린 싸움이었다.
"보스, 정면충돌은 대형사고를 부를 위험이 있습니다. 저쪽도 그 점은 피하고 싶은 모양인데요?"

집행인이 나종수의 옆에 바짝 붙으며 말했다. 뒤에는 고릴라가 칠성이와 더불어 우여사를 카바하고 있었다.
"섣불리 공격했다가 몇이라도 죽는 경우가 생기면 양 조직은 경찰에 쑥밭이 되겠지요."
"이쯤 했으면 우리도 체면은 충분히 세운 셈이 아닌가요?"
우여사였다. 두려움이나 무서움을 조금도 나타내지 않았다. 대단한 여자였다.
신경전이 한동안 계속되었다. 그러나 서로는 섣불리 공격을 개시하고 있지 못했다. 여의치 않으면 1대1 보스끼리의 겨룸도 있을 수 있겠으나 그 싸움은 태민파가 피했다. 범종수파에는 한국 제일의 투사 집행인이 있었고, 또 하나 걸출한 전사 제비, 고릴라, 보스 나종수 등이 즐비했기 때문이다. 오태봉이 답답한 상황을 타개하기 위해 몇번 어깨를 들썩거렸으나 오태민이 제지했다.
이윽고 오태민이 나서 화전(和戰)을 폈다. 지구전이 자신에게 이익될 게 없다는 판단인 듯했다.
"시비는 나중 범위원회를 구성해서 가리기로 하고 이 자리를 망치지는 맙시다. 모처럼 전국의 형제들이 한데 모이기가 어디 그리 쉽겠소? 하하하."
오태민의 말에 나종수도 기다렸다는 듯 화답했다.
"좋습니다. 이거 본의 아니게 일이 묘하게 되어 여러 형제들에게 불편을 주었습니다. 자리를 서로 물리고 연회를 계속하시죠."
"좋소! 역시 듣던 대로 사나이 중의 사나이시군. 하하하!"
그들 두 보스의 타협에 장내는 떠나갈 듯 기뻐했다. 잠시 멈췄던

음악과 동원된 무용단의 춤이 재개되었다. 나종수는 오태민과 시온이파의 총장 영덕과 한 자리에 자연스럽게 합석했다. 그는 어느새 거인이 되어 있었다. 전국의 암흑가는 오늘에야 진정한 나종수의 실체를 느끼고 그를 한국 패밀리의 하나로 손색이 없다는 결론을 내렸다.

 여흥이 어느 정도 무르익을 무렵, 사고를 감지했는지 경찰이 들이닥쳤다. 그러나 그들은 너무도 태평스런 모임에 헛걸음만 쳤다는 듯 자리를 떴다.

 "나보스, 참 대단하시오. 암흑가 진출 몇 개월만에 이렇게 성장했으니, 그 비결이라도 있는 겁니까?"

 영덕이 나종수에게 술을 권하며 말했다. 그는 수더분하고 한편으로는 시골 아저씨 같은 인상을 풍기는 사내였다. 원만한 성격, 부드러운 그의 외모가 중간 관리자로 적격일 듯했다.

 "과찬이십니다. 그게 다 여러 선배들이 돌보아 주신 때문으로 알고 있습니다."

 "허허! 역시 소문대로군요. 나나 여기 계신 오보스께서 그렇게 손짓을 해도 움직이지 않던 영원한 독고다이 심포파와 집행인을 수하에 둔 것이 결코 우연이 아니었군요."

 "흠!"

 영덕의 말에 오태민이 심기가 불편하다는 듯 헛기침을 했다.

 "나보스, 술 한 잔 하시오."

 "그러죠."

 오태민이 나종수의 잔에 넘치도록 술을 따랐다. 그것을 나종수는 단숨에 들이켰다. 그 모습을 바라보는 총장 영덕은 둘 사이에 암흑가 전체의 사활이 걸린 대결전이 가로 놓여 있음을 볼 수 있었다. 그것은 한번 건너면 다시 돌아오지 못하는 루비콘강이었다.

　수색영장이 떨어졌다.
　장소는 오태민의 주거지와 그가 관리하는 모든 업소를 대상으로 한 인원과 세무 자료에 대한 탈세 여부였다. 인원은 시경 폭력과 요원 전원과 관할 경찰서 지원 요원, 그리고 형식(?)상 나와 있는 세무 공무원들이었다.
　총지휘는 담당 검사인 김검사와 이계장이 차량에 지휘본부를 설치하고 무선으로 상황을 체크하고 있었다.
　"한사코 내주지 않으려는 수색영장을 탈세 여부를 조사하는 편법으로 겨우 받아냈으니, 무슨 소득이 있어야 될 텐데 말야."
　"글쎄 말입니다. 저희 상급자들도 자칫 소득도 없이 망신당하는 건 아닌가 해서 걱정이 태산 같습니다."
　"그런 자네는……?"
　"저야 뭐……."
　"너무 걱정 말게. 좋은 결과가 있을 거야."
　김검사는 이계장의 등을 다독거려 주었다. 그들은 군의 선후배 사이였다. 한때는 한 부대에서 중대장과 소대장으로 근무한 적도 있었다. 김검사는 그때 군전력 요원으로 발탁되어 사회교육기관에서 공부해 고시에 패스했고, 군의무 복무 후 검찰에 몸담아 오고 있었다.
　그들은 서로가 폭력전문 연구라는 논문으로 석사학위를 취득한 공통점으로 더욱 가깝고 밀접한 사이였다.

"얼마 전 태민파가 일본의 슈미즈렌꼬와 결연을 맺은 이후, 한국의 각 군소 조직들까지 분주히 일본 야쿠자 주변을 기웃거리고 있으니 큰 일이야."
"시온이파가 시라가와 구미와 결연을 맺고 부산의 몇몇 조직들이 일본의 지방 조직들과 손을 잡은 이후, 이번 태민파의 결연이 여타 조직을 긴장시킨 모양입니다."
"충성의 맹세는 물론, 요원들을 보내 각종 기법을 전수 받아온 모양입니다."
"기가 찰 노릇이군! 그런데 오늘 암흑가가 수원에 모였다면서?"
"네, 청송회라는 그들 나름대로의 친목 기구를 만든 모양입니다. 요원들을 내려보냈으니 무슨 연락이 있을 겁니다."
"일종의 코사노스트라군?"
"그런 셈이죠. 저대로 방치해 놔도 되는 것인지 모르겠습니다."
 코사노스트라는 미국 마피아의 이사회 같은 기구다. 뉴욕 5대 패밀리 갬비노 안트페르모가(家) 등과 이탈리아 마피아 연합체인 쿠폴라의 최대 가문 콜리에르가(家)의 총보스 존르카네 등이 모여 마피아의 앞날을 협의하고 조정하는 기구였다.
"어쩔 수 없는 사회의 현상이야. 경제가 발전하고 그에 비례한 지하 자금 루트가 뿌리를 내릴수록 저들은 번성하는 속성을 갖고 있으니까. 미주나 구미, 일본 등 열강이 저들의 끊임없는 자생력에 두 손을 들고 있지 않은가?"
"그러니까 초기에 완전 제압을 해야 하는 것 아닙니까?"
"이 사람아, 무슨 법과 근거를 내세워 저들을 제압한다는 말인가?

실익이 없어. 불량한 사람들이 모여 있다는 것만으로 죄가 되나? 설령 어떻게 만들어서 기소를 시킨다고 저들을 얼마나 사회로부터 격리시킬 수 있겠나?"
"그러니까 조직폭력 대처법을 신설해야 하는 것 아닙니까?"
"조직폭력 대처법······?"
"네, 다중이 모여 폭력조직을 만들었다는 것만으로도 다년간 사회와 격리시킬 수 있는 강력한 법을 만들어야 합니다."
"원참, 사람하곤······."
김검사가 이계장의 흥분을 바라보며 입맛을 다셨다. 그때부터 곳곳에 나가 있는 요원들에게서 보고가 속속 들어오기 시작했다.

17
육형사

　육형사는 오태민이 관리하는 서울 근교의 한 모텔에 보호되어 있었다. 문앞에는 두 명의 태민파 조직원들이 지키고 있어 그녀는 꼼짝할 수 없었다.
　창문을 열고 아래를 내려다보았으나 탈출은 도저히 불가능했다. 5층을 뛰어내린다거나 커튼 등을 찢어 줄타기를 하기도 너무 위험해 보였다.
　"딴 생각일랑 하지 말고 마음 편히 먹고 기다리고 있어. 앞으로 무엇인가 하고 싶은 것이나 생각을 하며……."
　오태민은 육형사의 등을 토닥거리며 마치 어린아이 타이르듯 말하고는 수원에 내려간다며 떠났다. 치밀한 태민파의 계획에 인천의 심포파와 나종수파가 궤멸을 당할 상황(?)이었다. 아무래도 큰 사건이 우려된다.
　그러나 육형사는 이계장이나 동료 형사들에게 그 정보를 건네줄

형편이 못 되었다.

 (사표를 내야 해. 이 몸으로 어떻게 이계장 앞에…… 지지리도 복도 없는 년이 그런 꿈을 꾸었던 것이 잘못이지.)

 육형사는 자리에서 일어나 창문 쪽으로 걸어갔다. 멀리 불암산이 바라다보였고, 넓고 푸른 송림이 내려다보였다.

 모텔은 숲과 보기 좋은 조경으로 둘러싸여 마치 동화 속에 나오는 어느 곳 같았다.

 일곱 난장이와 숲속의 공주라는 동화를 그녀가 처음 들었던 것은 국민학교 4학년 때였다. 그때 담임 선생이 읽어 주시던 그 동화를 들으며 그녀는 자신이 숲속의 공주라는 착각에 빠졌었다.

 무엇인가 학교 생활이 재미(?) 없었다. 그래서 숲속의 공주처럼 어디론가 산으로 가고 싶었다. 그러나 그 산은 사람이 살고 있지 않으면 안 된다. 혼자서 숲속에 살기는 무서우니까. 그래, 일곱 난장이 정도면 죽을 때까지 함께 살아도 행복할 거야. 낮에는 밤이나 산머루 등을 따고, 밤이면 옛이야기로 시간 가는 줄 모르면서…….

 (나의 꿈은 체육 코치의 구둣발에 짓밟혔고, 그 여름 해변에서 산산이 부서진 거야. 그러니 새삼스럽게 슬퍼할 것도 없어.)

 육형사는 창으로 아래를 또 내려다보았다. 몇 대의 승용차가 성급하게 달려오더니 멈춰 섰다. 그 중의 한 대는 경찰용 경광 등을 달고 있었다.

 (아, 안 돼. 나는 다시 돌아갈 수 없어.)

 육형사는 옷과 소지품을 정리하고 방문을 열었다. 밖에는 여전히 두 사내가 감시하고 서 있었다. 그들도 누군가로부터 신호를 받았는지 당황하고 있었다.

"경찰이 모텔 전체를 임검하고 있어. 출입구가 봉쇄당한 상황에서 큰 일인데."

"옥상으로 피하면 안 될까?"

"그곳은 더 위험해."

"그렇다고 마냥 이렇게 서 있을 수도 없고…… 아가씨는 방에 들어가 계십시오."

두 사내가 서로 걱정을 주고 받다 육형사를 보고 다시 방으로 밀어 넣으려 했다.

"나도 경찰은 싫어요. 그러니 댁들과 함께 있으면 경찰들이 틀림없이 의심을 할 거예요. 그러니 어디 다른 방에들 가 계세요."

"……?"

"빨리요. 함께 경찰에 끌려가기 싫으면."

육형사는 당차고 대차게 사내들에게 말했다. 그녀의 말에 힘이 들어가 있는 것을 느끼고 사내들은 서로를 쳐다보며 눈치를 살폈다. 다른 대안이 없었다.

"빨리 피하세요. 나도 경찰에 끌려가 전국적으로 망신당하기 싫으니까요."

"아, 알겠습니다. 그럼 그냥 태연하게 임검을 받으십시오. 보스께서 얼마나 신신당부를 하셨는지 모릅니다."

사내들은 육형사의 말과 행동에 무엇인가 신뢰를 느낀 듯 계단을 통하여 위층으로 올라갔다.

그들이 시야에서 사라지자, 그녀는 아래층으로 연결된 계단을 통해

1층 로비에 내려왔다.
"이봐요, 아가씨……?"
"……?"
그는 사복 경찰이었다. 육형사에게 신분증을 보여주며 신원을 물었다.
"아가씨, 뭐하는 여자요?"
"저 그냥……."
"창녀요?"
"넷?"
"창녀냐고? 그렇지 않으면 이 시간에 모텔에서 여자 혼자 나올 까닭이 없잖아?"
사복 경찰이 조소하는 듯한 웃음을 지으며 반말로 말했다.
"저……."
육형사가 별다른 대꾸할 말을 찾지 못하자, 그가 다시 말을 꺼냈다.
"매춘법으로 아가씨를 연행하지는 않을 테니까 걱정 마쇼. 그런데 한 가지 협조를 해야 된다는 단서가 있어."
그는 말투를 이랬다 저랬다 바꿔 말했다. 육형사를 정말로 창녀(?)로 생각하는 모양이었다. 그도 그럴 것이, 이 모텔은 연인들과의 시간적인 사랑(?)을 위해 만든 러브 호텔이었던 것이다.
"뭔데요?"
육형사는 주위를 한번 살펴보며 말했다. 출입구 쪽에 정복 경찰이 두 명 더 서 있었다.

"이 안에 아가씨 하나가 잡혀와 감금되어 있는데, 그 방이 몇 호실이야?"

육형사는 경찰의 수사망이 바짝 추적하고 있다는 것을 알 수 있었다. 그와 함께 안타까운 모습으로 진두지휘하고 있을 이계창의 모습이 떠올랐다.

"잘 모르겠어요. 그런데 407호에서 여자가 흐느끼는 듯한 소리는 들은 것 같애요."

"407호? 그게 언제쯤인가?"

"방금 전이에요. 30분쯤 되었을 거예요."

"그래! 고맙소."

사복 경찰은 육형사의 말이 끝나기가 무섭게 계단을 뛰어 올라갔다. 407호는 방금 자신이 감금되어 있던 방이다.

그녀는 본의 아니게 거짓말을 한 다음 경찰을 따돌리고 모텔을 나섰다. 대로로 나오자 좌석 버스가 서 있었다. 시내와 불암산 종점을 운행하는 버스였다.

버스가 출발했다. 차 안에는 등산복 차림의 남녀 몇 쌍만이 허전하게 자리를 채우고 있었다. 그들 중 여자들은 하나같이 남자들의 어깨에 머리를 기대고 있었다. 산행에 지친 모습들이었다.

(어떡하지? 그래, 영임에게 전화를 한 통 해주고 어디론가 여행을 좀 다녀오는 거야. 그 다음에 오태민 그 자를, 그 자를……)

육형사는 두 주먹에 힘을 주며 잠시 분노심에 몸을 떨었다. 자신이 좀더 용감하고 진취적으로 나서면 오태민을 납치 및 강간죄로 법정에 세울 수도 있을 터였다.

그렇지만 오태민은 그 정도(?) 죄야 별 것도 아니라는 듯 대항해 올 것이고, 자칫 자신은 물론 자신이 몸담아 온 조직 전체의 명예를 실추시킬 우려가 있었다.
(안 돼. 그 정도 가지고는 오태민 그 인간을 응징할 수가 없어. 그 인간을 영원한 식물 인간으로 만들기 위해서는 보다 완벽하고 구체적인 증거가 필요해. 아예 죽여 버린다면…….)
육형사는 오태민의 응징법에 대한 여러 가지 생각을 하며 시내에서 내려 택시를 갈아타고 자신의 자취방으로 향했다. 그곳에서 여행에 필요한 몇 가지 생활 용품을 준비하고 영임에게 전화를 걸었다.
"언니……? 언니, 언니 맞지?"
"영임아, 언니는 무사해. 아빠한테도 그렇게 전해 줘. 너무 걱정 마시라고. 그리고 건강해. 안녕……."
"언니! 언니!"
육형사는 영임의 안타까워하는 듯한 목소리가 담긴 전화를 끊고, 시경 대범죄 상황실에 수원에서 있을 조직폭력 세계의 대격돌을 신고하고는 자취방을 나섰다.
"어디 출장가는 모양이군?"
육형사가 대문을 나서려 하자, 집주인 아저씨가 그녀의 차림을 보고 물었다.
"네, 한 1주일 지방에 좀 다녀올 일이 있어서요."
"또 도둑놈들 잡으러 가는 모양이구먼?"
직장을 정년 퇴직한 지 얼마 안 되는 주인은 항상 육형사의 직업에 호기심을 갖는 편이었다. 그 자신이 공직에 몸담았던 사람이면서도 여자가 형사 요원이라는 것은 이해하기 힘든 모양이었다.
"항상 몸조심해요. 공무원이라는 것이 예나 지금이나 몸 하나가 재산 아닌가."
육형사는 주인에게 가볍게 목례를 한 후 지나가는 택시를 잡았다.
"어디로 모실까요?"
기사가 뒤를 돌아다보며 말했다. 가지런하고 하얀 치아가 사람을 기분 좋게 하는 사내였다. 이계장의 인상이 그랬었다.
"아무 역이나 기차를 탈 수 있는 곳으로 가세요."
"그래도 동쪽인지 남쪽인지는 알아야 모셔다 드리죠?"
"청량리역으로 가세요. 강릉까지 갈 테니까요."
"네, 그러죠."
육형사는 문득 정동진이 가고 싶었다. 작은 역이었다. 바다가 옆에 보이는 곳에 작은 역사(驛舍)가 있고 철로가 긴 해안선을 따라 놓여 있는 정동진역. 사표는 그곳에 도착해서 등기로 시경 인사과로 부쳐야겠다고 생각했다.

그 시간, 이계장은 영임의 전화를 받고 육형사에 대한 모든 탐문 작업을 중지하고 사무실을 나섰다. 그의 옆에는 조형사가 따랐다.
"계장님! 육형사가 무사하기는 무사한 겁니까?"
조형사는 걱정스럽다는 듯 말했다. 평소에 견원지간(?)처럼 소란을 떨던 그였지만, 막상 육형사가 일을 당하니 걱정은 계원들 중 가장(?) 많은 듯했다.
"일단은 빠져나온 듯해."

"그런데 육형사는 왜 나타나지 않는 거죠?"
"글쎄…… 아마 무슨 사정이 있겠지? 마음의 안정을 찾으면 나올 거야."
이계장은 조형사에게 말은 그렇게 하면서도 내심으로는 불안했다. 육형사가 자신이나 계원들에게 직접 전화를 하지 않고 영임에게 소식을 전한 까닭이 못내 마음에 걸렸던 것이다.
"계장님!"
"그래, 말해 봐."
"혹시 그 전화 교란이 아닐까요?"
"교란?"
"네, 사태가 위험하다 싶으니까 육형사를 위협해서 전화를 하게 한 것 아닌가 해서요."
"글쎄……."
조형사의 추리에도 일리가 있어 보였다. 상황으로 보아 육형사가 오태민에게 잡혀 있었던 것이 분명한 사실로 드러났고, 경찰의 조직 내 수사를 막기 위해 그런 교란전술을 충분히 쓸 수 있는 집단이었기 때문이다.
"수색을 중단한 것이 너무 성급한 행동이 아니었을까요?"
"아냐, 육형사는 분명히 빠져나왔어. 그건 확실해."
"계장님! 그것을 어떻게 단정하십니까?"
"이유는 나중에 얘기해 줄 테니까, 조형사는 육형사와 평소에 친했던 여자 동료들을 수소문해서 행방을 찾아봐. 무궁화회의 총무를 보고 있었으니까 회장이나 임원들과 어떤 연락이 있을지도 몰라!"

이계장은 조형사의 질문에 대답하는 대신 새로운 임무를 주었다.
"무궁화회요?"
"그래, 시경 안에 있는 미혼 여직원들의 모임 있잖아?"
무궁화회는 평소 육형사가 열성을 기울이던 모임으로 시경 안의 전 미혼 여직원들의 친목 단체였다. 경직되고 획일적이기 십상인 업무에서 여성들의 고유 능력인 친절과 애교(?)심을 발휘, 조직 내에서 자신들의 존재를 나타내자는 취지 아래 만들어진 무궁화회는 육형사의 왕성한(?) 활동으로 요즘 활력을 띠고 있었다.
"그곳에 가면 육형사의 소식을 알 수 있다는 말씀이십니까?"
"자네, 요즘 말이 부쩍 많아졌군? 가봐, 틀림없이 뭔가 있을 거야."
이계장은 조형사를 다시 청사 안으로 들여 보내고는 자신의 승용차를 몰고 나왔다. 육형사의 자취방을 찾아갈 셈이었다.
(육형사가 오태민 조직에서 빠져나온 것은 분명한데, 신상에 무슨 일이 있는 것일까? 혹시…….)
이계장은 육형사가 시경이나 기타 경찰에 전화를 하지 않고 자기 딸에게 소식을 전한 것으로 보아, 그녀가 오태민 조직의 조종을 받고 있지 않다는 것을 알 수 있었다. 그렇다면 그녀는 그들 조직에서 빠져나와 왜 자신을 드러내지 않고 잠적하려는 조짐을 보인 것일까?
이계장은 개인인사기록부에서 발췌한 육형사의 집 약도를 보며 그녀의 자취방을 찾아냈다.
"방금 전 지방 출장을 간다고 가방을 챙겨들고 떠났는데요."
"지방 출장요?"
"그렇소만…… 그런데 댁은 뉘시요?"

"아 네, 저는 그 아가씨의 직장 상사되는 사람입니다."

"그러셨구만. 그런데 상사되는 분이 부하의 지방 출장도 모르셨단 말이오?"

이계장은 주인집 남자에게서 몇 가지를 더 캐묻고는 한숨을 길게 내쉬었다. 육형사가 별다른 상처(?) 없이 살아 있는 것을 확인한 까닭이었다.

그러나 지방 출장을 떠난다며 가방을 챙겨들고 어디론가 떠나 버린 그녀의 행동은 또 무엇인가? 이계장은 육형사가 수도 없이 드나들고 또한 그녀의 숨결이 배어 있는 자취방을 몇 번이고 돌아다보며 그 집을 나왔다.

"요앞에서 택시를 잡읍디다. 뭐 바다 쪽으로 가는 역으로 태워 달라든가 뭐라든가······."

"바다?"

이계장은 주인의 말을 음미하며 차를 몰았다. 육형사의 행방을 추적할 수 있는 유일한 단서였다. 바다, 그녀는 지금 어딘가 바다를 향해 발길을 돌리고 있는 중이었다.

(육형사, 너 혹시······ 아니야, 그래서는 안 된다. 너는 살아야 된다. 그깟······ 아, 육형사!)

이계장은 차를 길가에 세우고 머리를 핸들에 박았다. 육형사의 행동과 바다로의 갑작스런 도피는 그를 서럽게 만드는 것이었다. 자신이 현실적으로 아무런 힘이 되지 못하는 자괴심보다도 육형사가 정신적으로 당하고 있는 아픔의 실체가 눈앞에 아른거리는 것 같았다.

(오태민, 네놈도 내가 단두대에 세우고 만다. 지옥의 나찰 같은 인간

들, 네놈들 모두를 내 손으로…….)

 이계장은 손으로 핸들을 내려쳤다. 그 바람에 경적이 커다랗게 울려 지나가는 사람들이 깜짝 놀랐다. 대형 마이크로 버스가 바로 옆을 스치고 지나갔다. 국가대표축구선수단이란 글자가 선명하게 쓰여 있었다.

 길가에는 다른 날보다 행인의 발길이 뜸했다. 월드컵 최종 예선이 벌어지는 날인 탓이었다. 이계장은 무엇인가 하나 생각난 것이 있는 듯 차를 몰아 시경으로 다시 향했다.

■ 상권 끝

이환경을 말한다

작가 이기호

이환경을 말한다

〈작가 이기호〉

입지전적(立地傳的) 인물이란 말이 있다. 주어진 환경과 여건을 극복하고 어떤 한 분야에서 일가(一家)를 이뤄낸 사람을 지칭한 말이다.

인간은 사회적 동물이란 말도 유사하다. 주어진 주변 여건의 영향을 받고 그 환경에 휩쓸려 살다 보니 사람들은 거개가 비슷한 삶을 살고 있는 것이다.

나는 작가 이환경을 볼 때마다 특이한 삶, 특이한 인생을 살아가고 있다는 생각을 한다. 그는 정상적인 사회교육을 전혀 받지 못한 채 막노동꾼으로 사회 밑바닥을 전전한 노동자다.

짠 물의 도시 인천에서 나 인천과 서울 하늘을 떠돌며 온갖 풍상을 몸으로 체험하고, 무엇인가 자신의 삶과 인생을 돌아보는 의식을 깨닫고부터 글이 쓰고 싶어 생긴 열병을 가슴에 안고 10년 세월을 작업 도구와 원고지를 싸들고 공사판을 전전한 것이다.

그는 천성적인 시나리오 작가다. 83년 그가 처음 동아일보 신춘문예에 시나리오로 등단을 하고 KBS드라마 작가실로 노동판(?)을 옮기고부터 그는 오직 생존하기 위해, 자신의 존재를 드러내기 위해 버스비가 없어 구로에서 방송국까지 걸어다니면서도 엄청난 양의 원고를 써댔다.

그러던 86년, 나는 그를 모 신문의 신춘문예에서 만나 한 모임의 회원으로 활동하면서 산사(山寺)의 한 방에 기거하며 문우(文友)로서의 정을 나누면서 놀랄 때가 한두번이 아니었다.

제세 그룹의 신화를 그려냈던 「휘어이 휘어이」나 「파천무」 등 경제나 역사에까지 두루 섭렵한 그의 방대한 공부가 드라마로 반영되어 좋은 평을 받아냈는가 싶더니, 느닷없이 「무풍지대」로 전국을 강타, 검은 양복과 모자를 유행시키는 공전의 히트를 치기도 해 세상을 놀라게 했었다.

이환경은 한국방송드라마사에 뚜렷한 자신의 공간을 확보한 작가이다. 2백여 편의 드라마 집필을 통해 선이 굵고 성격이 강한 남성적 작품의 세계를 확실히 보여줬다 할 것이다. 무풍지대에 이어 3권의 연작으로 엮는 이 책이 그의 한 시대를 결산하는 대표적 작품이 될 것이다.

| 赤色地帶 (上) / 이환경대하장편소설 | 값 5,000원 |

1992년 10월 10일   제1판제1쇄인쇄
1992년 10월 20일   제1판제1쇄발행

지은이   이   환   경
펴낸이   박   명   호

펴낸곳   명   지   사

서울특별시 동대문구 장안동 369 − 1
등   록 : 1978. 6. 8. 제 5 − 28 호
전   화 : 243−6686・FAX 249−1253
사 서 함 : 서울청량우체국사서함 제154호
대체구좌 : 010983 − 31 − 1742329
지로번호 : 3 0 3 3 3 1 7

ISBN 89-7125-033-X 33810   ※ 잘못된 책은 바꾸어 드립니다.